탕나라 사람들

탕나라 사람들

지은이 | 신병근
펴낸이 | 김성실
책임편집 | 조성우 · 손성실
편집 | 박남주 · 천경호
디자인 | 신병근
사진 | 정석훈
마케팅 | 이준경 · 이용석 · 김남숙 · 이유진
제작 | 미르인쇄
펴낸곳 | 시대의창
출판등록 | 제10-1756호(1999.5.11)

초판 1쇄 인쇄 | 2009년 3월 11일
초판 1쇄 발행 | 2009년 3월 20일

주소 | 121-816 서울시 마포구 동교동 113-81(4층)
전화 | 편집부(02)335-6125, 영업부(02)335-6121
팩스 | (02)325-5607
이메일 | sidaebooks@hanmail.net
블로그 | sidaebooks.net

ISBN 978-89-5940-144-4
책값은 뒤표지에 있습니다.

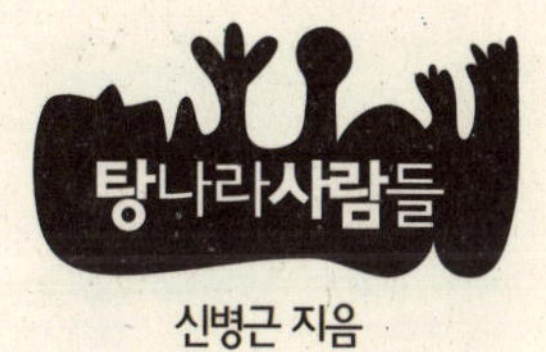

신병근 지음

시대의창

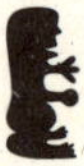

쿵쿵쿵 이게 무슨 냄새지?

때는 왜 생긴 걸까?

시원하다는 게 뭔지 이제 알 것 같아.

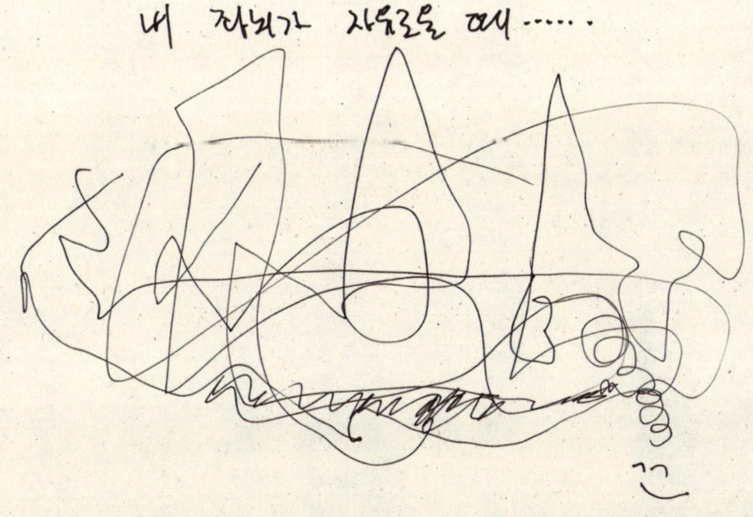

배우 양동근

 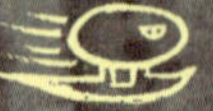

목욕탕에서 발가벗겨진 세상과 나

주어진 삶에 순응하며 앞만 보며 정신없이 달려온지가
20여 년이 훌쩍 넘은 어느 날 스스로에게 물었다.
나는 누구인가, 세상은 무엇인가…
나는 세상에 속고 사는 것은 아닌가…
근원적 물음들 앞에서 머릿속은 하얘졌고
나는 무슨 말을 어떻게 해야 할지 몰라 곤혹스러웠다.
가던 길을 그만 멈춰섰다.

그때부터 여행이 시작되었다.
낯선 곳을 향한 발걸음 끝에는 사람들이 있었고
타자와의 만남은 나의 삶을 성찰하는 거울이 되었다.
거울은 세상이 만들어낸 신화들을 내게 보여주기도 했다.
그 여행의 끝자락인 2006년 여름,
주사위를 던지며 경북 안동에서 서울까지
동희와 함께 떠났던 8일간의 전국 목욕탕 여행 역시
이러한 존재에 대한 고민과 맞닿아 있었다.

나는 목욕탕에서 발가벗겨진 세상의 참모습을 보고 싶었다.
나를 속인 세상에 대한 불편한 감정의 발로였다.
발가벗은 사람들의 몸짓은 편견, 차별, 무시 같은
세상의 단면을 보여주었다.
발가벗은 세상을 배회하던 나는
마음의 때가 가득한 나의 실체와 맞닥뜨렸다.
불안 탓에 현실의 삶에서 안절부절못하고,
비난에 대한 두려움으로 끊임없이 사람들의 눈치를 살피면서도
정작 욕구가 생기면 나밖에 보지 못하는 외눈박이와 같은 모습이
바로 발가벗겨진 나 자신이었다.

세상과 나, 우리 모두는
마음의 때가 가득한 존재였다.
발가벗음, 있는 그대로를 본다는 것은
불편한 진실인 현실을 인정하며 살아가는 것이다.
그걸 깨달은 지금, 참 편하고 시원하다.
이제 다시 길을 걷고 있다.
나의 길을…

많은 분들의 도움이 없었더라면
이 책은 출판되어 나올 수 없었을 것이다.
지면을 빌어 고마운 마음을 전한다.
한동대학교 산업정보디자인학부 교수님들과 친구들,
관심과 배려로 책작업하는 나를 격려해주신 부모님,
있는 그대로의 나를 비난하지 않고
함께 길을 걸어가고 있는 gcc친구들,
좋은 책이 나올 수 있도록 열린 마음으로 함께 머리를 맞대고
고민해주신 조성우 부장님과 손성실 차장님,
부족한 자에게 책을 출간할 수 있는 기회를 주신
시대의창 김성실 대표님께 감사드린다.
특별히 글쓰기 뿐만 아니라 인생의 길에서 갈피를 잡지 못하고
헤맬 때마다 길잡이가 되어 주신 박민수 목사님께는
당신 덕분에 자유롭고 행복하다는 말씀을 전하고 싶다.
그리고 나에게는 여기까지 오느라고 수고 많았다고,
지금 이대로인 나를 사랑한다고 말해주고 싶다.

2009년 3월

목차

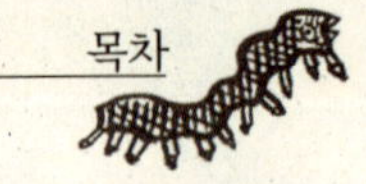

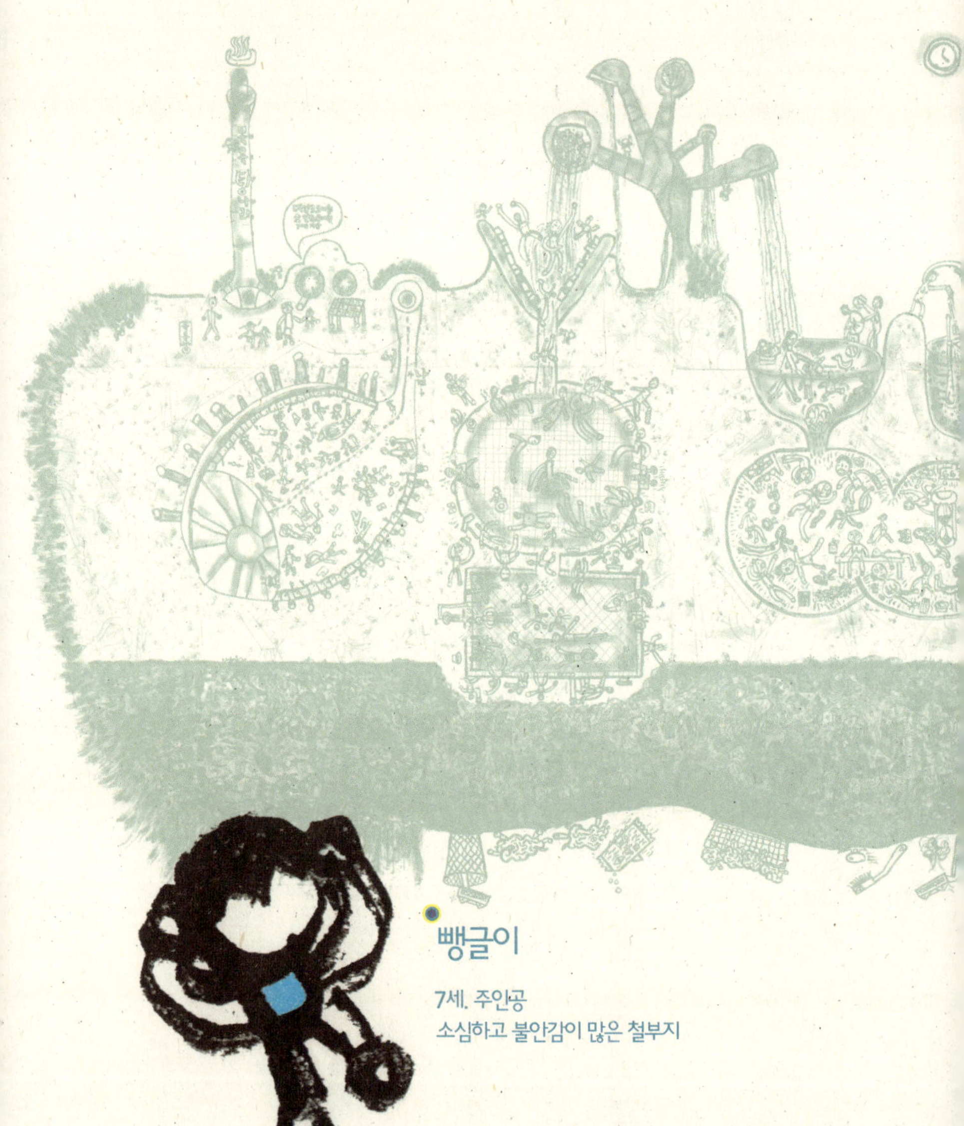

7세, 주인공
소심하고 불안감이 많은 철부지

빵글이

7세, 주인공
소심하고 불안감이 많은 철부지

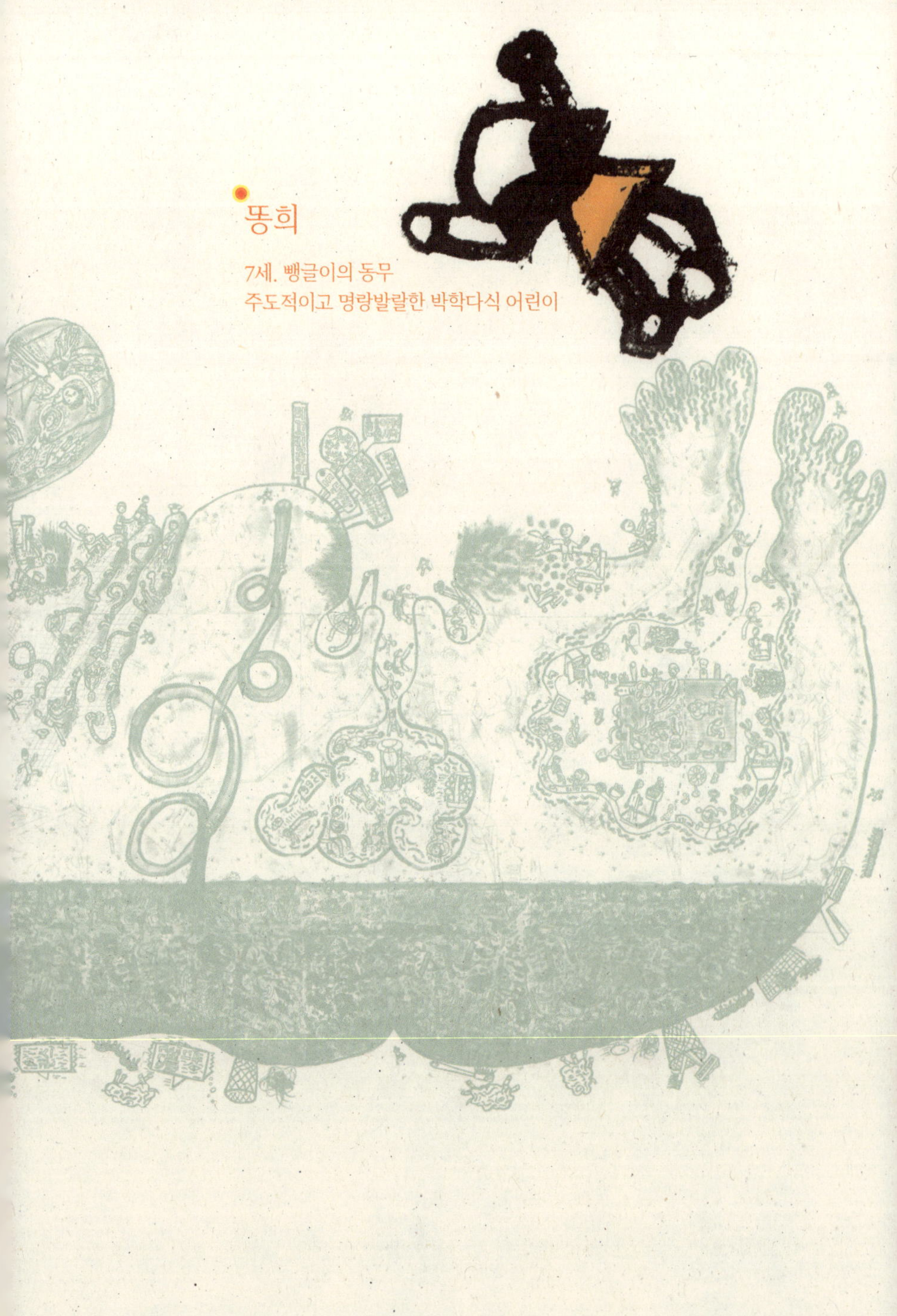

똥희

7세. 뺑글이의 동무
주도적이고 명랑발랄한 박학다식 어린이

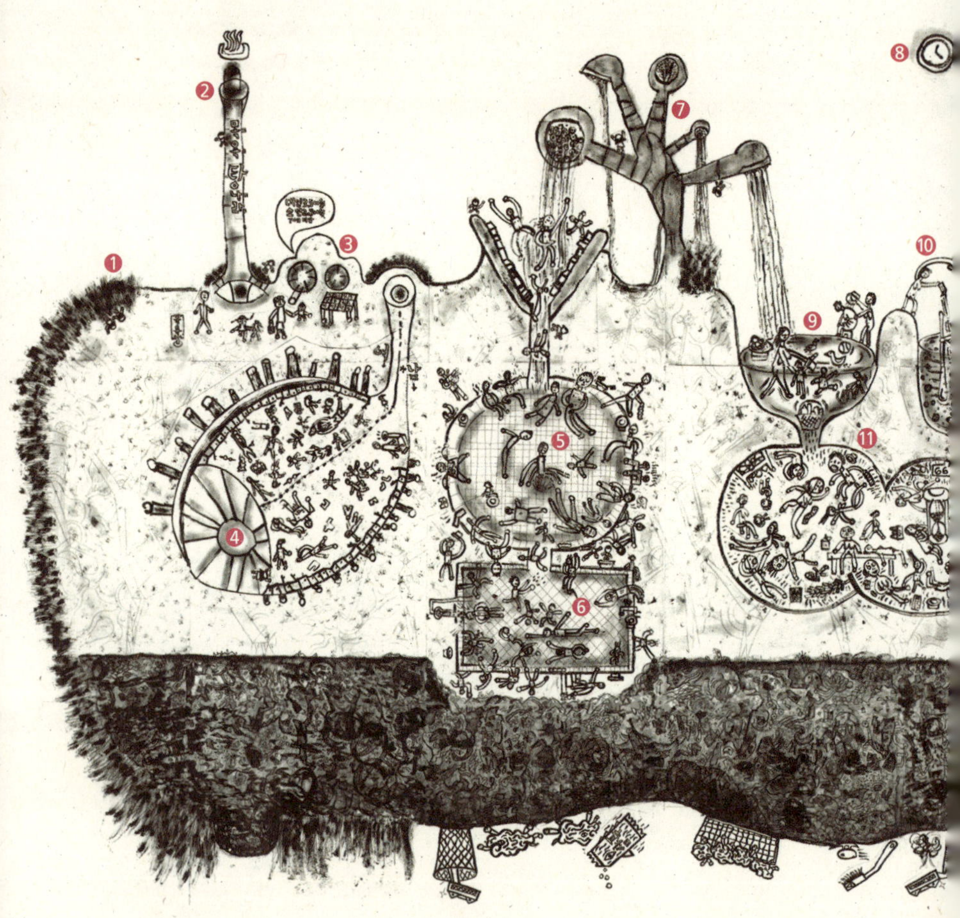

1 검은숲
2 탕나라굴뚝
3 입욕권파는구멍
4 힐끔힐끔마을
5 탕마을온탕
6 탕마을냉탕
7 검은숲샤워손
8 해시계
9 엄마랑아가탕
10 요플레오이마사지탕
11 수다사우나

탕나라

대략 80세. 배경화면+네비게이션
인간 신체 모양의 대중목욕탕

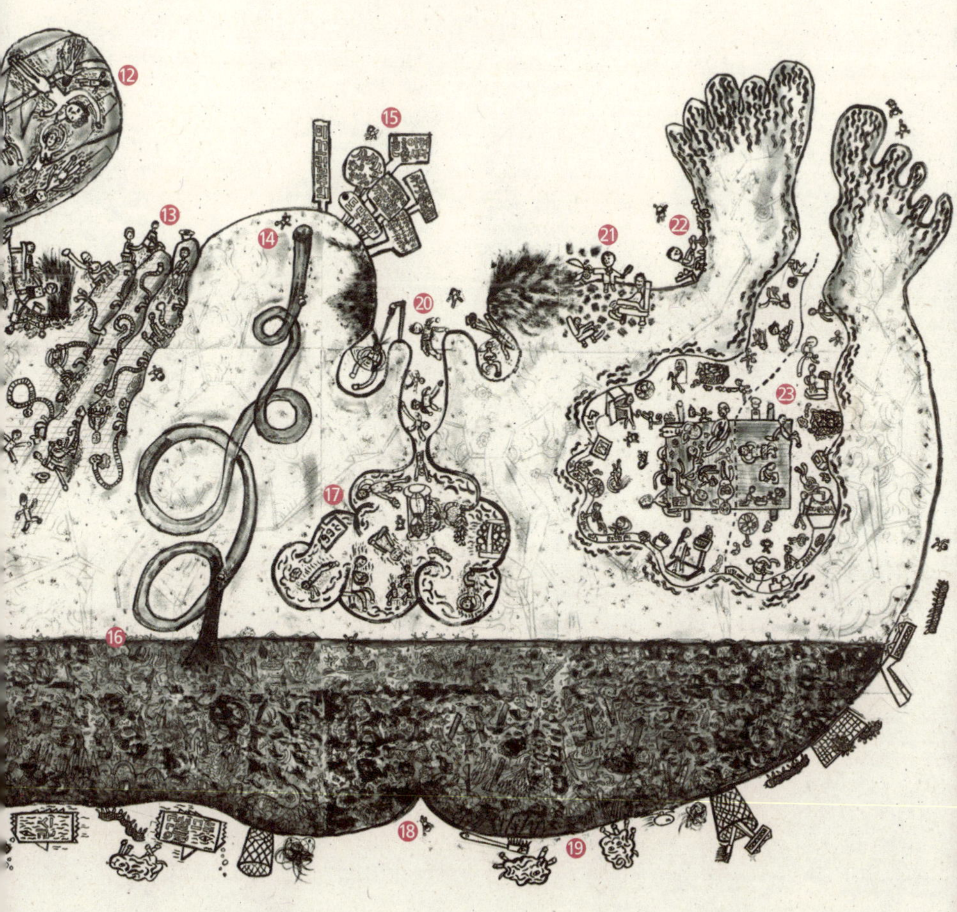

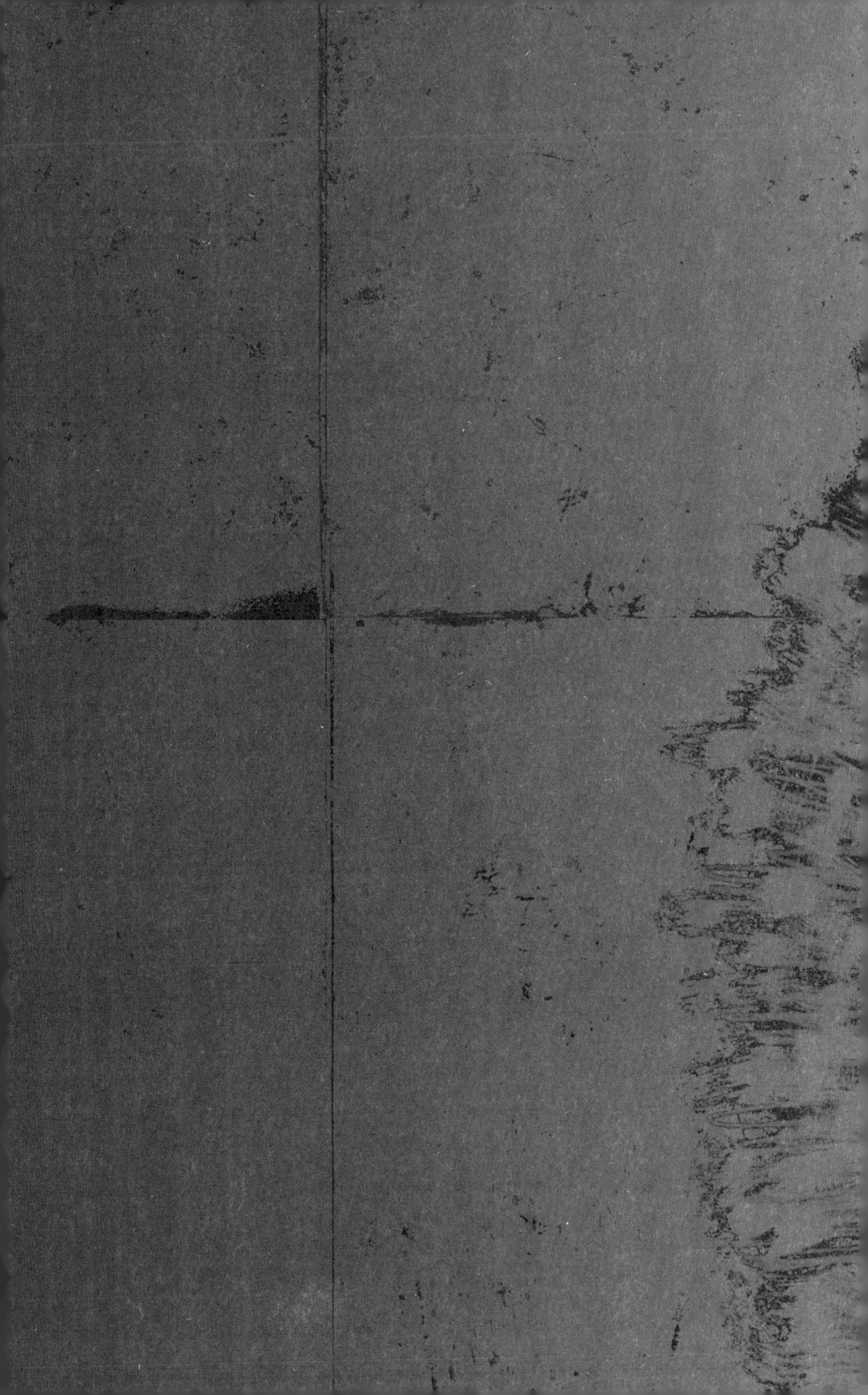

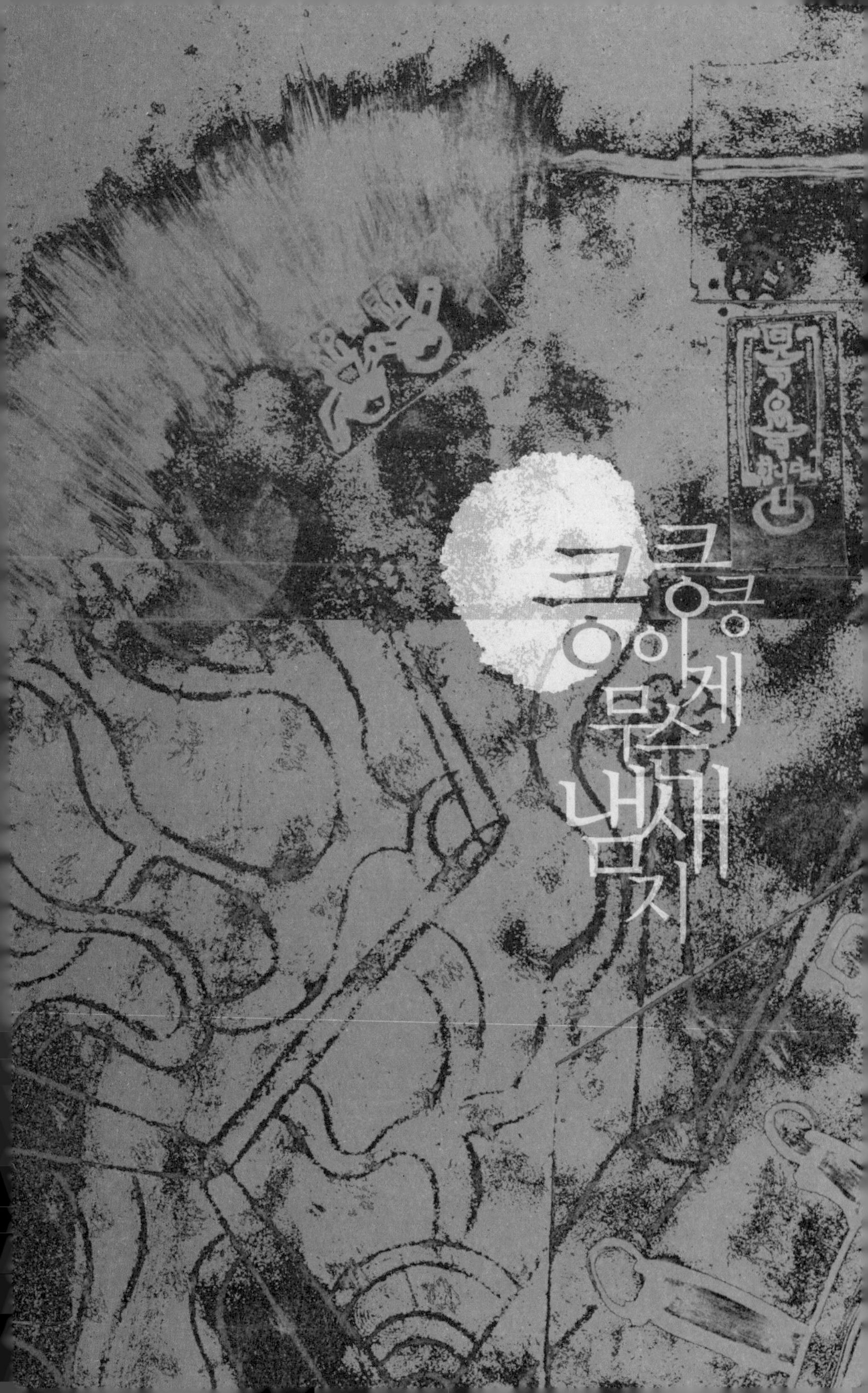
쿵쿵쿵
콩이 제
무슨
냄새
맡지

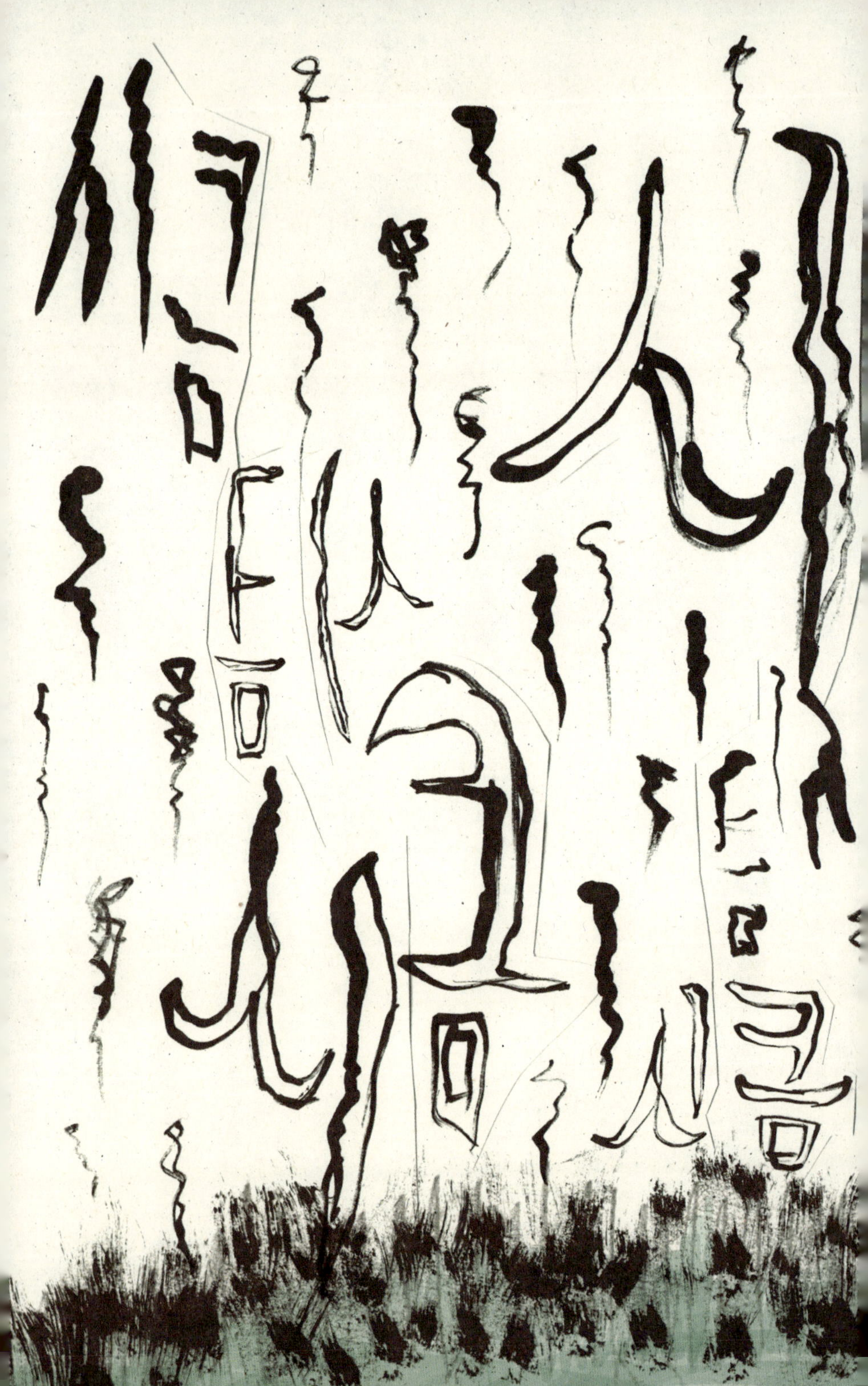

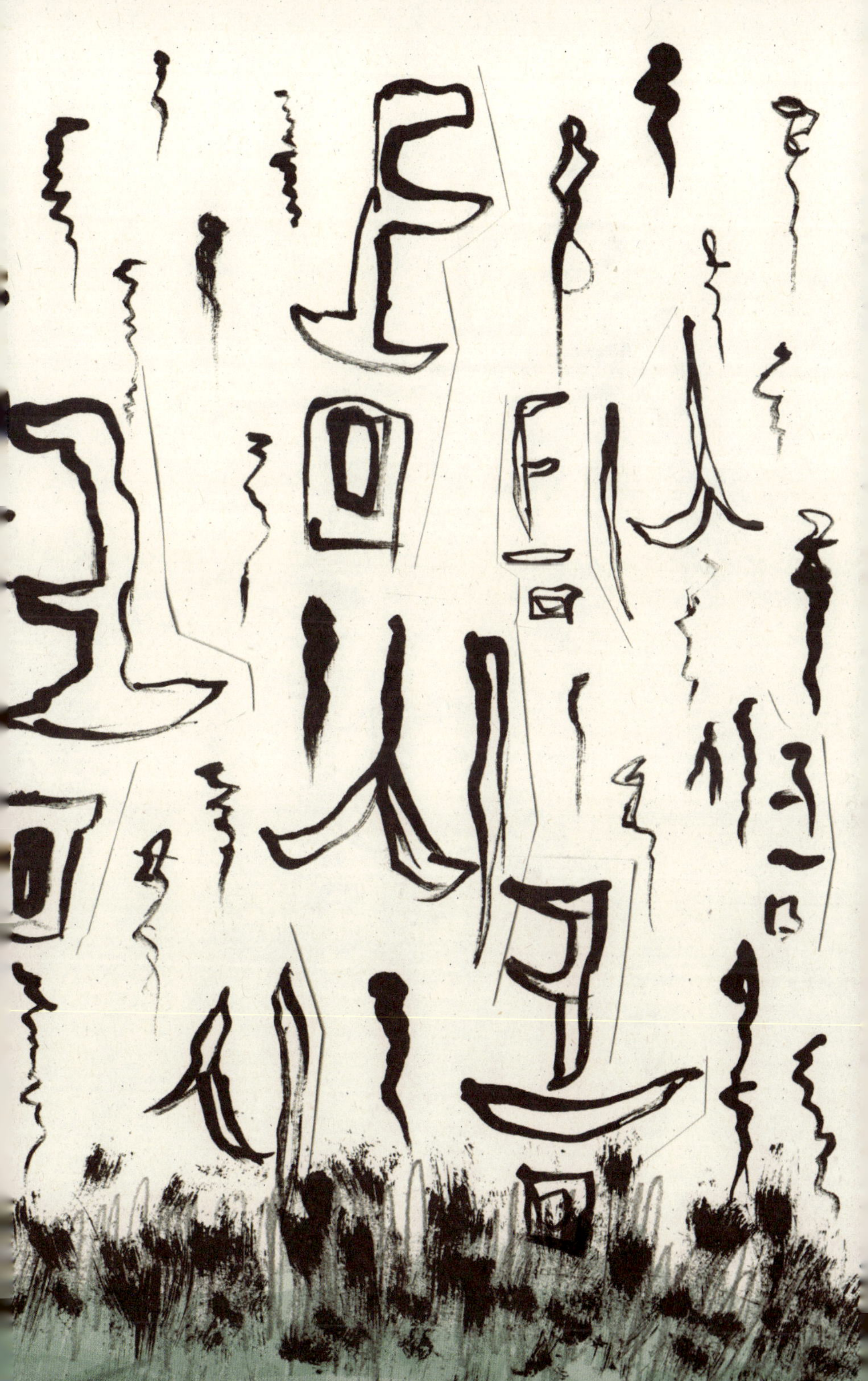

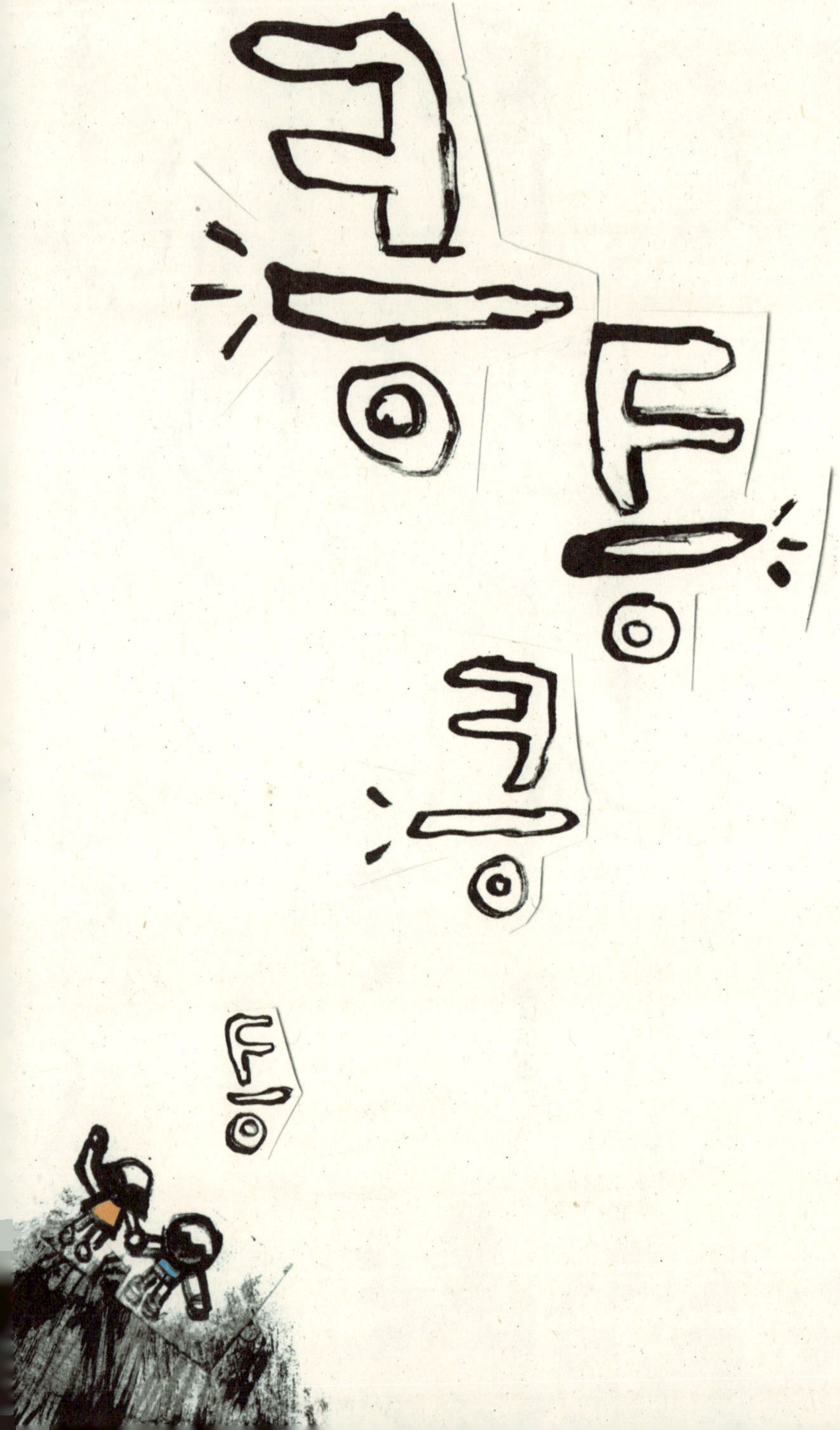

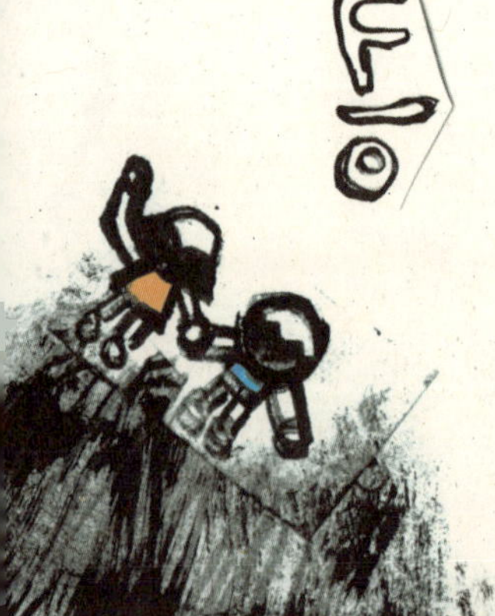

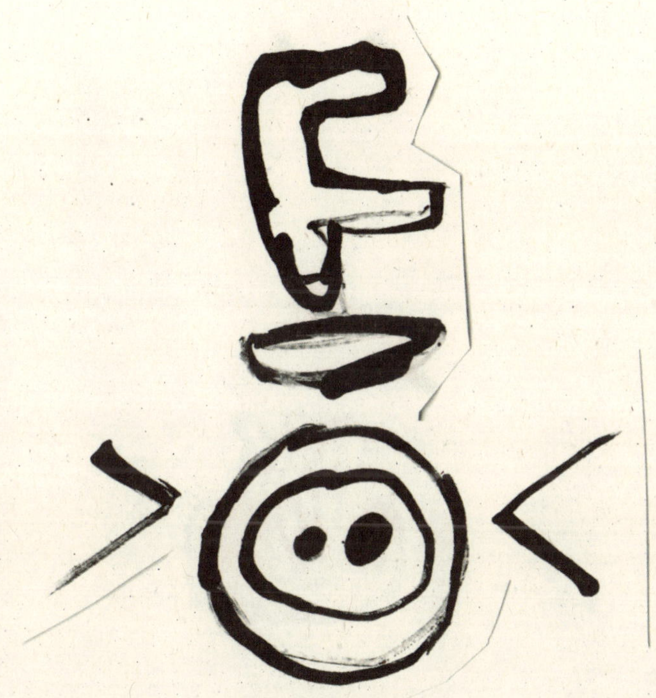

탕나라 밖 검은숲에 도착한
빵글이와 똥희는
시궁창 썩은 듯한 고약한 냄새에
미간을 잔뜩 찌푸렸어요.

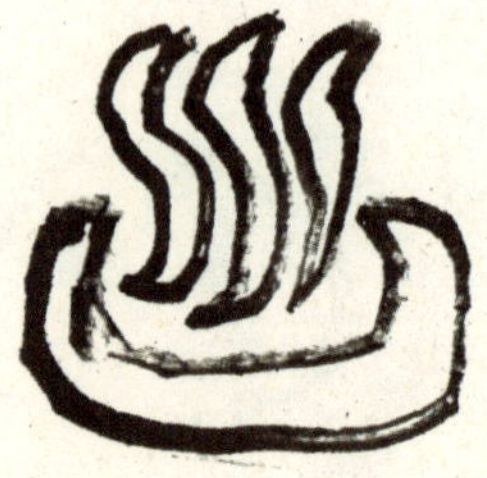

지독해! 빨리 탕나라 안으로 들어가자!

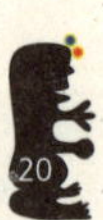

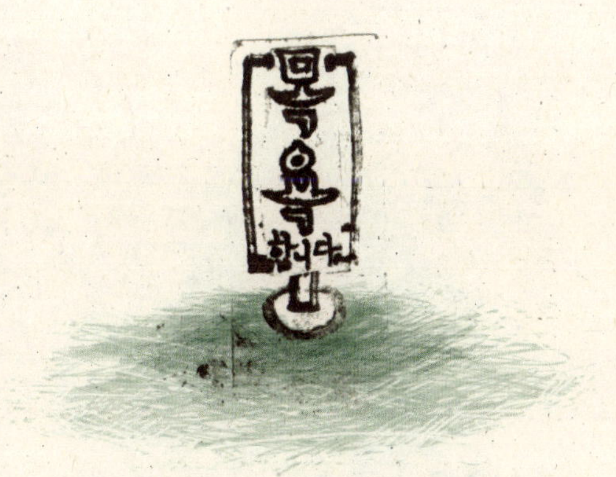
목욕
합니다

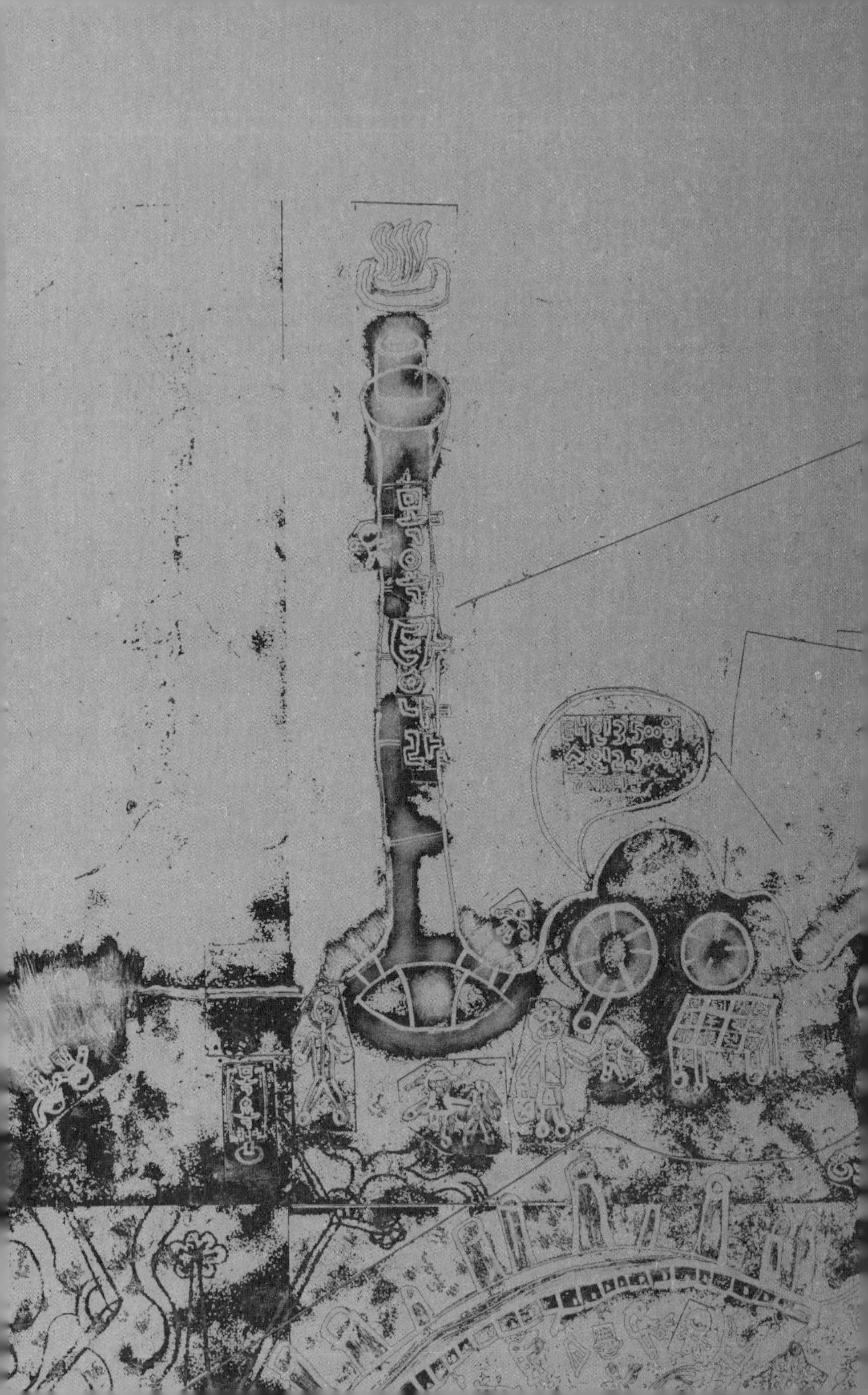

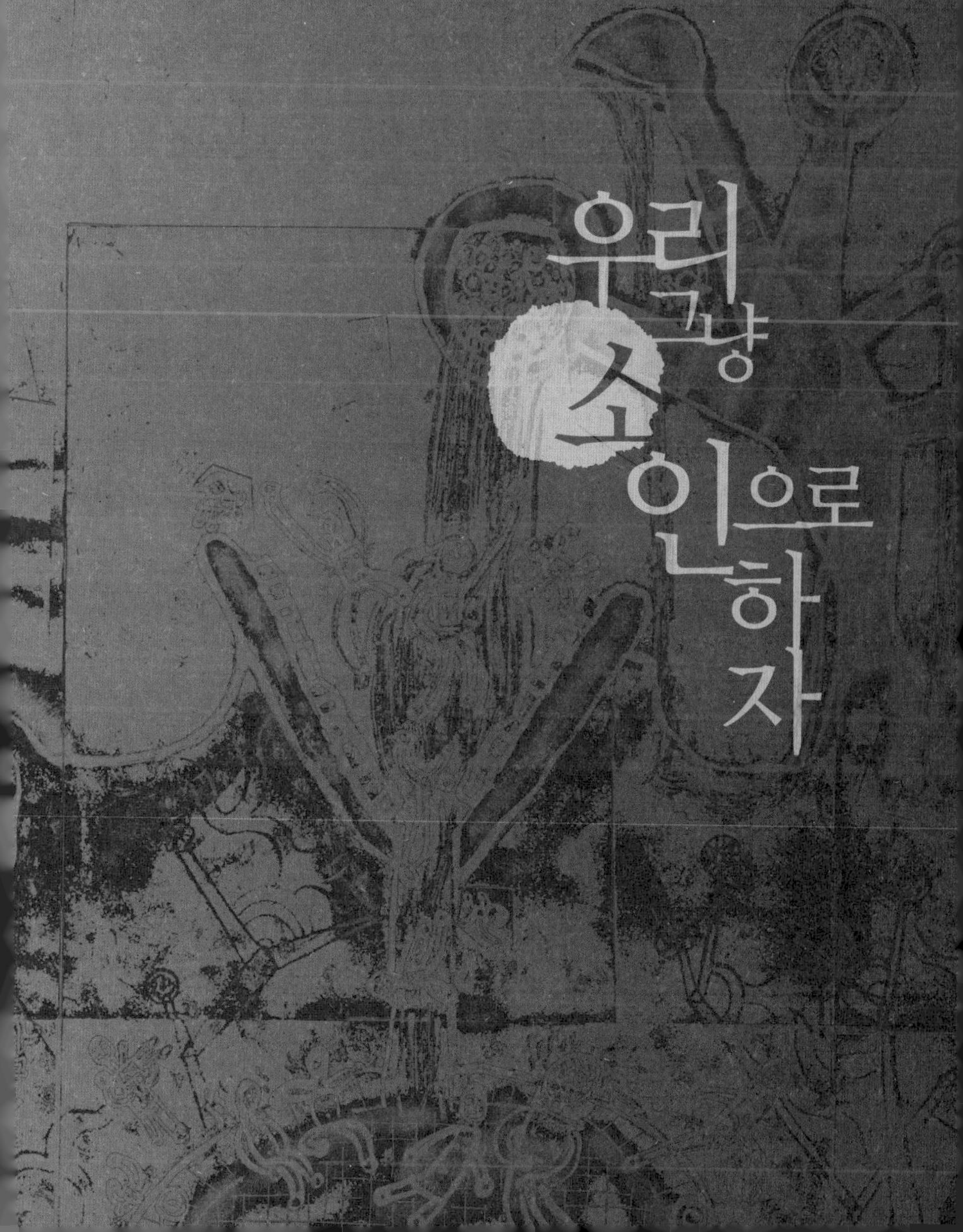

우리 그냥 쇼인으로 하자

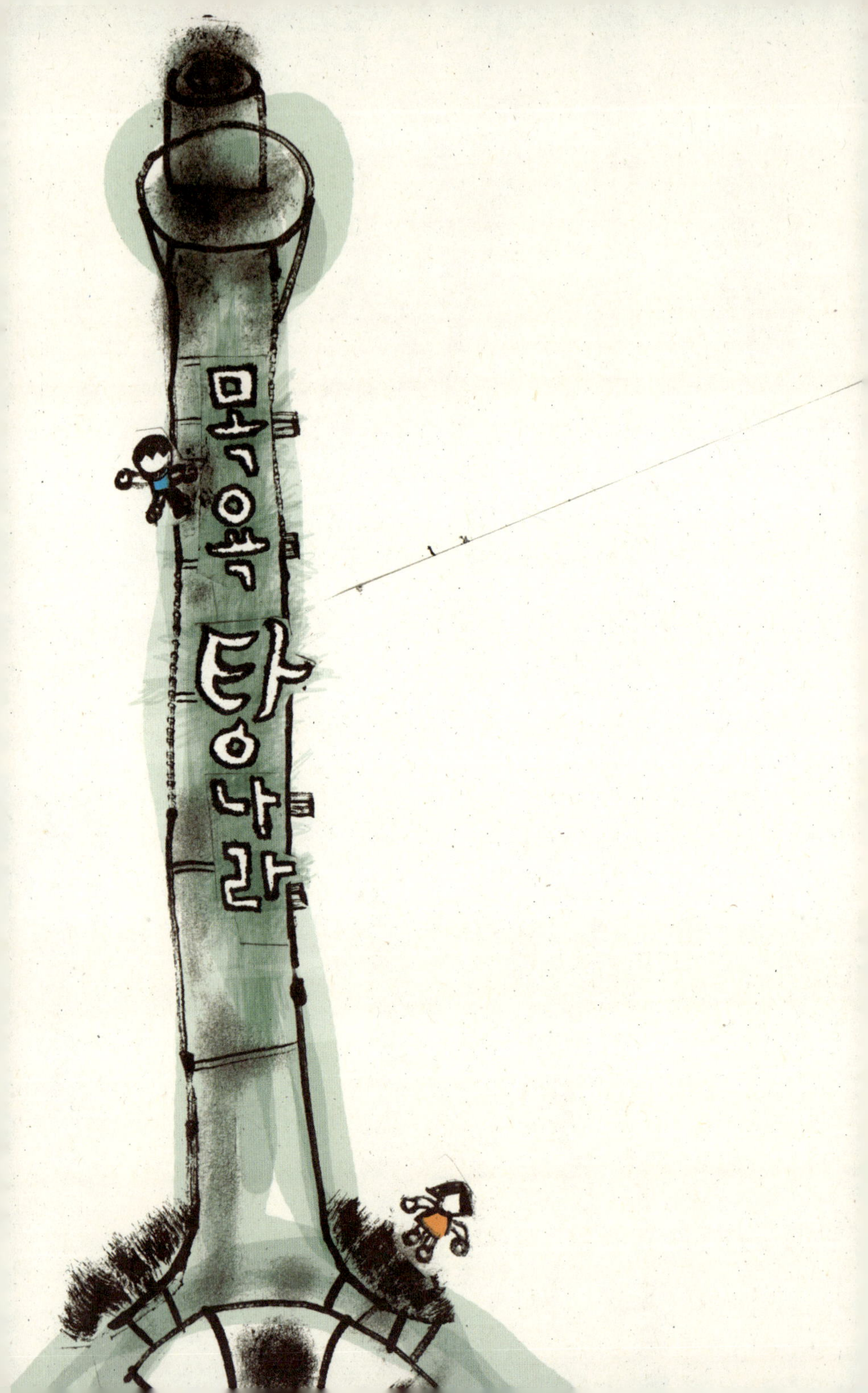

마약탑아나라

와~ 신난다!
여기가 탕나라구나!

탕나라에 도착한 빵글이와 똥희는
입욕권을 사기 위해 입욕권파는구멍으로 갔어요.

똥희야, 얼마야?

너랑 나는 일곱 살이니까,
대인 3500원씩이네!

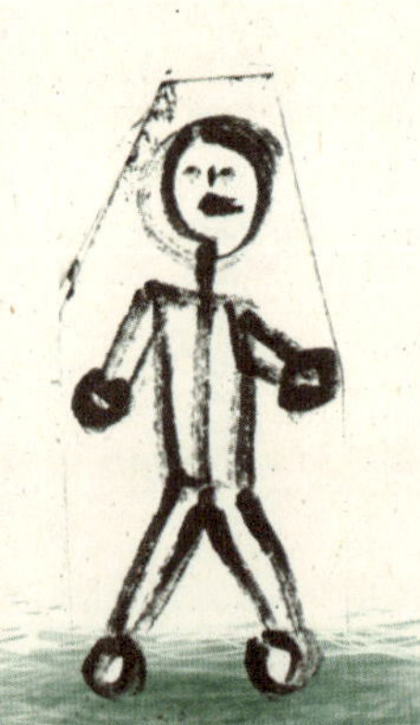

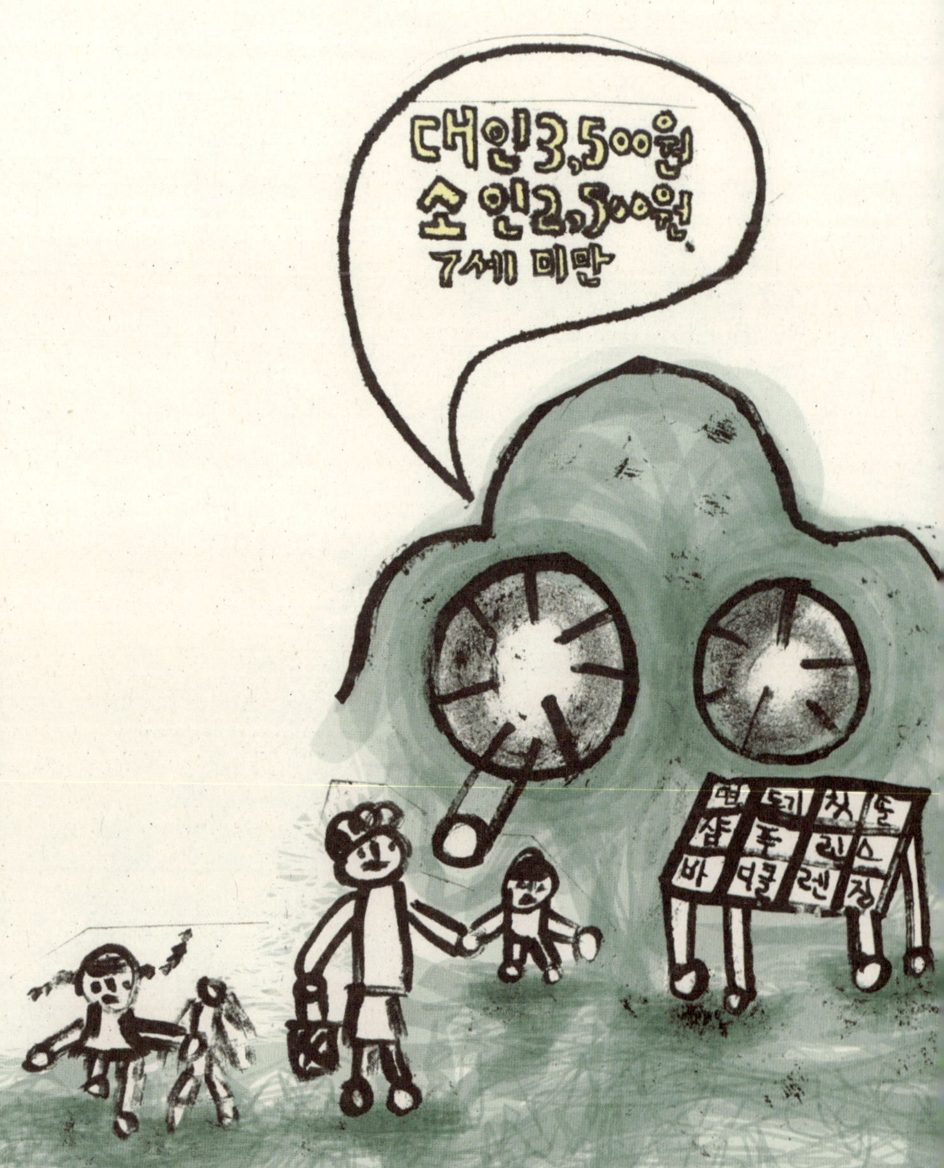

대인 3,500원
소 인 2,500원
7세 미만
떡 도기 찻 돌
샵 죽 관 린
바 더쿵 구스 장

뭐? 우리가 벌써 대인이라고?

우린 걸리버 아저씨처럼 덩치도 크지 않고
힘도 세지 않은걸….

빵글아, 걸리버 아저씨 같이 덩치가 크다고
다 대인이라고 할 수는 없다고 생각해.
그치만 아무리 생각해도 우리가
벌써 대인이라는 건 너무 징그럽고 억울해.

그럼 우리 어떡하지?

어떡하긴~ 우리 그냥 소인으로 하자.
우리 키라면 별문제 없이 통과할 거야.

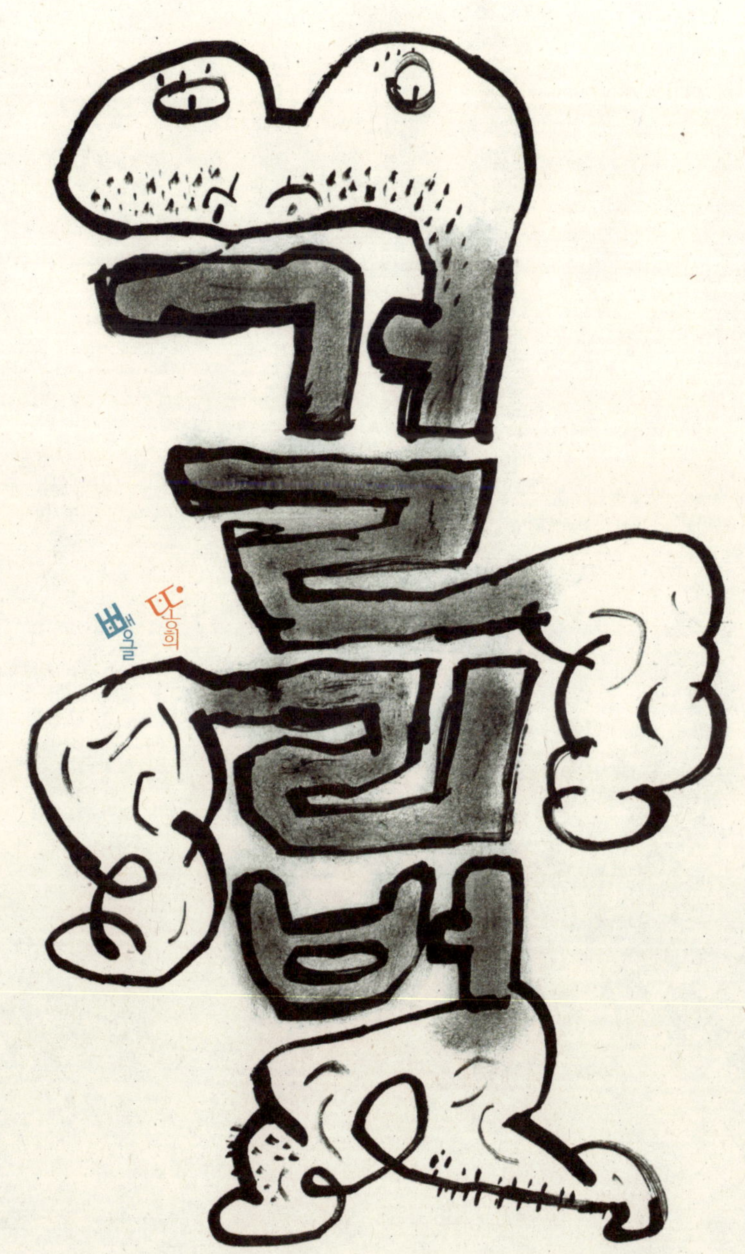
한글의 멋

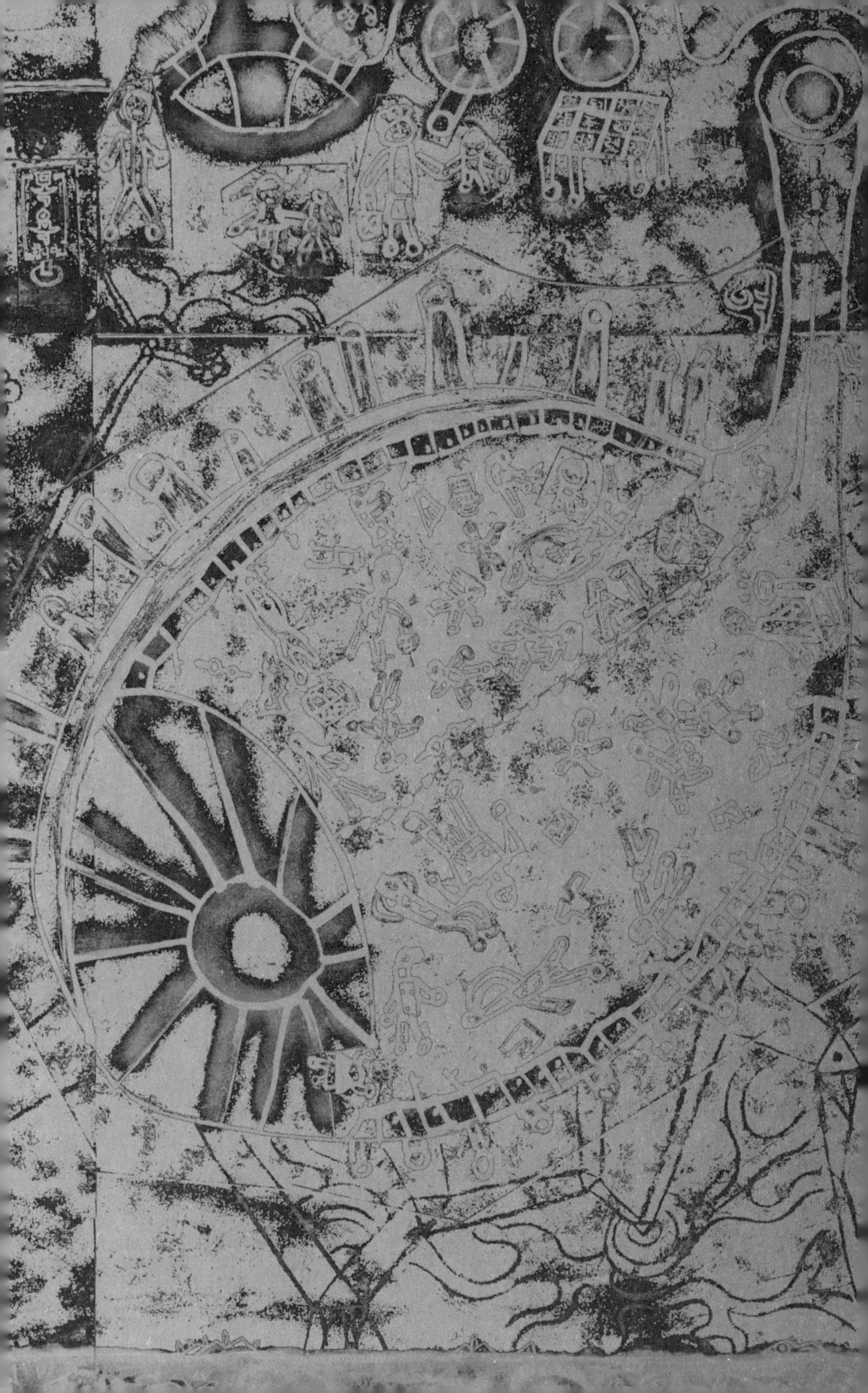

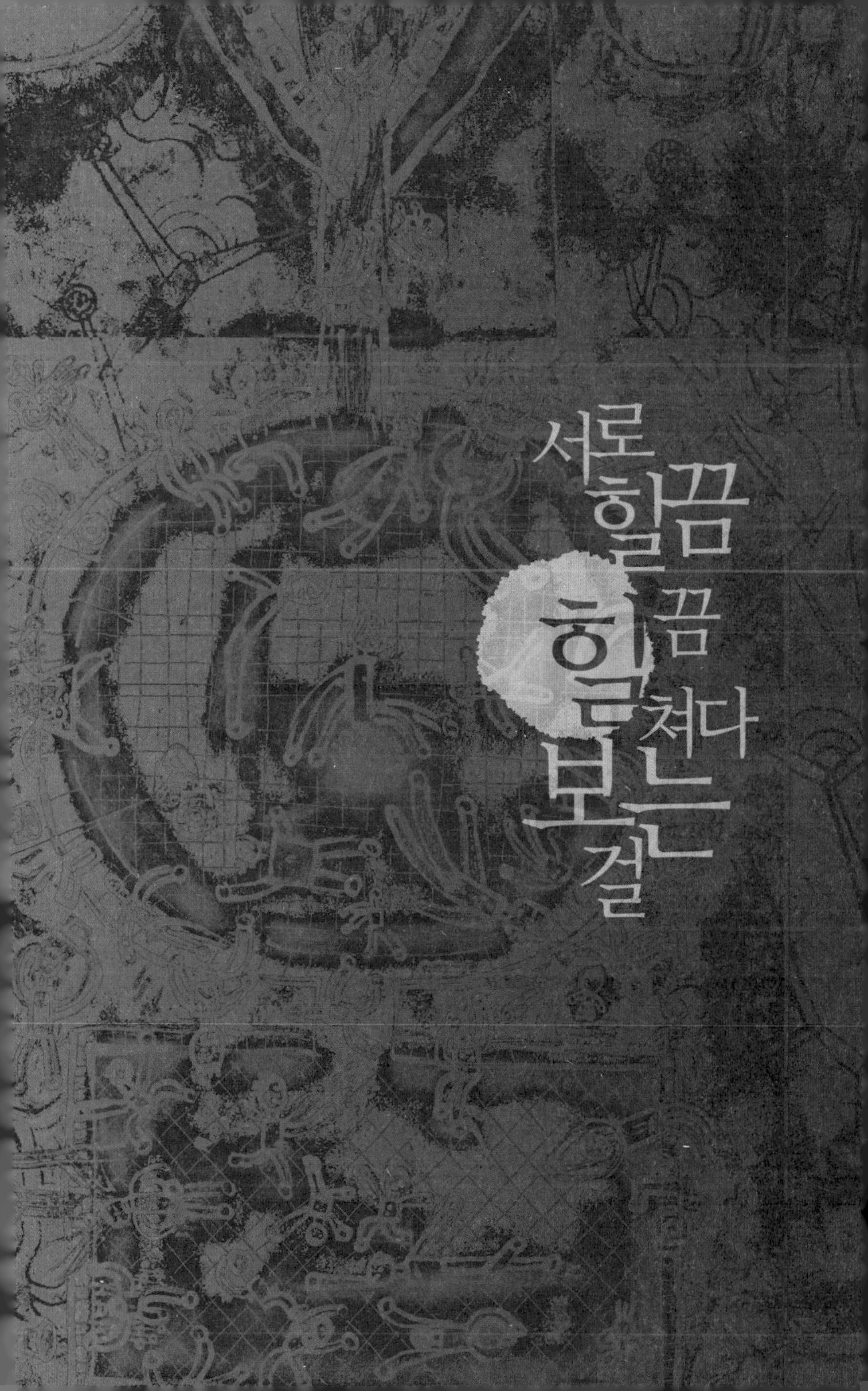
서로 할끔할끔 훔쳐보는 걸
끔
친다

휴, 무사히 들어와서 다행이야~
난 사실 입욕권 살 때 혹시라도 들킬까봐
간이 콩알만 해졌었어~

소심하긴~
누가 뺑글이 아니랄까봐~

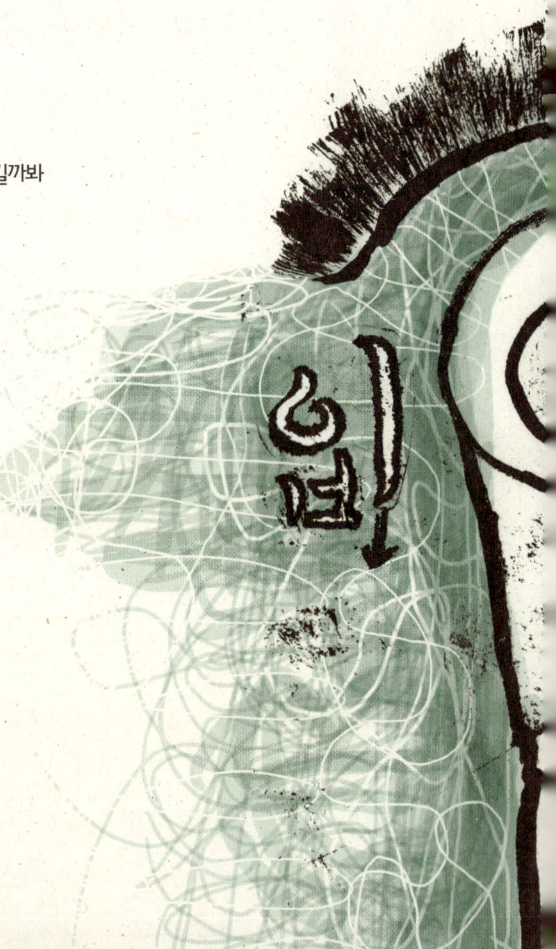

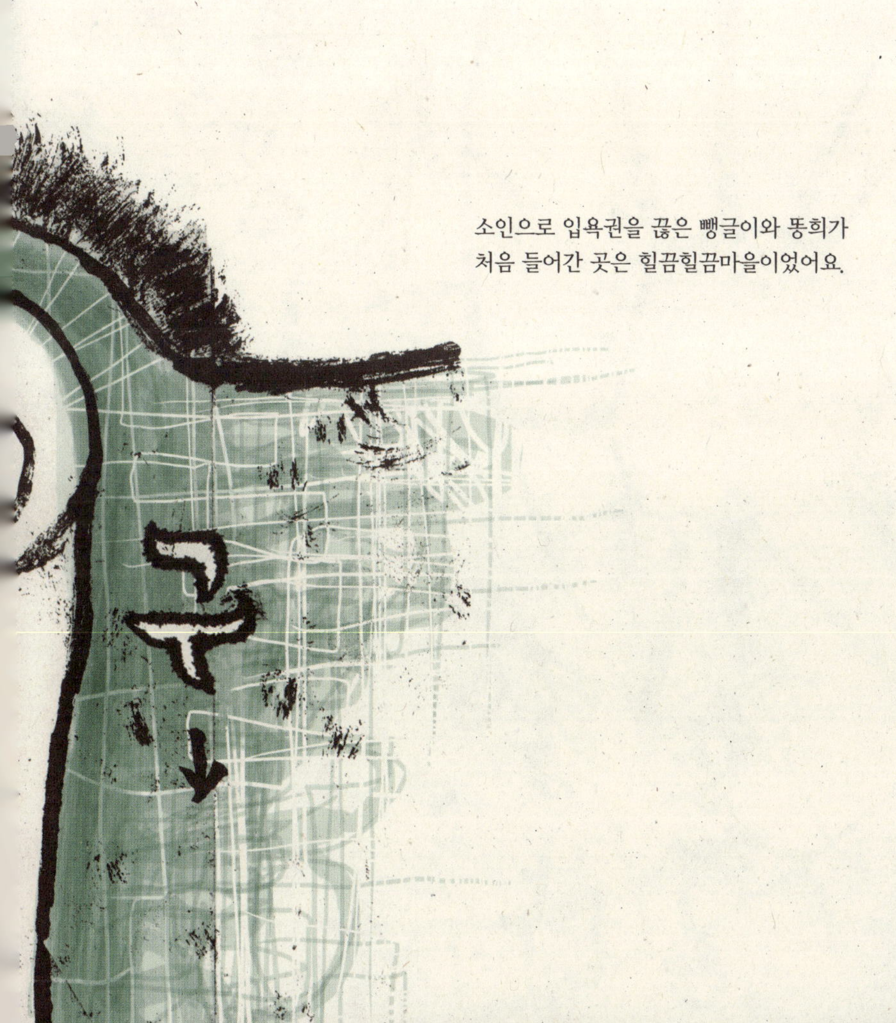

소인으로 입욕권을 끊은 빵글이와 똥희가
처음 들어간 곳은 힐끔힐끔마을이었어요.

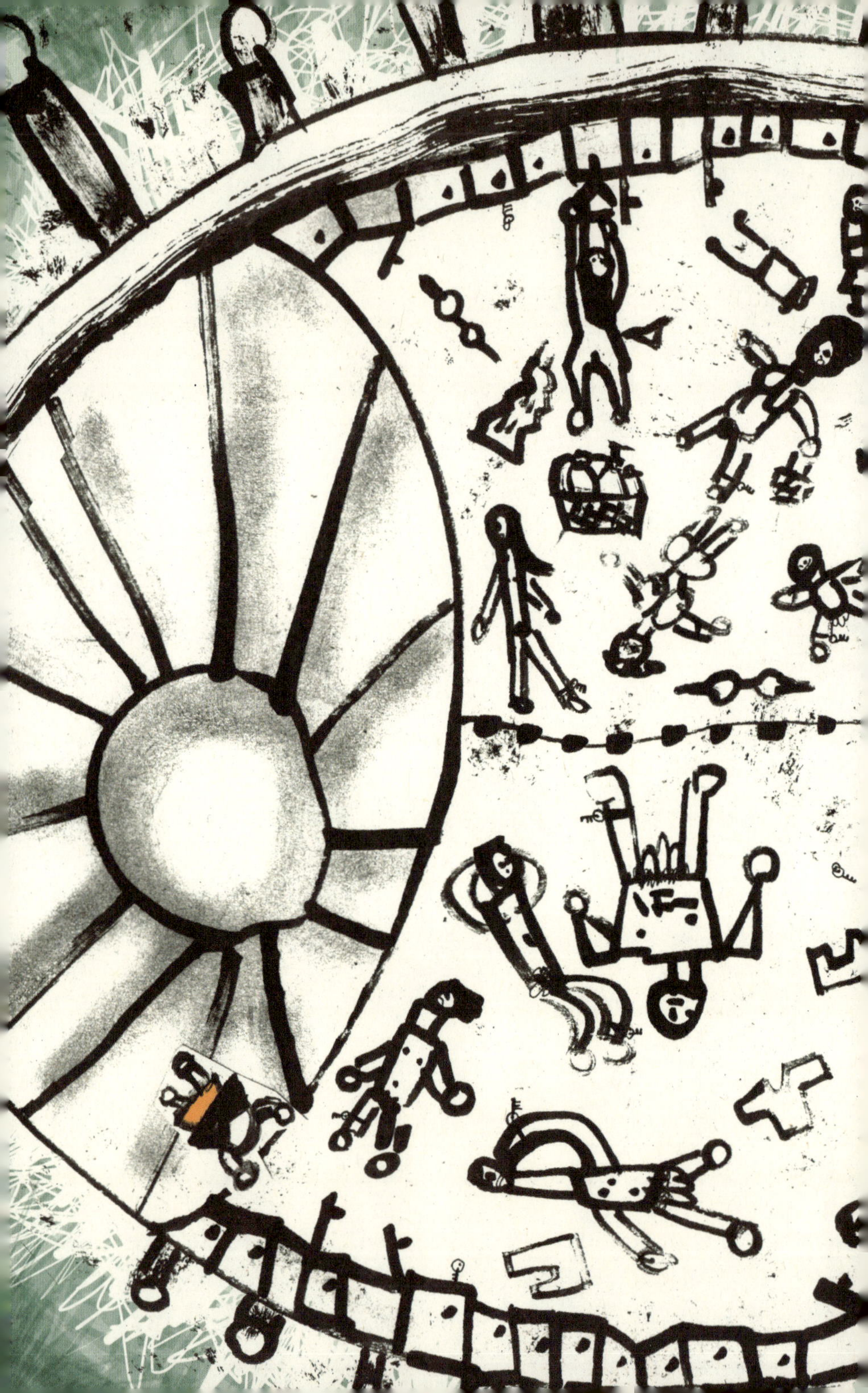

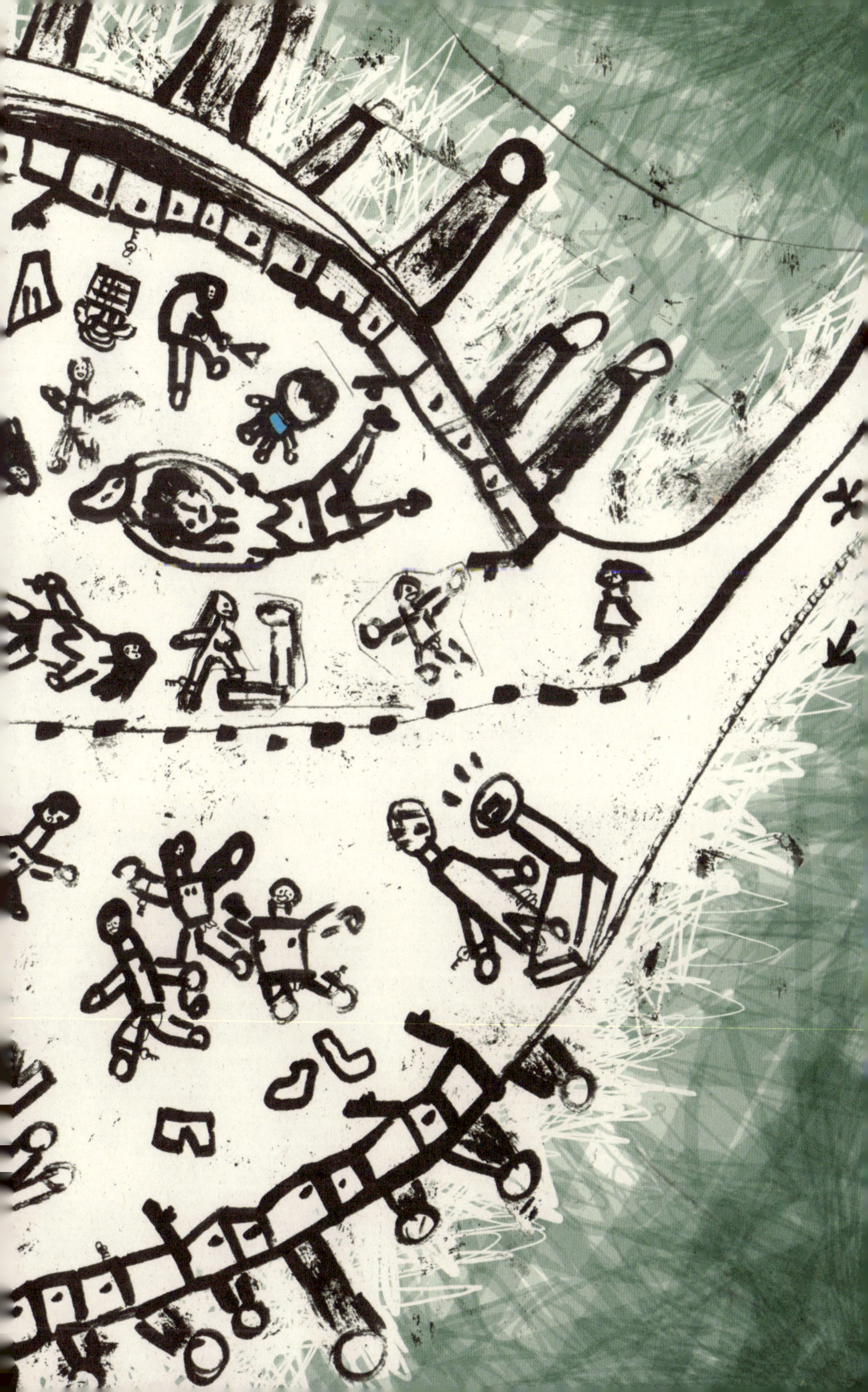

사람들이 모두 빨가벗는다!

우와! 찌찌도, 꼬추도, 똥꼬도 내놓고
아무렇지 않게 다니는 사람들 좀 봐.

아무렇지 않은 척하면서
서로 힐끔힐끔 쳐다보는걸~
눈 돌아가는 소리가 여기저기서 들려.

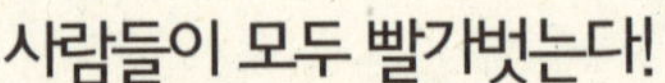

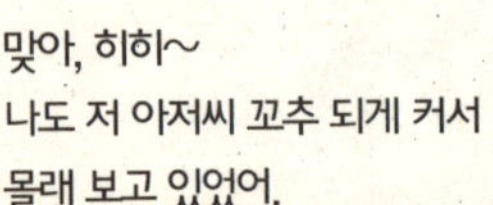

맞아, 히히~
나도 저 아저씨 꼬추 되게 커서
몰래 보고 있었어.

뺑글아,
꼬추가 크면 무겁고
거추장스럽지 않을까?
움직일 때마다 덜렁거려서
불편할 것 같아.

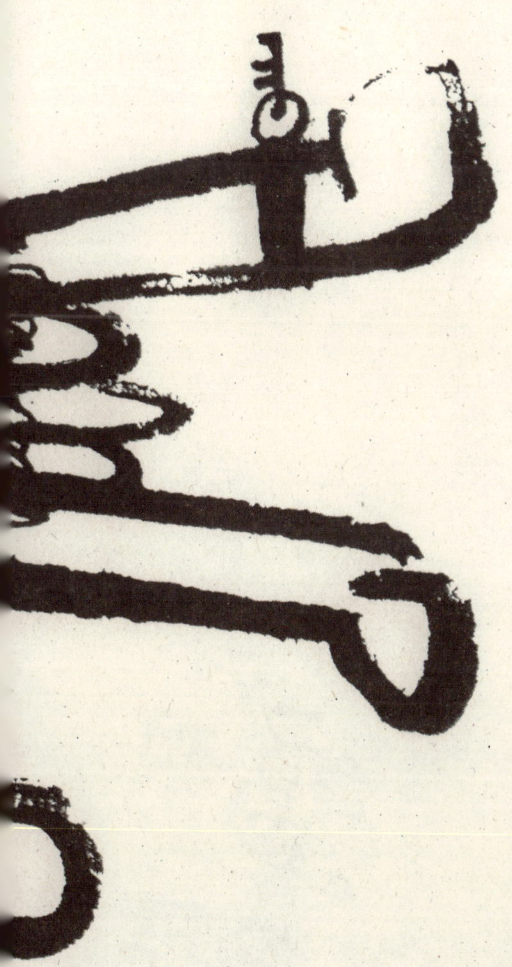

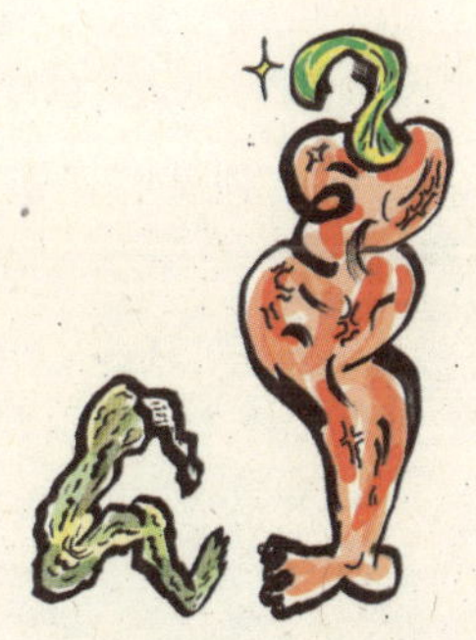

내가 경험해보지 않아서 잘 모르겠어.
근데 꼬추 큰 아저씨들은
오히려 자랑스러워 하더라고.
아저씨들이 그러는데
꼬추가 클수록 힘이 더 센 거래.

무슨 힘?

그것도 잘 모르겠어.
아직 내가 어리긴 어린가봐~
궁금한 것도,
모르는 것도 너무 많아~

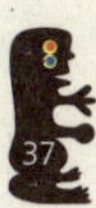

우리 엄마를 보니까
아줌마들은 몸매에 굉장히 민감한 것 같아.
TV에 나오는 쭉쭉빵빵 언니들을 보면
S라인 어쩌고 저쩌고 하면서 굉장히 부러워해서.

우리 이모도 만날 한숨을 푹푹 쉬며 뱃살타령이야.
근데 세 끼 밥하고 간식은 꼬박꼬박
배 볼록 나오도록 먹으면서 운동은 하지 않아.

우리 엄마랑 똑같네~
좀 더 예뻐지고 싶은 게 여자들의 마음인가 봐.

어른들은 신경쓸 게 많아서 골치 아프겠다.
우리도 아저씨나 아줌마가 되면 저렇게 될까?

글쎄~ 모르겠어. 어쨌든 난 그런 거 별로야.
오히려 나는 이곳 사람들처럼 다른 게 좋은 걸.
크고 작고, 마르고 뚱뚱하고~
가지각색이라 재밌는 거 같아.

맞아, 사람들이 모두 똑같았다면
지루하고 졸렸을 거야~

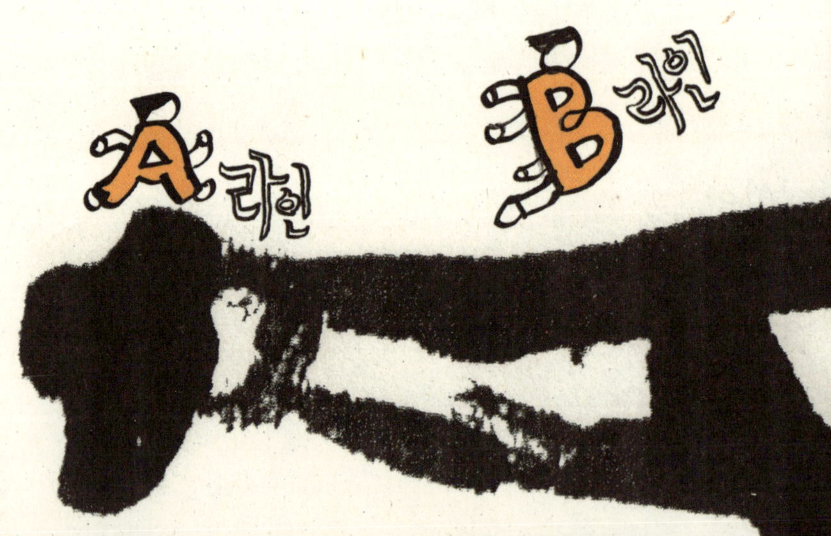

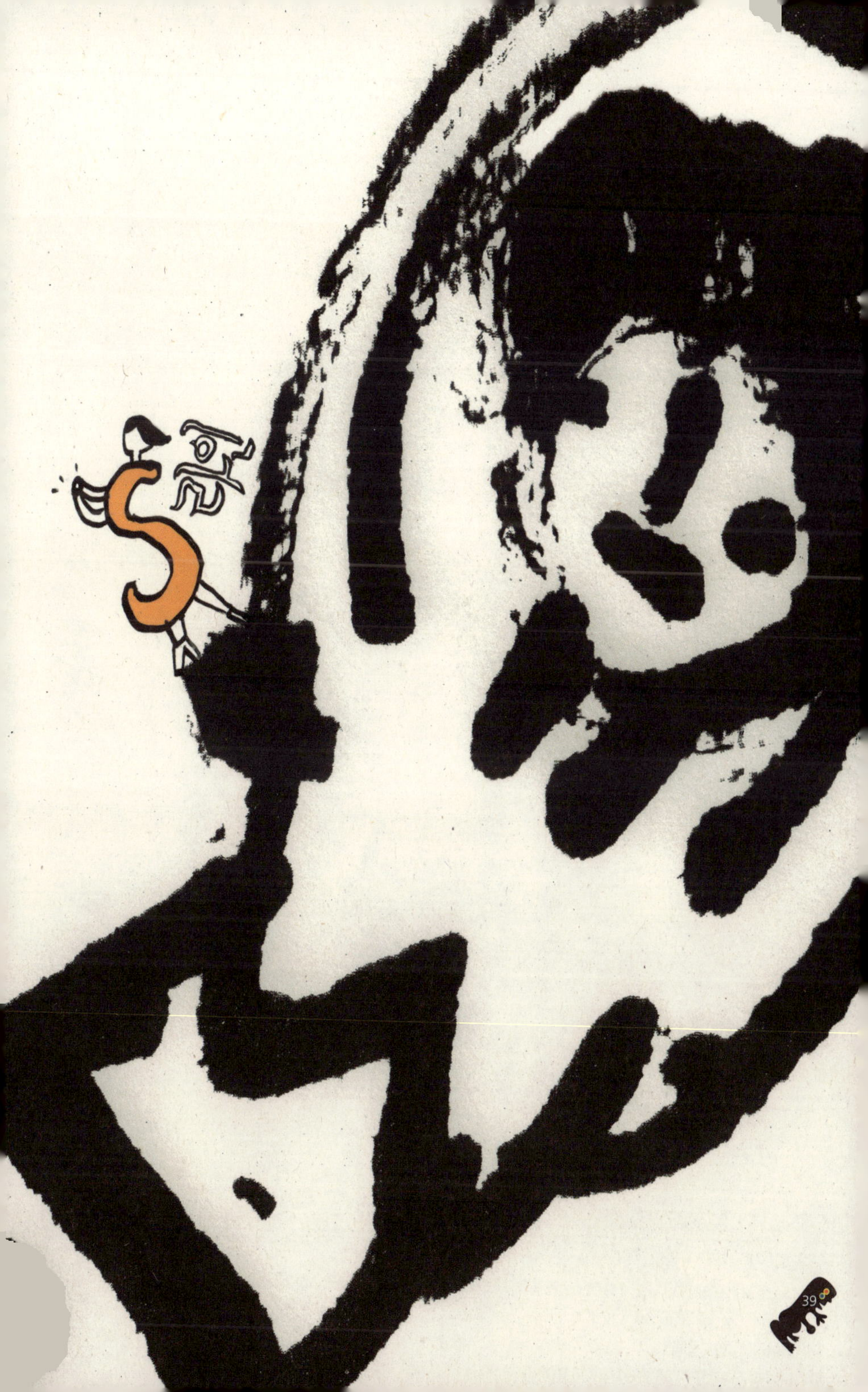

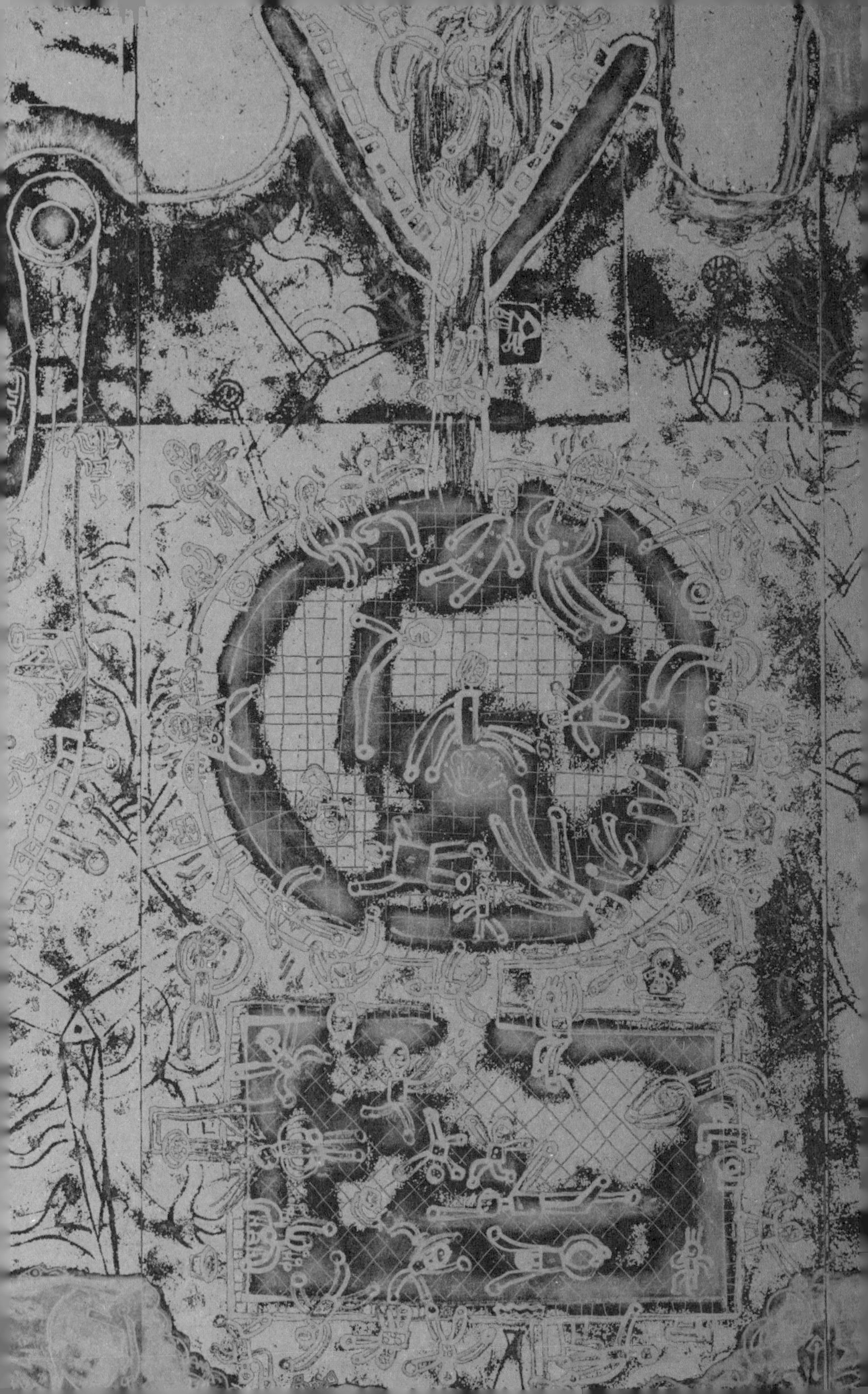

탕에 들어가기 전에 꼭 샤워 해야 해?

뺑글이와 똥희는 힐끔힐끔마을을 지나
탕마을 입구에 왔어요.

뺑글아, 이곳에 들어가려면 저 사람들처럼
우선 샤워부터 해야 해.

탕에 들어가기 전에 꼭 샤워해야 해?
난 그냥 들어가고 싶은데….
사람들이 모두 한다고
그냥 따라하는 건 싫거든.

샤워하지 않고 탕에 들어가면
탕물은 금새 똥물이 돼버릴 거야.
고집부리지 말고 어서 따라와~

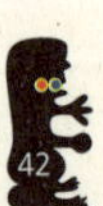

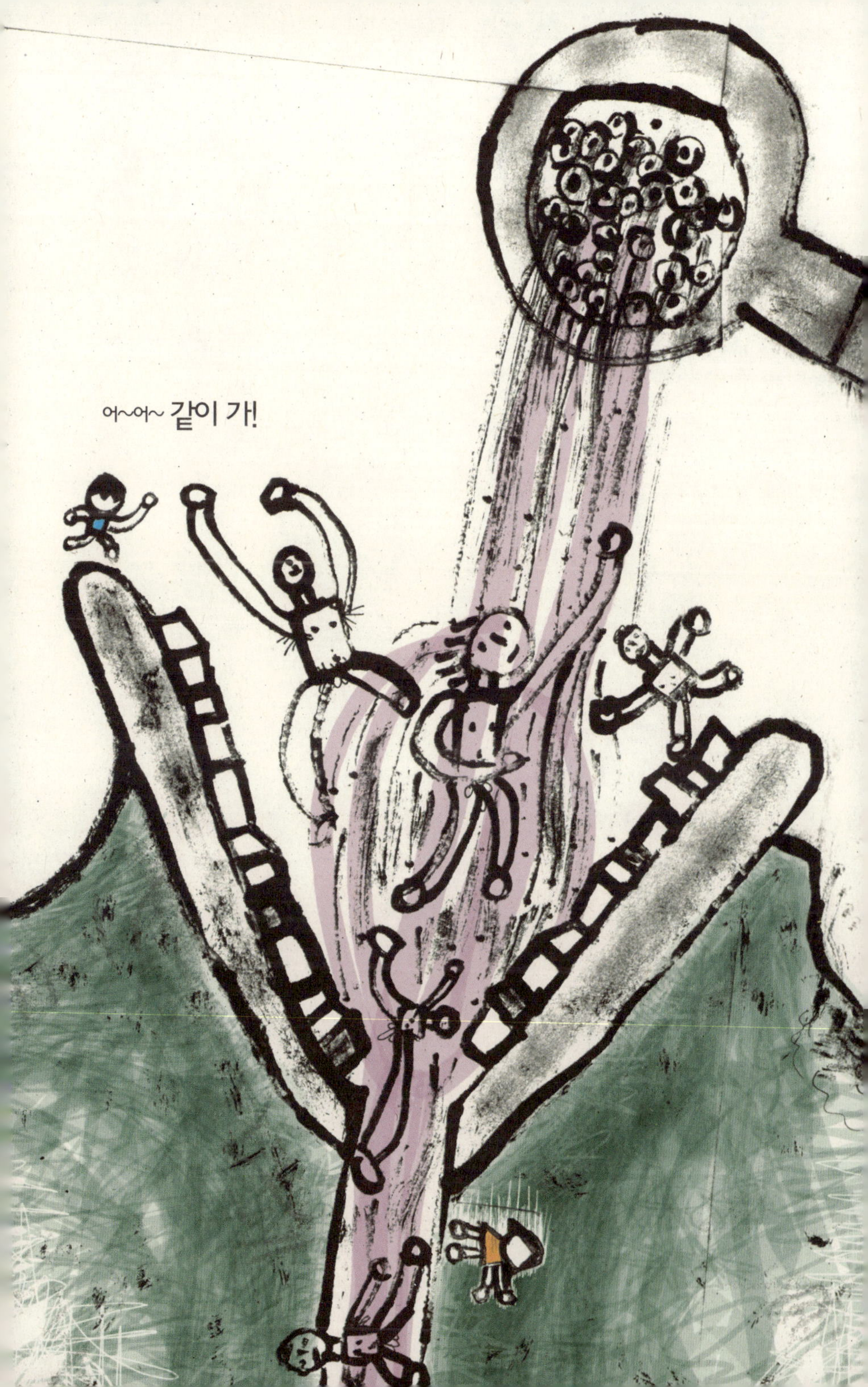

어~어~ 같이 가!

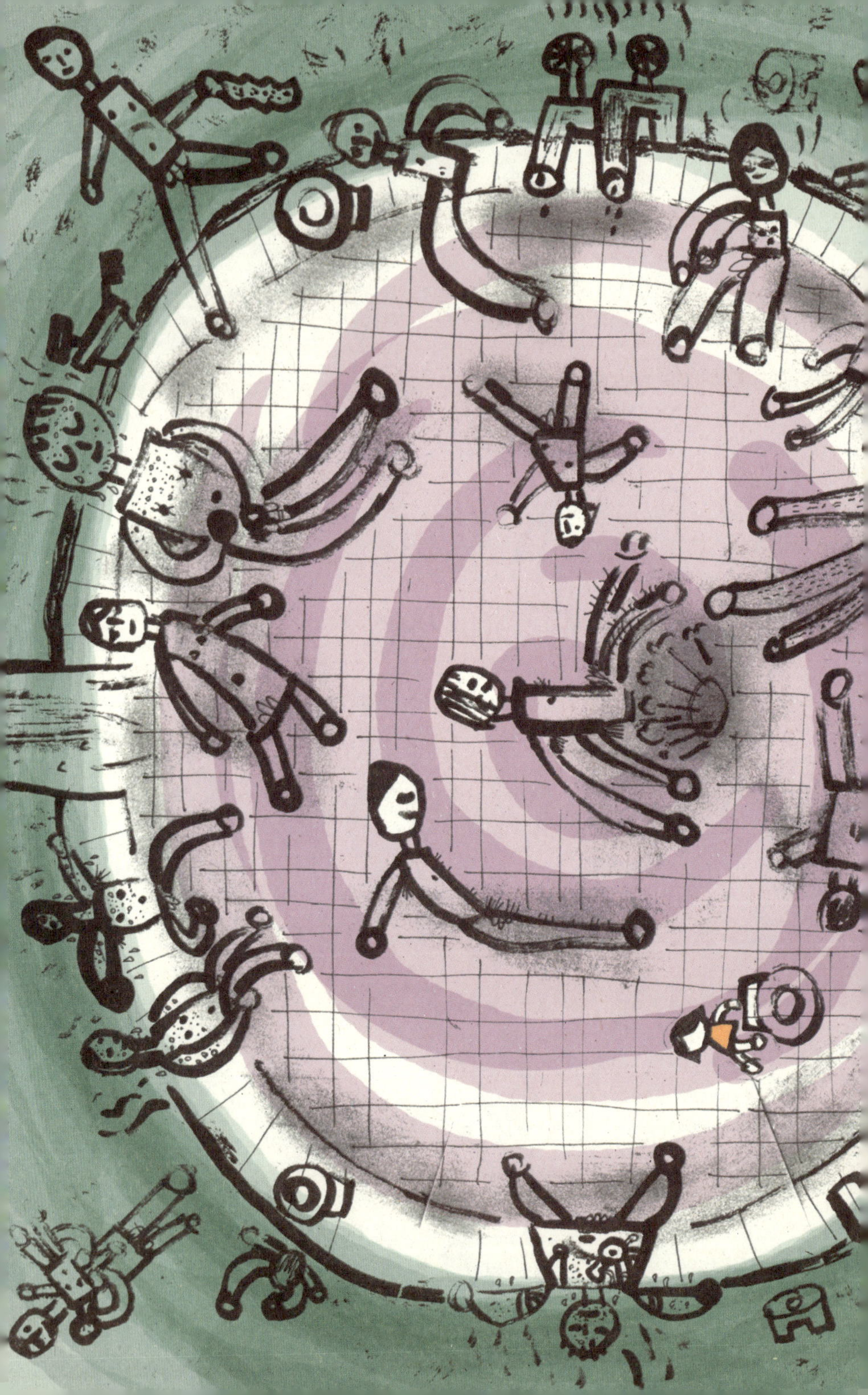

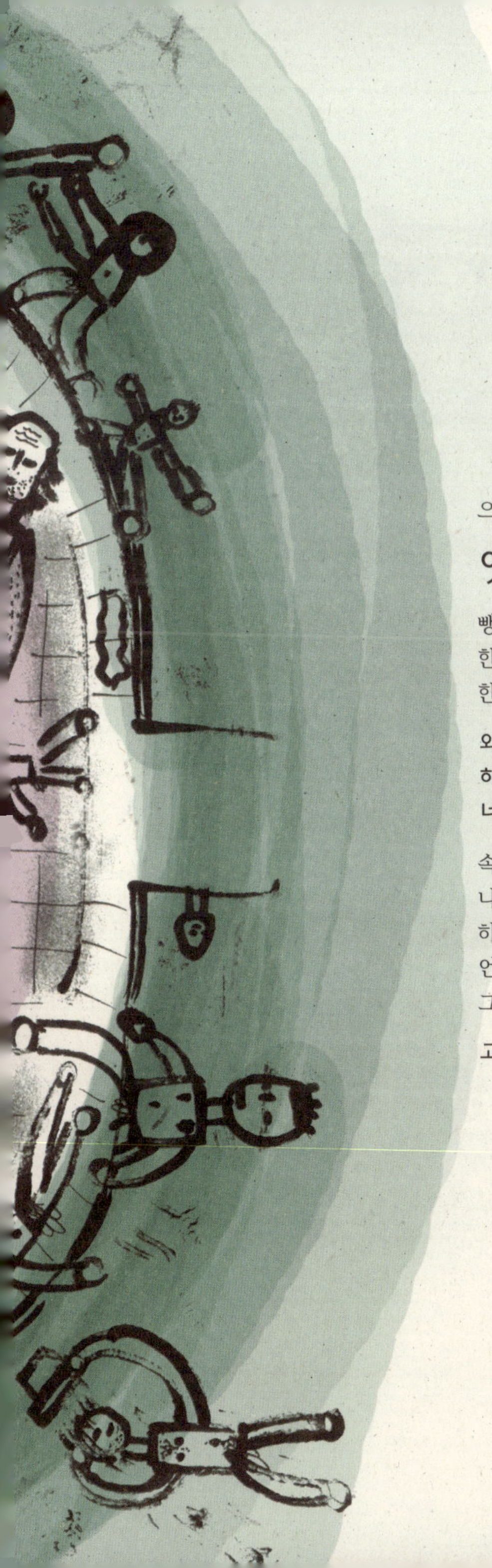

으~으~ 좋다. 몸이 설~설~ 녹는 거 같아.

앗, 뜨거! 물이 너무 뜨거워.

뺑글아,
한번에 다 들어오려고 하지 말고,
한 발씩 천천히 물에 넣어봐.

와! 무릎까지 들어왔어.
하지만 나도 너처럼 몸을 물에 다 넣고 싶은데
너무 뜨거워….

속상해하지 마.
나처럼 똑같이 할 필요는 없잖아~
하지만 네가 원하면
언젠가는 꼭 몸을 다 담글 수 있을 거야!
그러니까 조급해하지 마~

고마워, 똥희야~

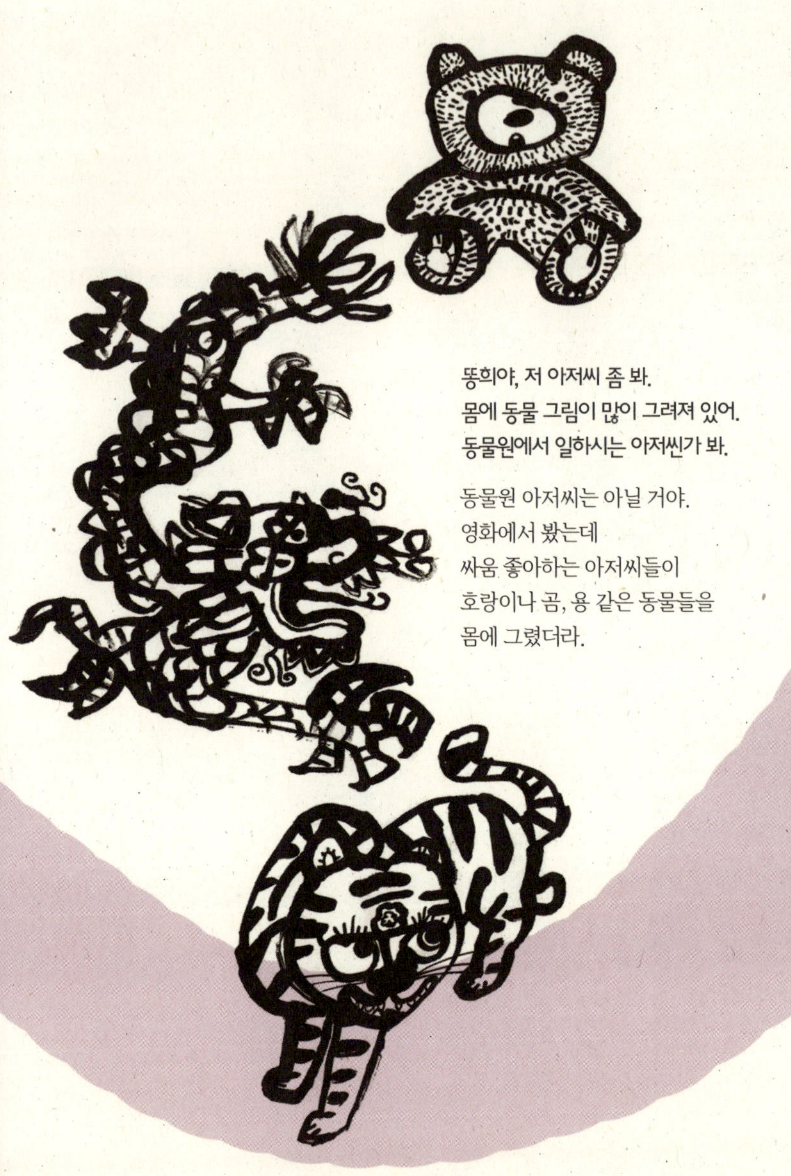

똥희야, 저 아저씨 좀 봐.
몸에 동물 그림이 많이 그려져 있어.
동물원에서 일하시는 아저씬가 봐.

동물원 아저씨는 아닐 거야.
영화에서 봤는데
싸움 좋아하는 아저씨들이
호랑이나 곰, 용 같은 동물들을
몸에 그렸더라.

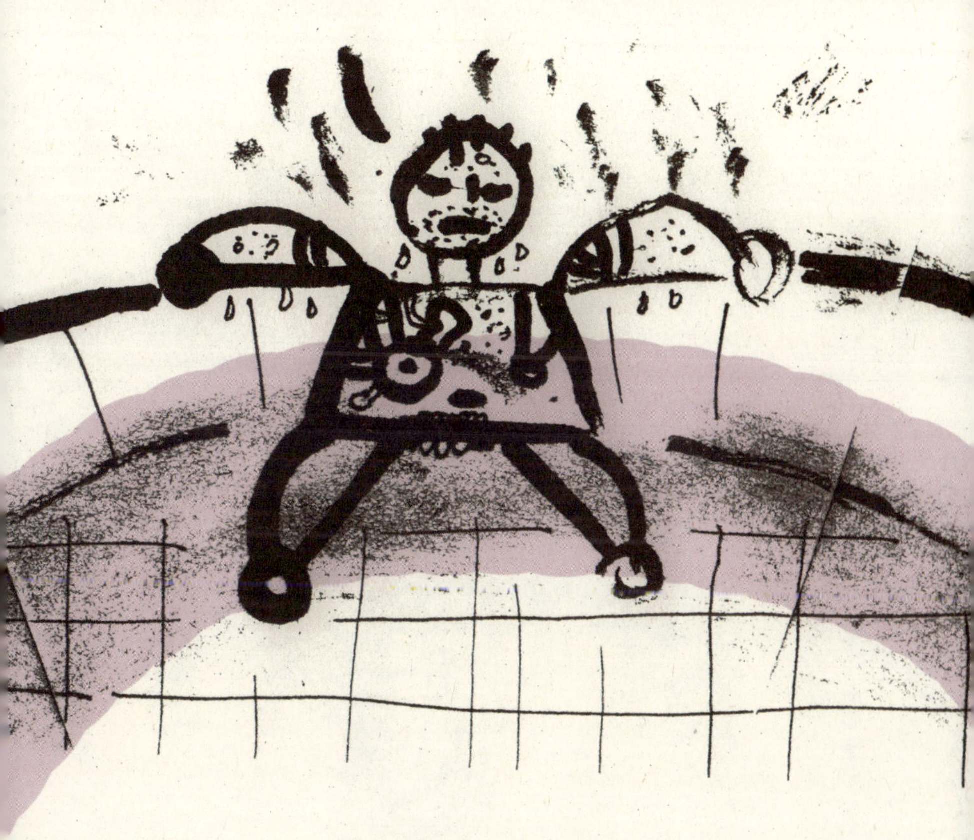

우와~ 무서운 아저씨구나.
그래서 저 아저씨 주위에 사람들이 없구나.

응, 근데 좀 외로워 보인다.

혼자만 있으면 정말 심심할 텐데.
불쌍하다, 저 아저씨….

더운물에만 있으니까 숨이 차.
우리 이제 찬물로 가자.

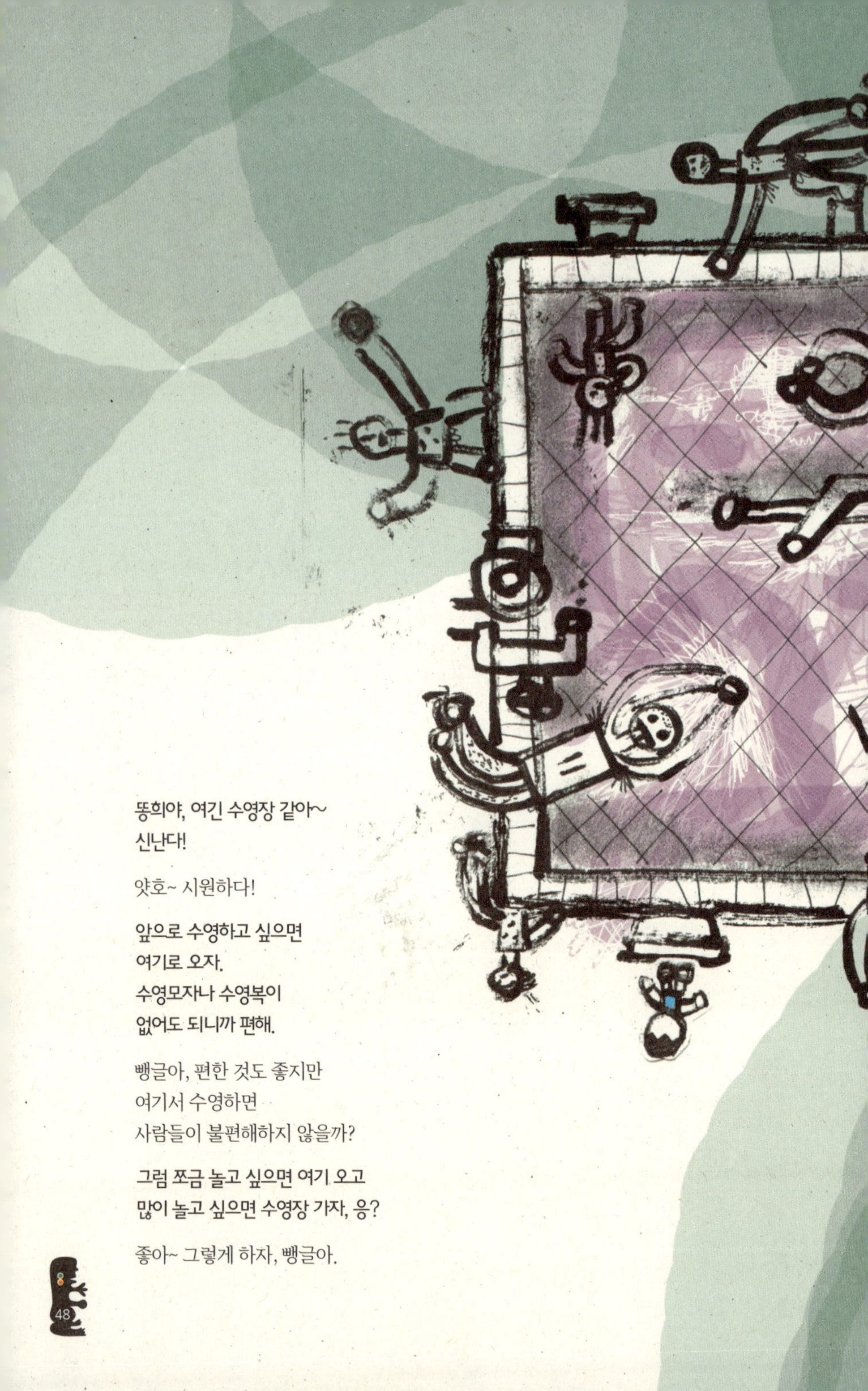

똥희야, 여긴 수영장 같아~
신난다!

얏호~ 시원하다!

앞으로 수영하고 싶으면
여기로 오자.
수영모자나 수영복이
없어도 되니까 편해.

뺑글아, 편한 것도 좋지만
여기서 수영하면
사람들이 불편해하지 않을까?

그럼 쪼금 놀고 싶으면 여기 오고
많이 놀고 싶으면 수영장 가자, 응?

좋아~ 그렇게 하자, 뺑글아.

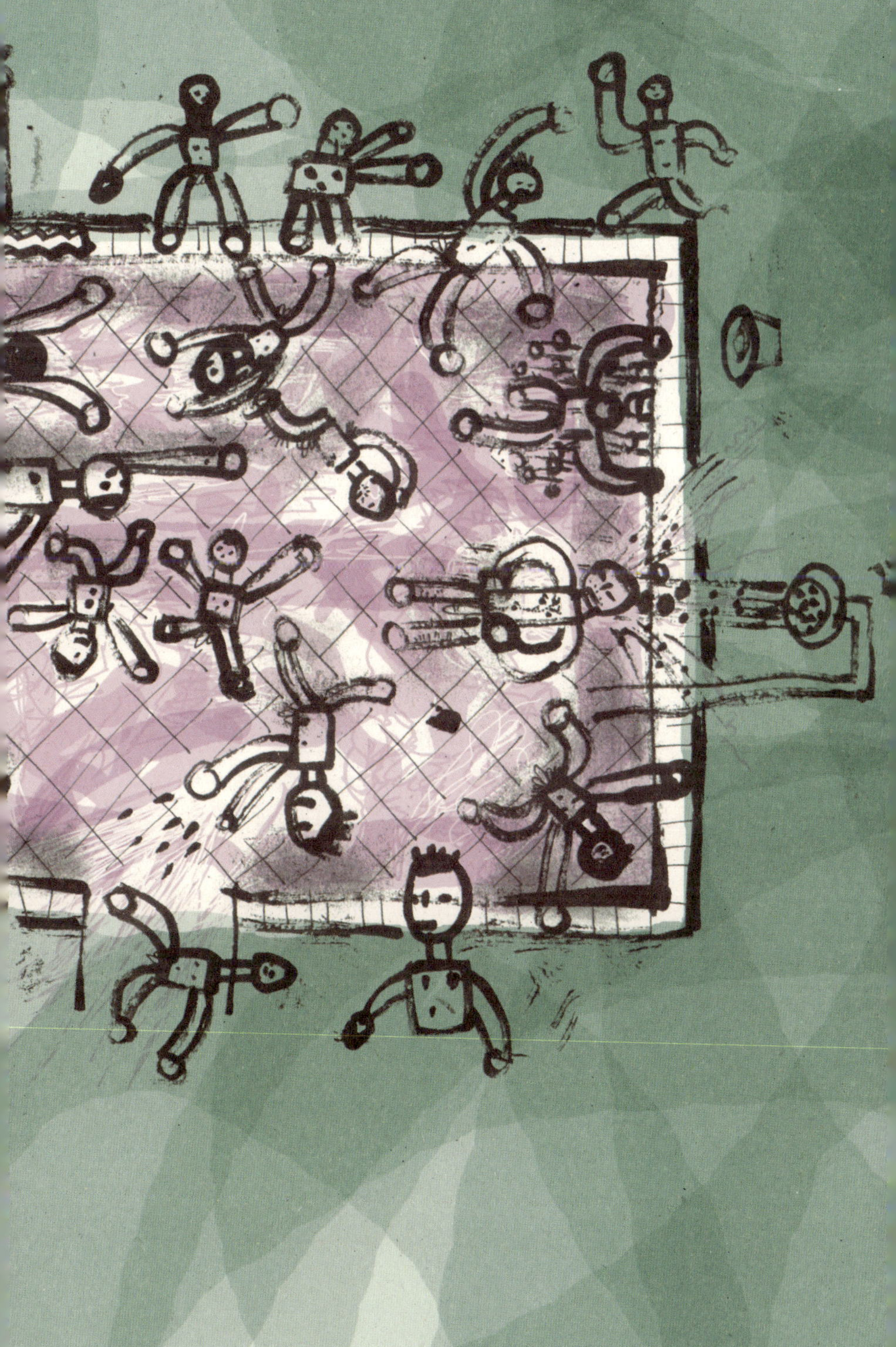

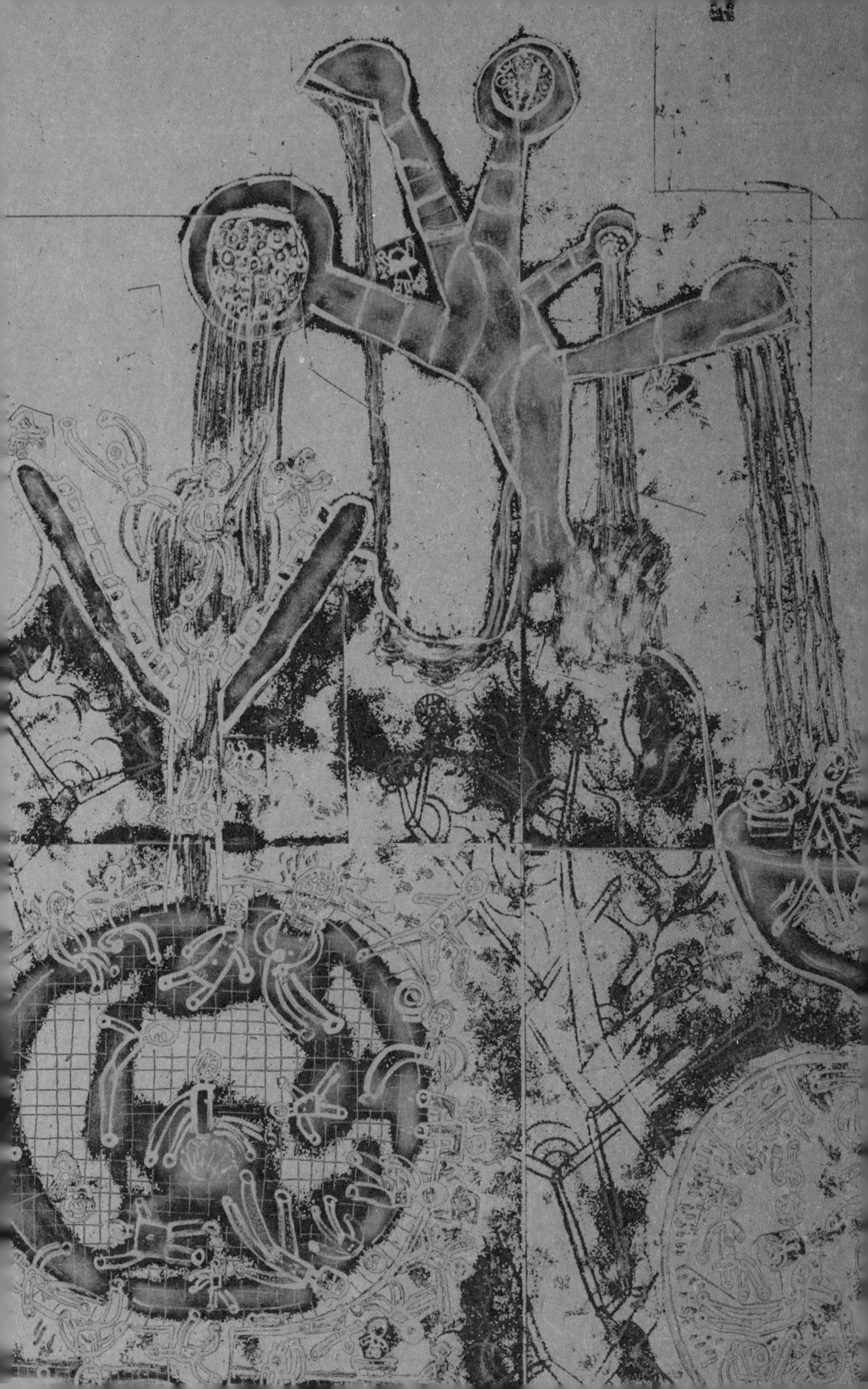

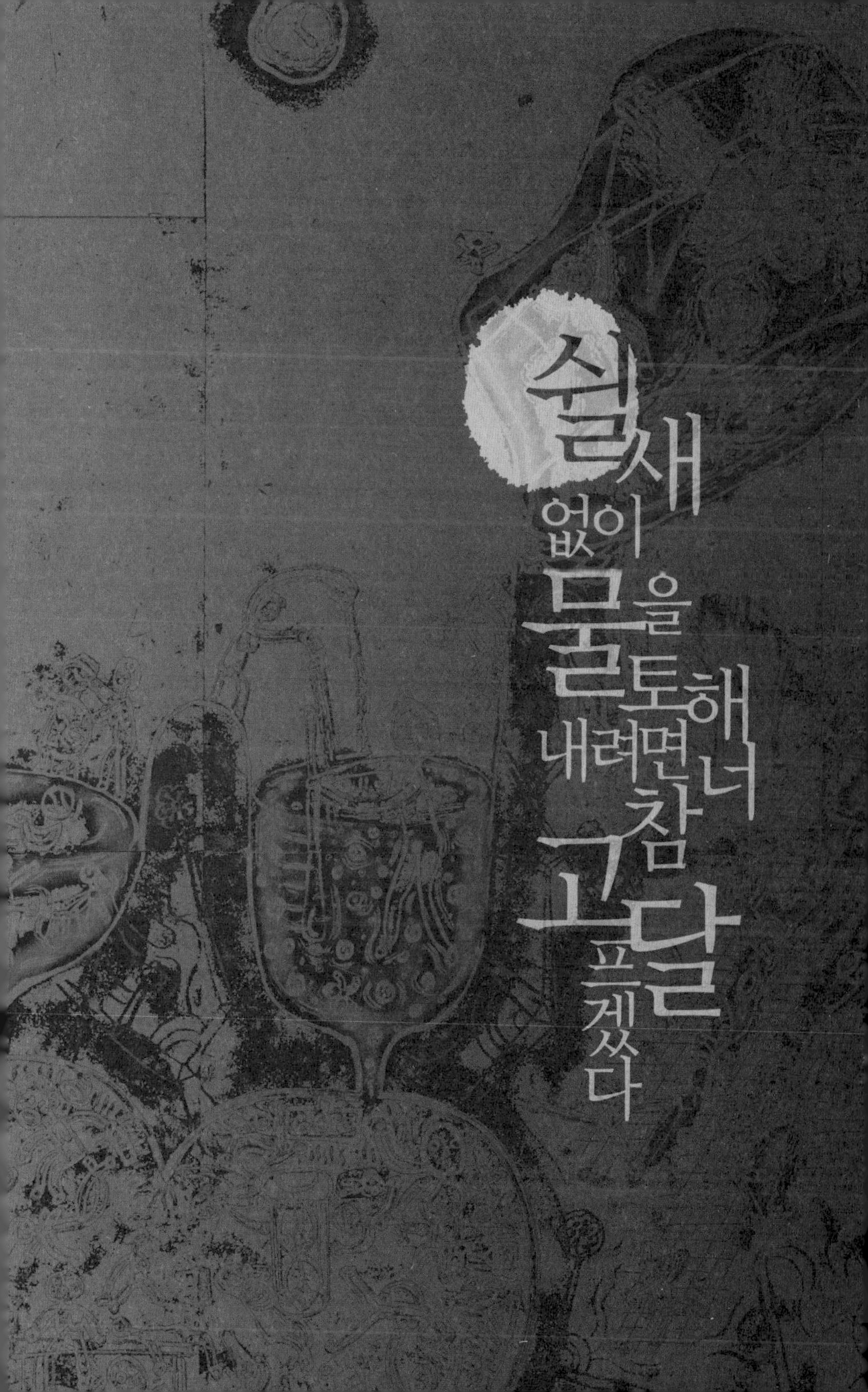
쉴새없이 물을 토해 내려면 너 참 고달프겠다

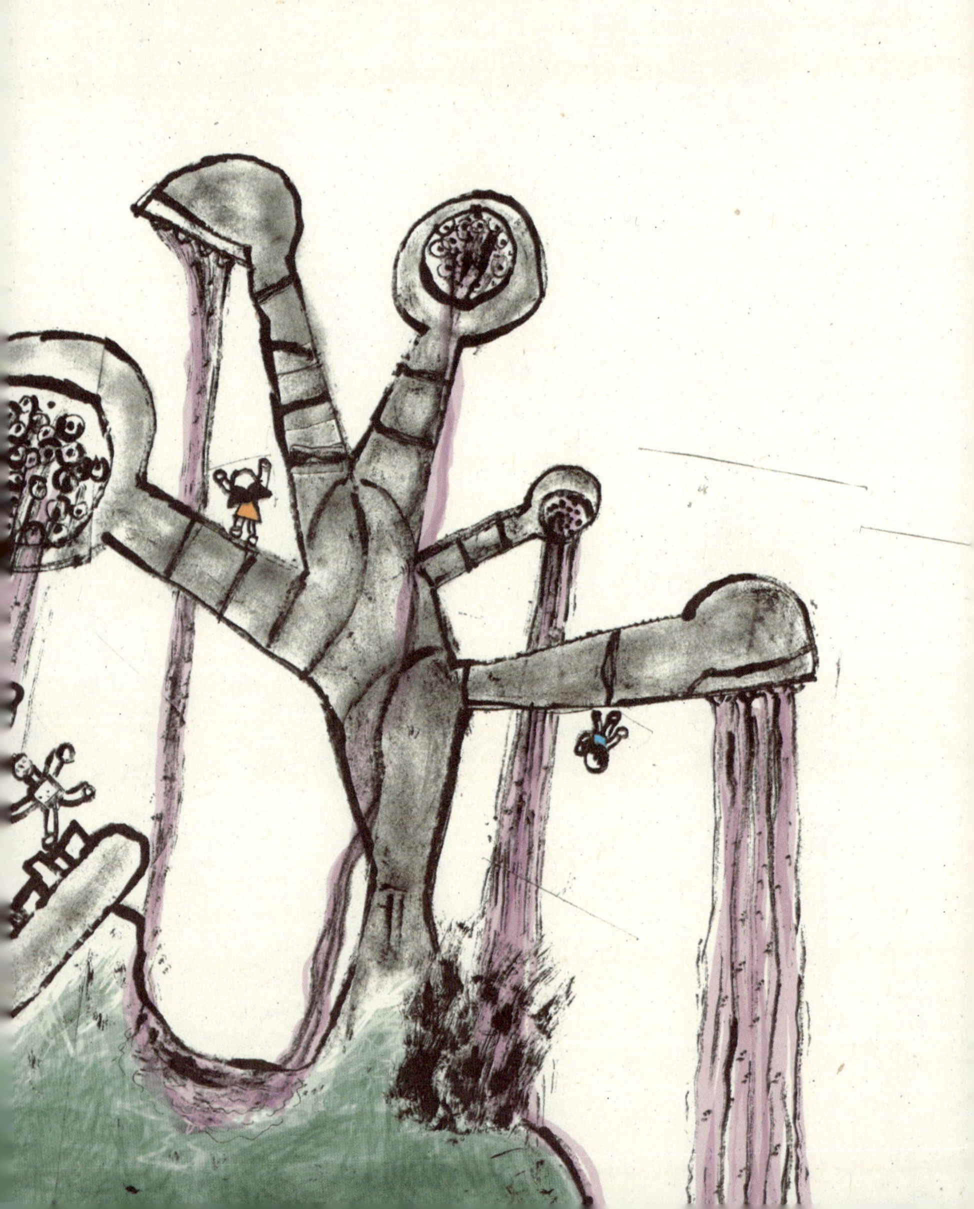

탕마을에서 나온
빼글이와 똥희는
검은숲샤워손을 만났어요.

사람들이 없는 샤워손에서도
물이 계속 흘러나와….
쉴 새 없이 물을 토해내는
샤워손이 많이 고달파 보여.
불쌍하다, 그치?

나는 오히려 시원한 물을
뿌려줘서 고마운걸~
너무 걱정스러우면
샤워손이 쉴 수 있도록
해님에게 한번 부탁해봐~

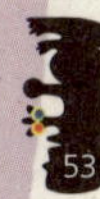

뺑글이는 하늘 높이 뜬
해시계에게 손짓했어요.

해님, 샤워손이 언제까지 일해야 하나요?
좀 쉬엄쉬엄하게 해주세요.
이러다가 샤워손이 쓰러지겠어요!

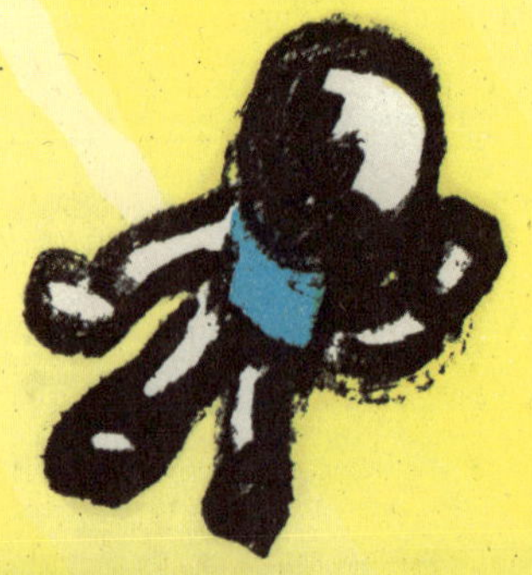

해시계는 아무 대답이 없었어요.
시곗바늘은 멈추지 않았고
샤워손은 계속 물을 만들어야 했어요.

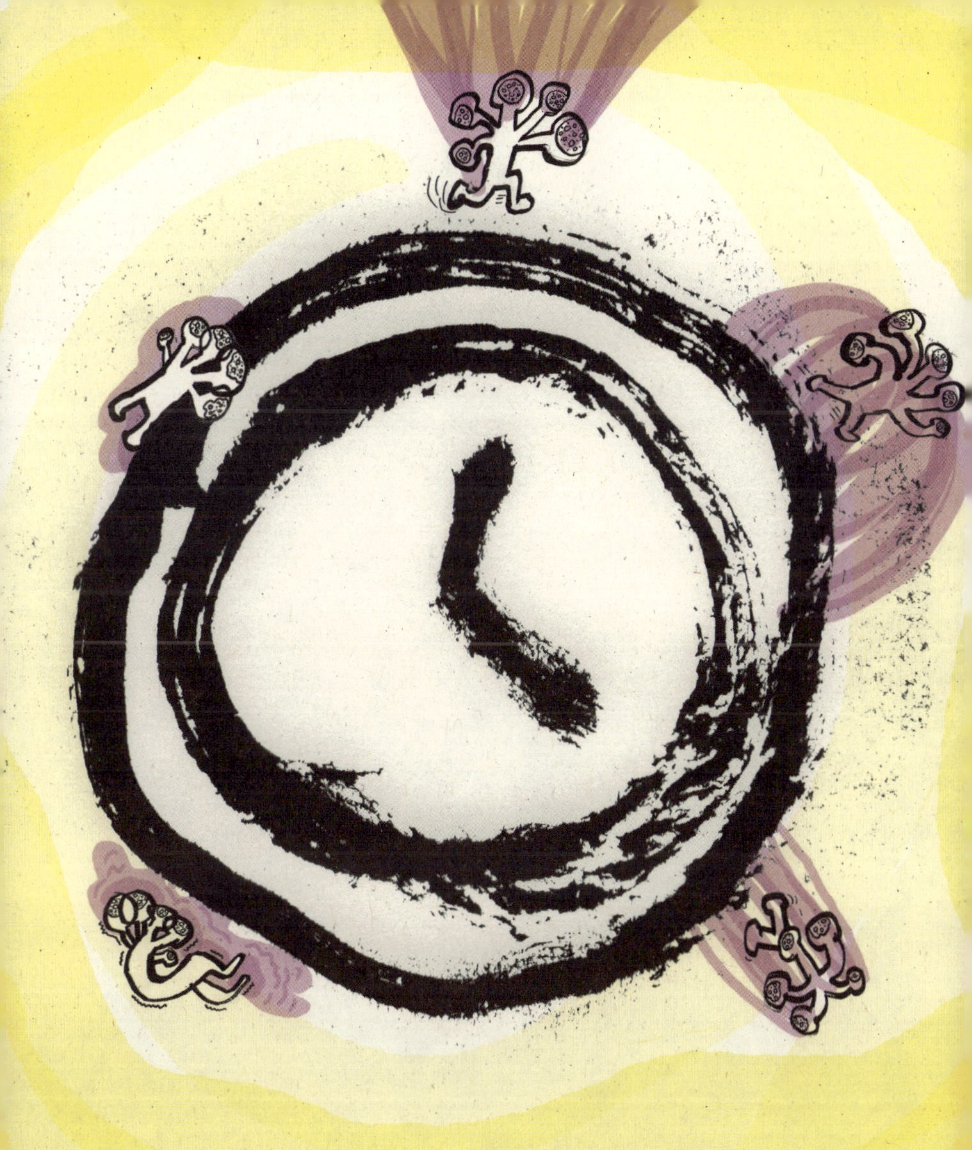

뺑글아, 너무 걱정하지 마.
해님이 네 이야길 다 들었을 거야~
우리 이만 내려가자.

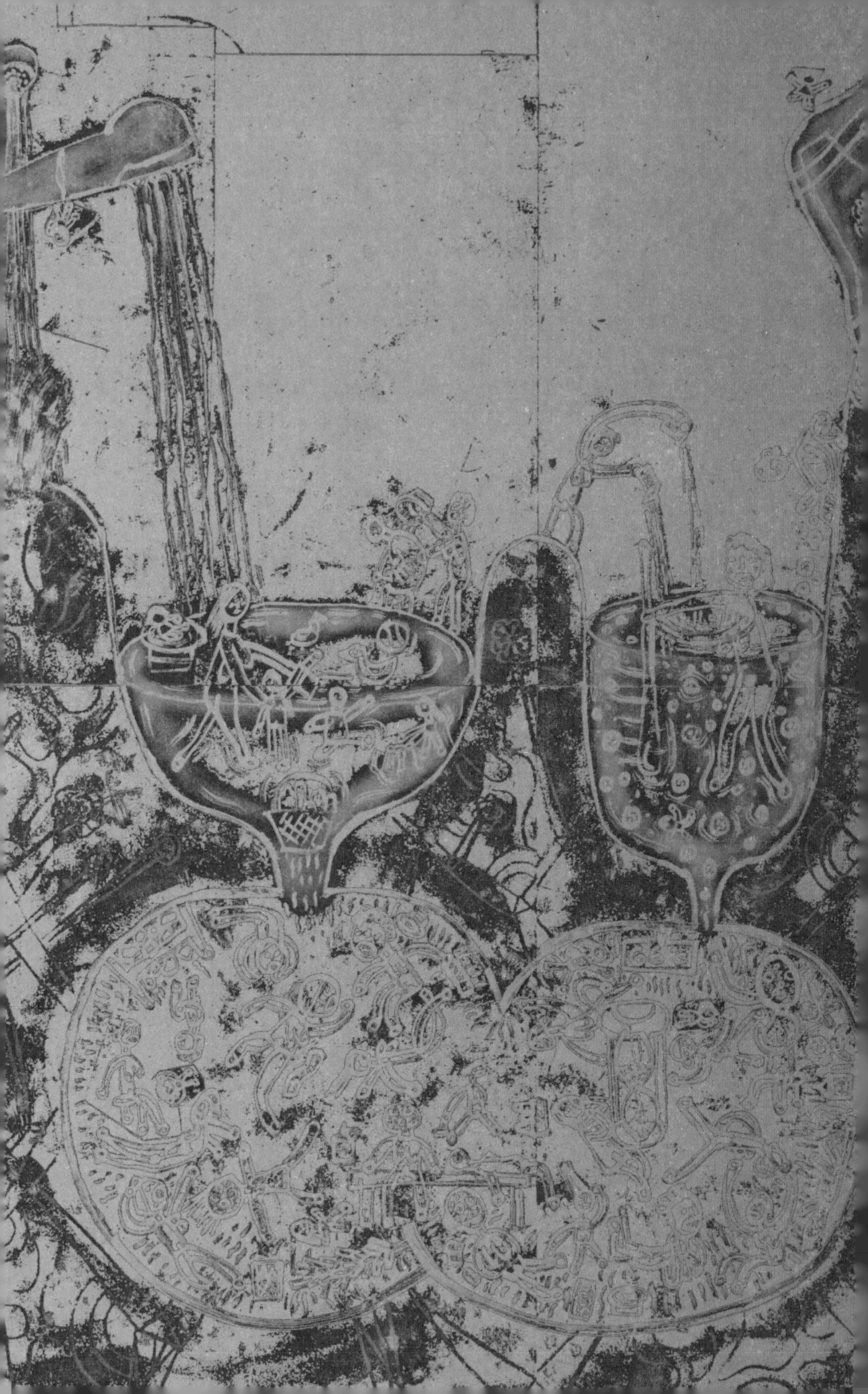

말을 한다는 건 마술 부리는 것 같아

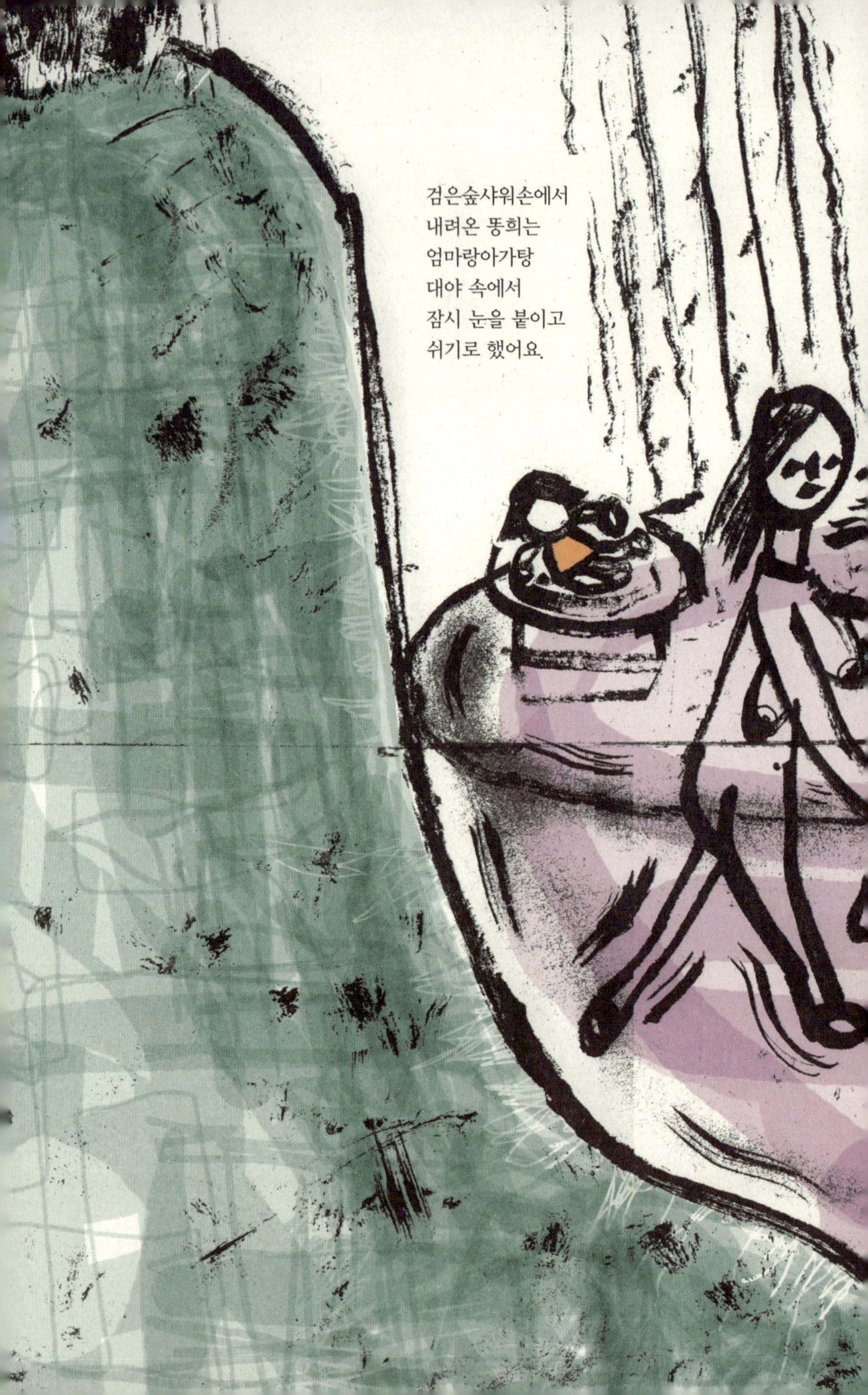

검은숲샤워손에서
내려온 똥희는
엄마랑아가탕
대야 속에서
잠시 눈을 붙이고
쉬기로 했어요.

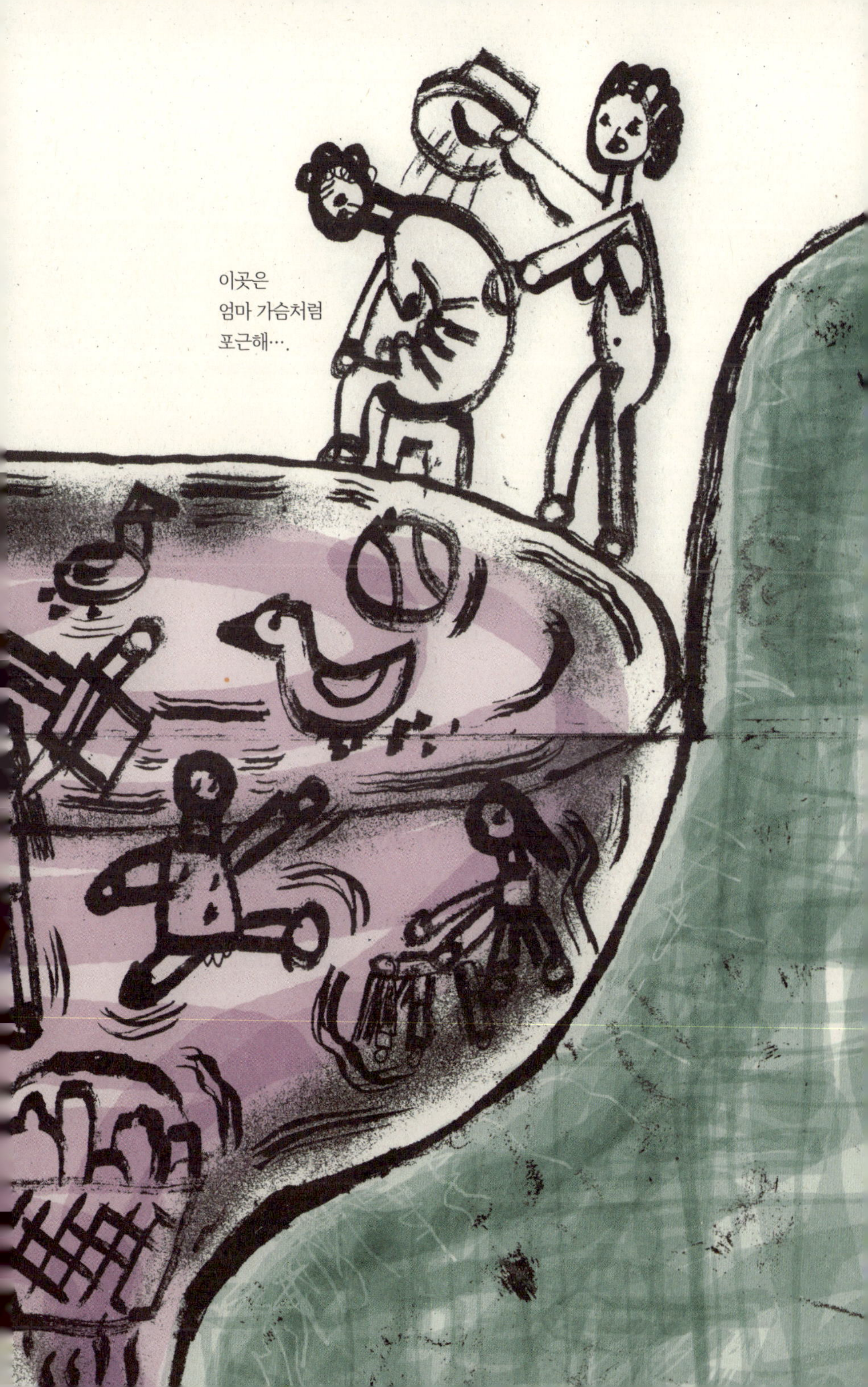
이곳은
엄마 가슴처럼
포근해….

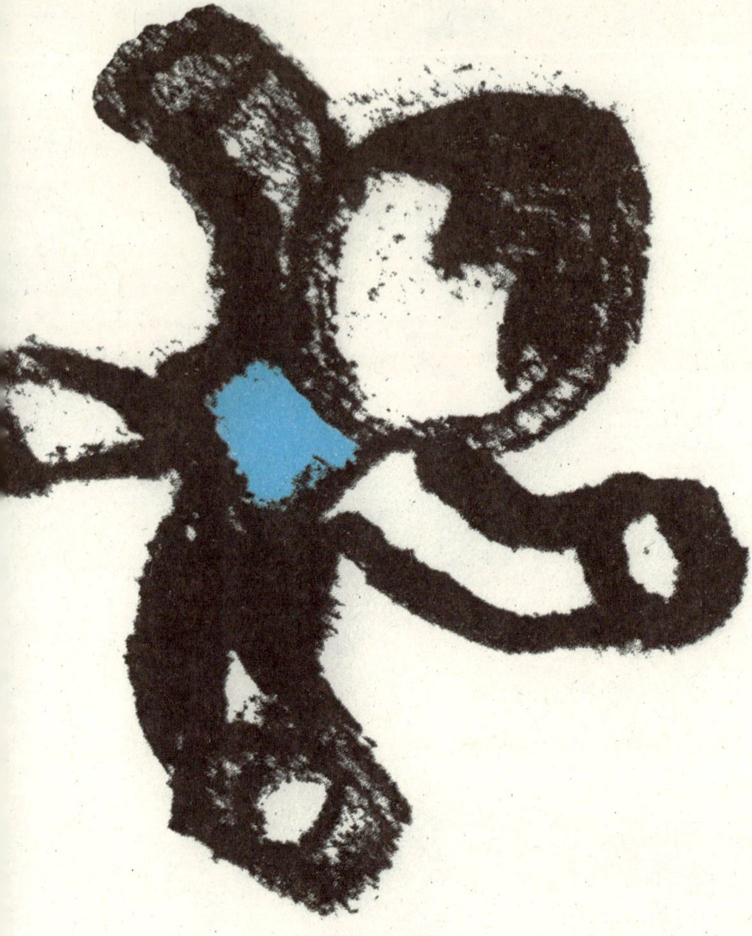

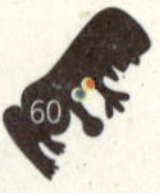

엄마랑아가탕 옆 언덕을 오르던 뺑글이는
미끄러지는 바람에 그만
요플레오이마사지탕에 빠져버렸어요.

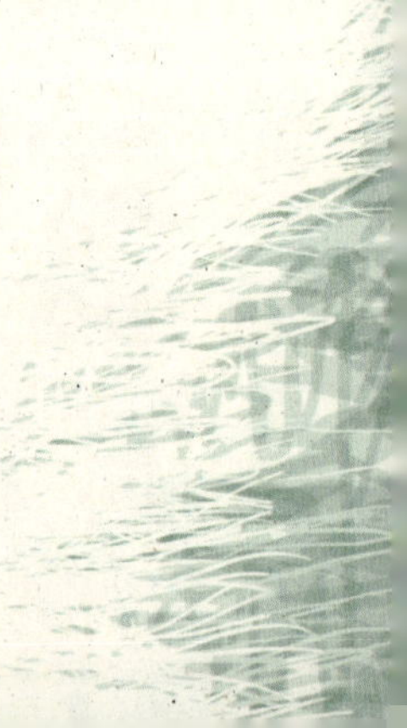

아이쿠! 여기가 어디지?

어지러워서 정신을 못 차리겠네.

아줌마들이 마사지 팩을
만들고 있어서 그래.
꼭지 모양의 구멍을 통해
밑으로 나와, 빵글아!

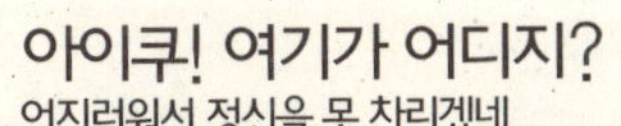

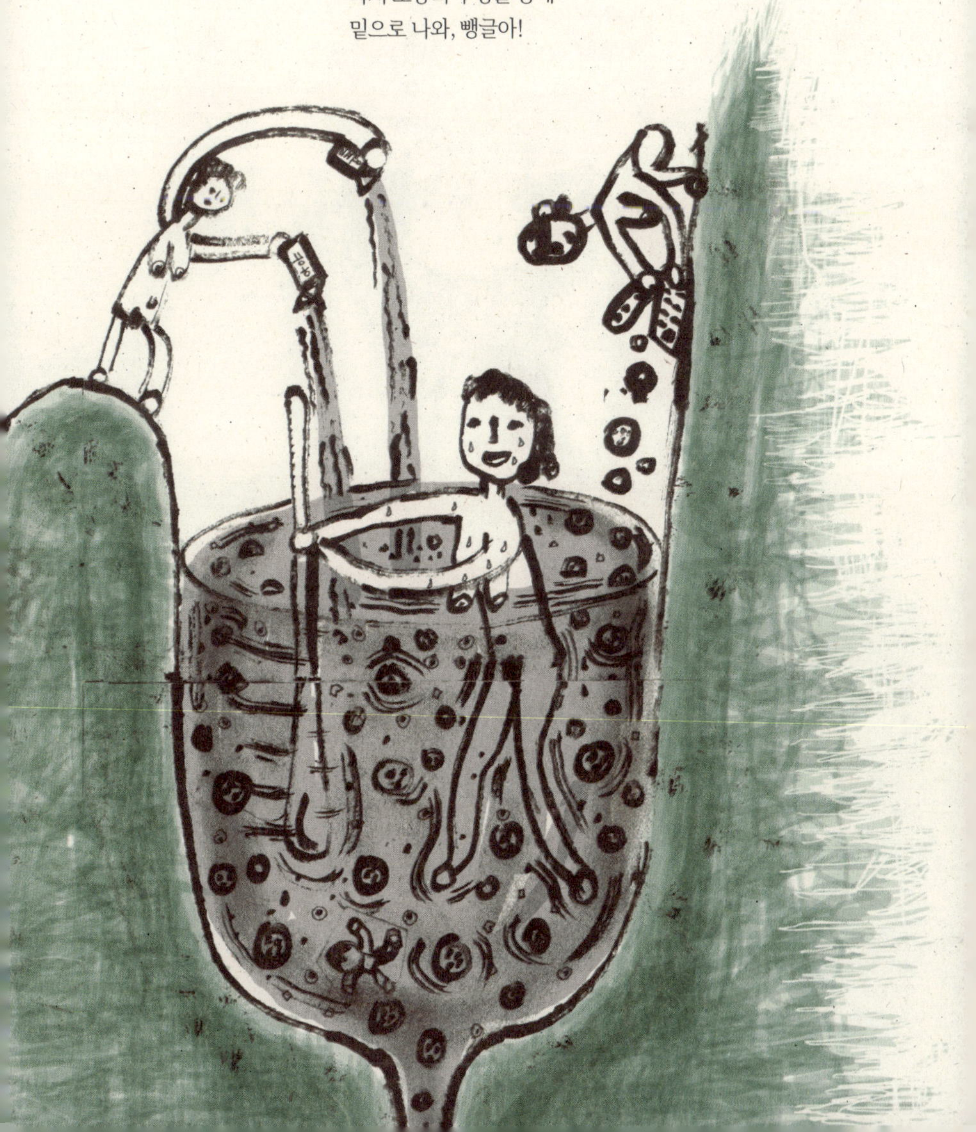

빵글이와 똥희는
수다사우나에서 다시 만났어요.

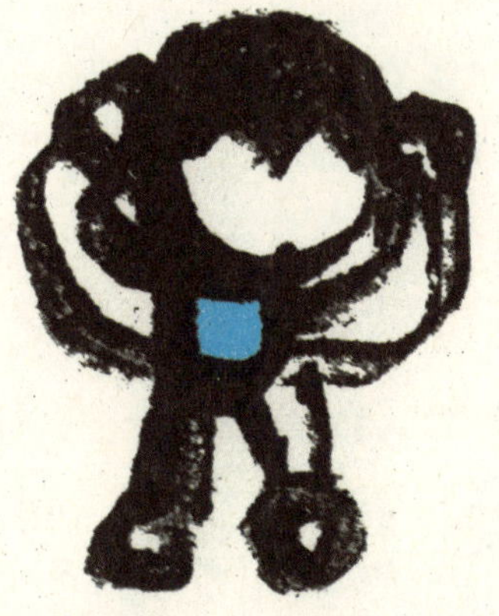

똥희야 고마워, 네 덕분에 살았어.
근데 아까 말했던 마사지 팩이란 게 뭐야?

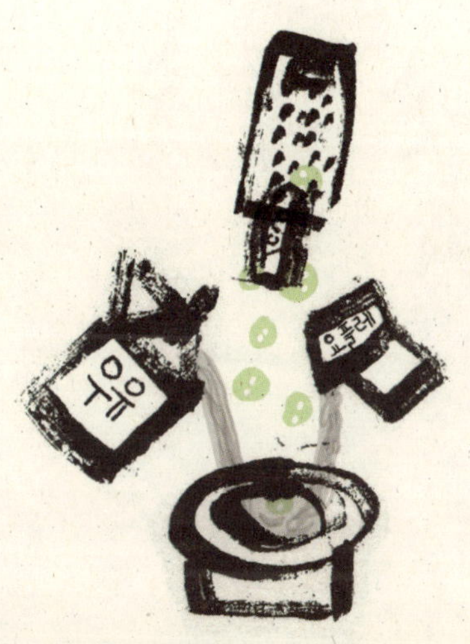

예뻐지고 싶은 여자들이
피부를 좋게 하려고 만드는 거야.
우유만 몸에 바르기도 하고,
요플레와 오이를 섞어 바르기도 해.

먹을 걸 몸에 바른다고?

그런 줄 알았더라면 아까 허우적댈 때
영양보충 좀 하는 건데… 아깝다.

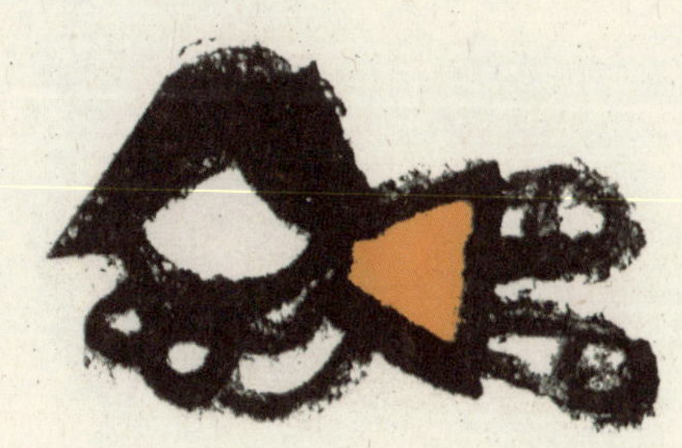

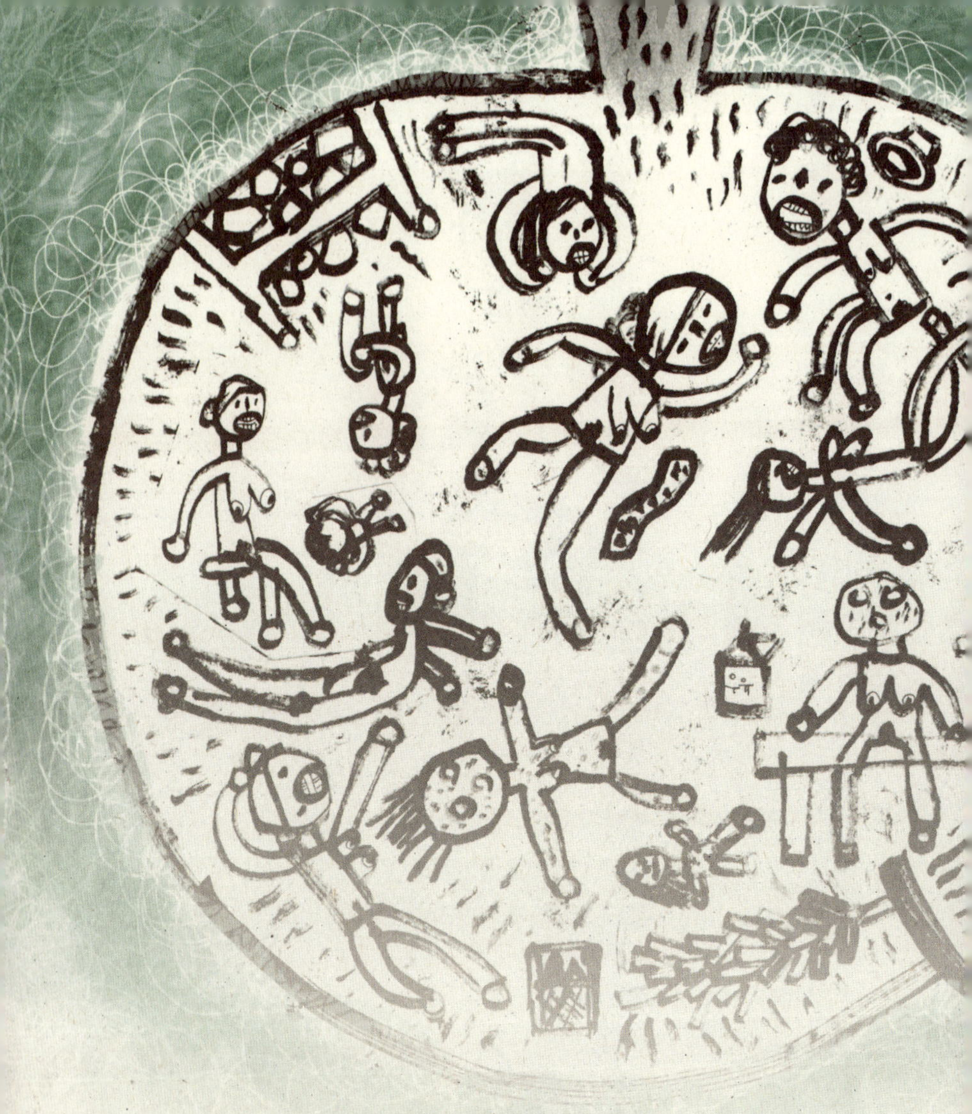

어휴~ 덥다, 더워!

똥희야, 여기는 열탕도 아닌데 땀이 많이 나.
동네 아줌마들이 다 모인 것 같아서 너무 시끄럽기도 하고.
자식 자랑, 남편 험담… 별의별 소릴 다 하시네.

여자들은 쪼그만 것도 많이 말하는 편이야.
그렇게 수다를 떨다 보면 답답한 마음이 많이 풀리거든.

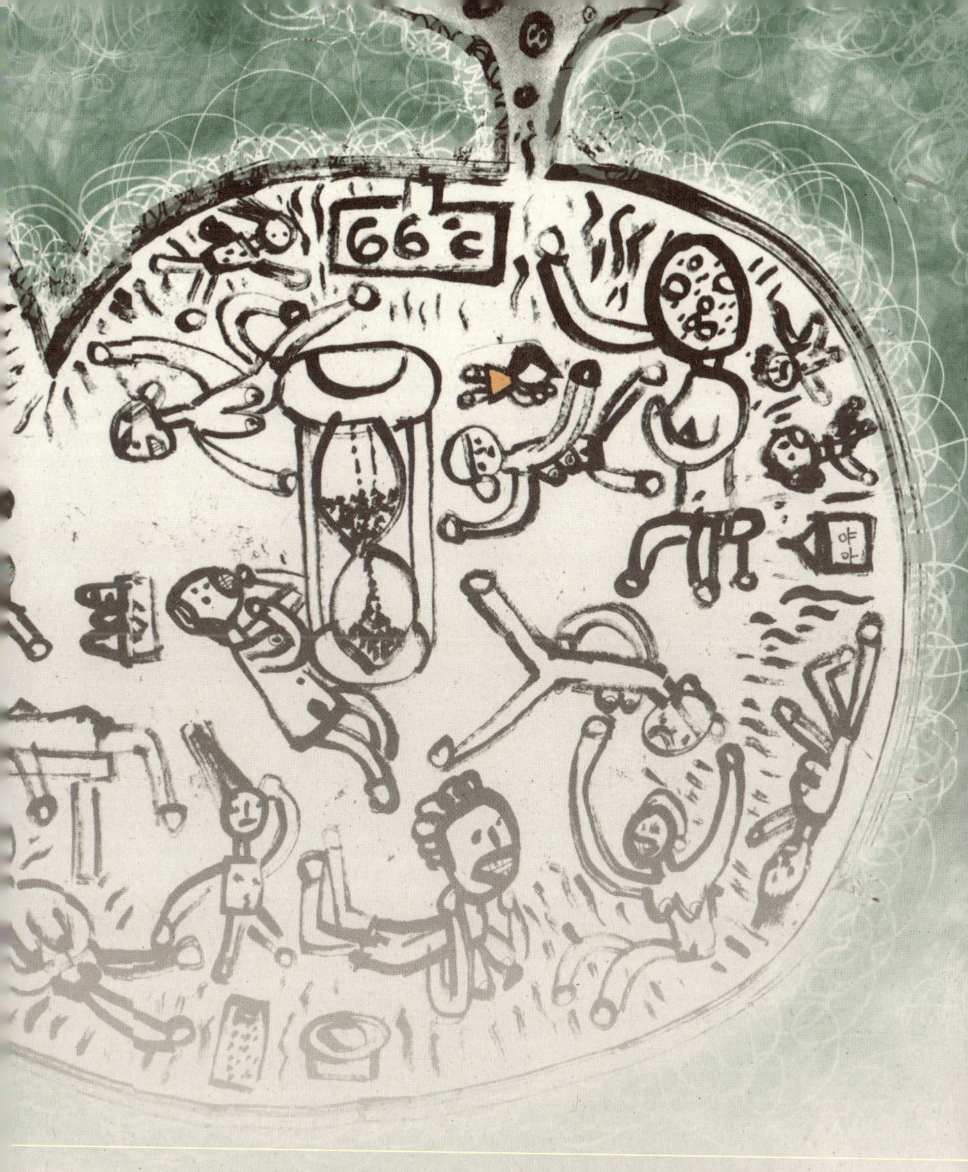

똥희야, 나도 그럴 때가 있어. 아까 뜨거운 물에 잘 들어가지 못해서
속상했는데, 너하고 이야기하면서 괜찮아졌잖아.

맞아, 뺑글이 너도 그랬지~
어쩔 땐 말을 한다는 건 마술 부리는 것 같아.

응, 맞아. 근데 여기 오래 있었더니 숨이 막혀. 우리 나가면 어떨까?

그래, 좋아.

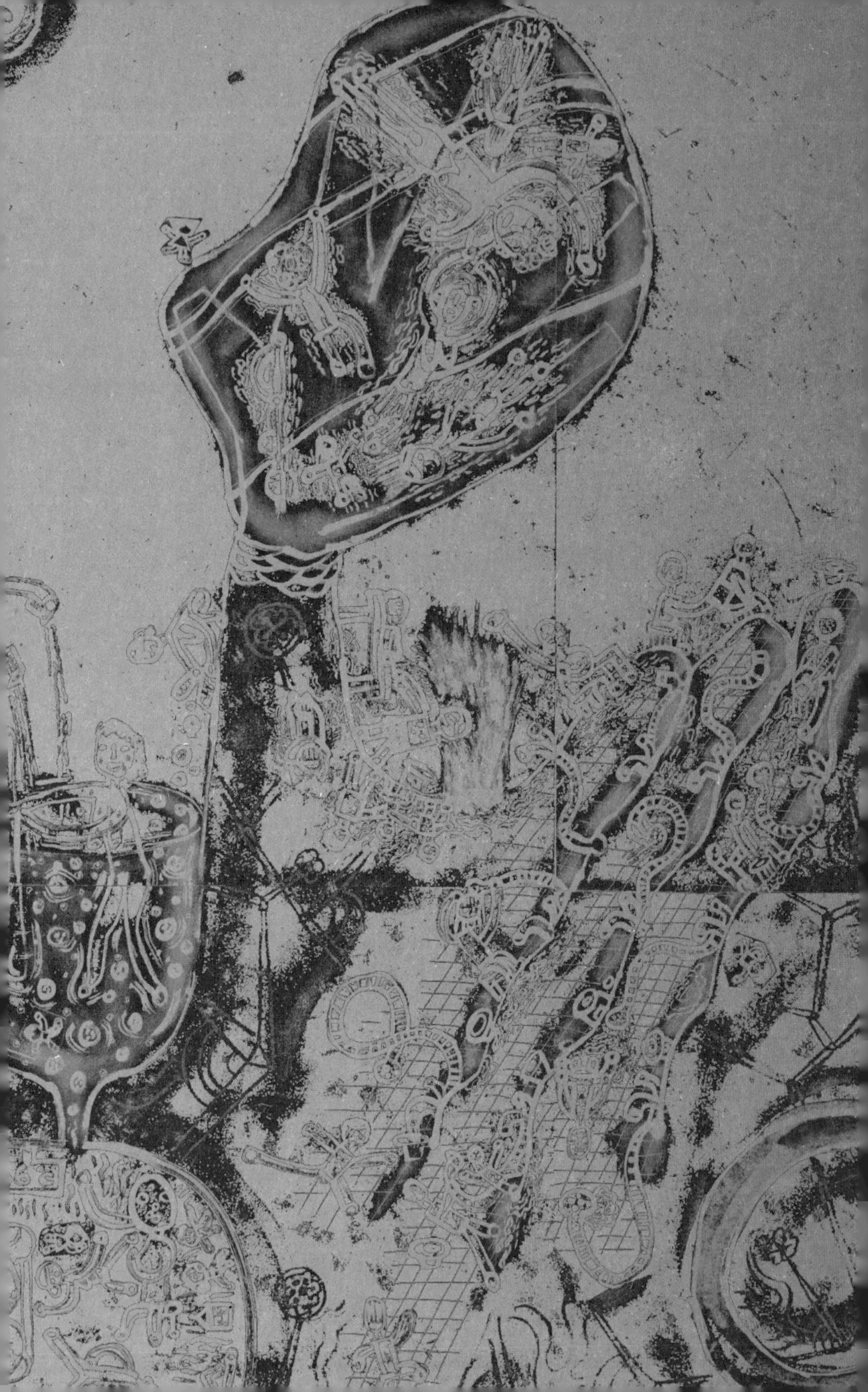

사람들은 도대체 왜 때를 미는 걸까

똥희야, 지렁이 같은 때 좀 봐! 수두룩해~

저 사람들은 왜 저렇게 때가 나와?

무슨 일 있었을까?

아나~사람들은 누구나 다 때가 있어.

그럼, 나한테도 있어?

응, 그럼~

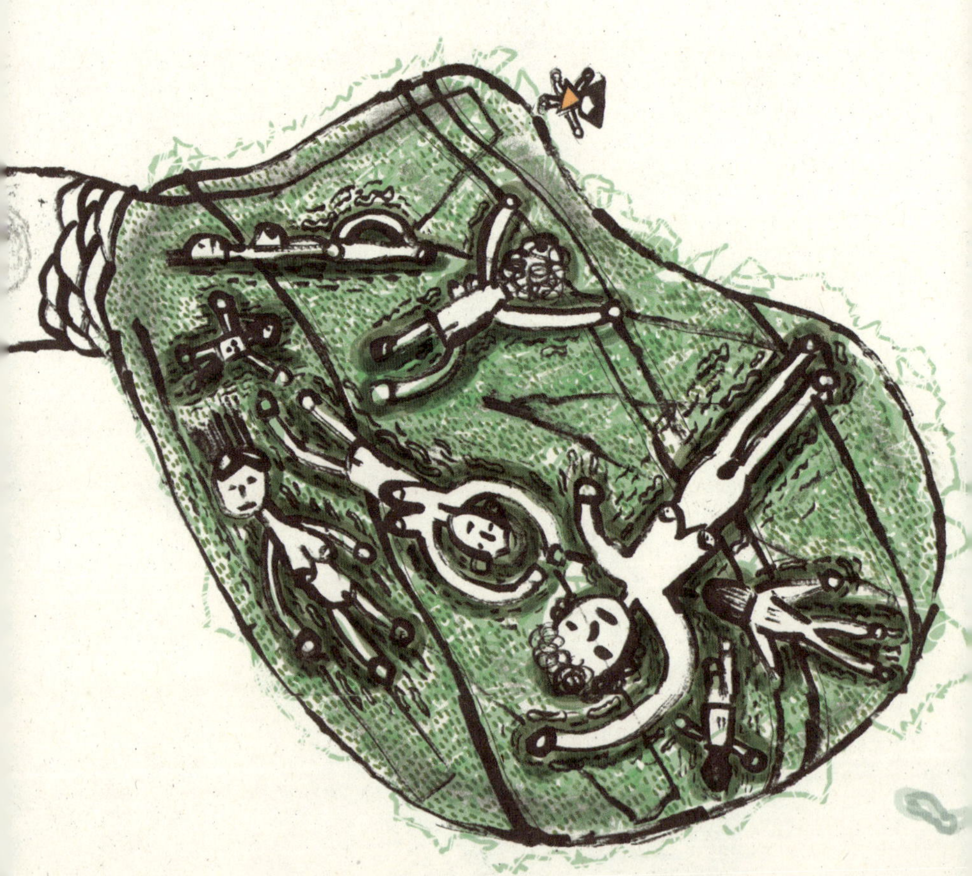

똥희야, 지렁이 같은 때 좀 봐! 수두룩해~

때는 한 번만 밀어주면 되는 거야?

때는 벗겨도 얼마 지나면
생기고 또 생기고 그래.
그러니까 계속 벗겨야 해.

그냥 놔두면 안 돼?
계속 밀려면 귀찮겠다.
때를 밀다가 지우개처럼 몸이 다 닳아서
없어지면 어떡해!
그냥 때를 놔두고 살면 안 되는 거야?
사람들은 도대체 왜 때를 미는 걸까?

아프지만 시원하대. 그리고 기분이 좋대.
아마도 지우개로 지우는 것처럼
때를 밀면서 뭔가 잘못 쓴 흔적들을 지우고
다시 시작하고 싶은가 봐.

음... 아프지만 시원하고 기분이 좋다고?
그럼, 때를 밀면 마음도 깨끗해지고 시원해지는 거야?

그건 나도 잘 몰라.

때는 왜 생기는 걸까?!

때밀이골짜기로 내려온 뺑글이는
때에 대한 궁금증이 다 풀리지 않았어요.
곳곳에서 때를 미는 사람들이
뺑글이 눈에는 신기하게만 보였어요.
호기심 어린 눈으로 사람들을 보며
걷던 중이었어요.

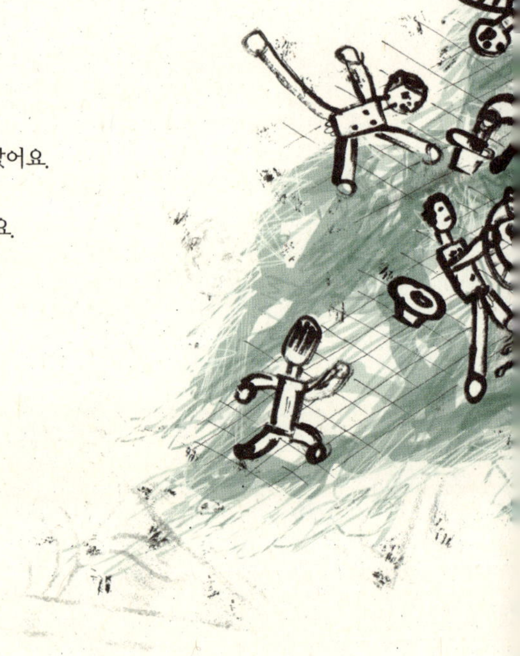

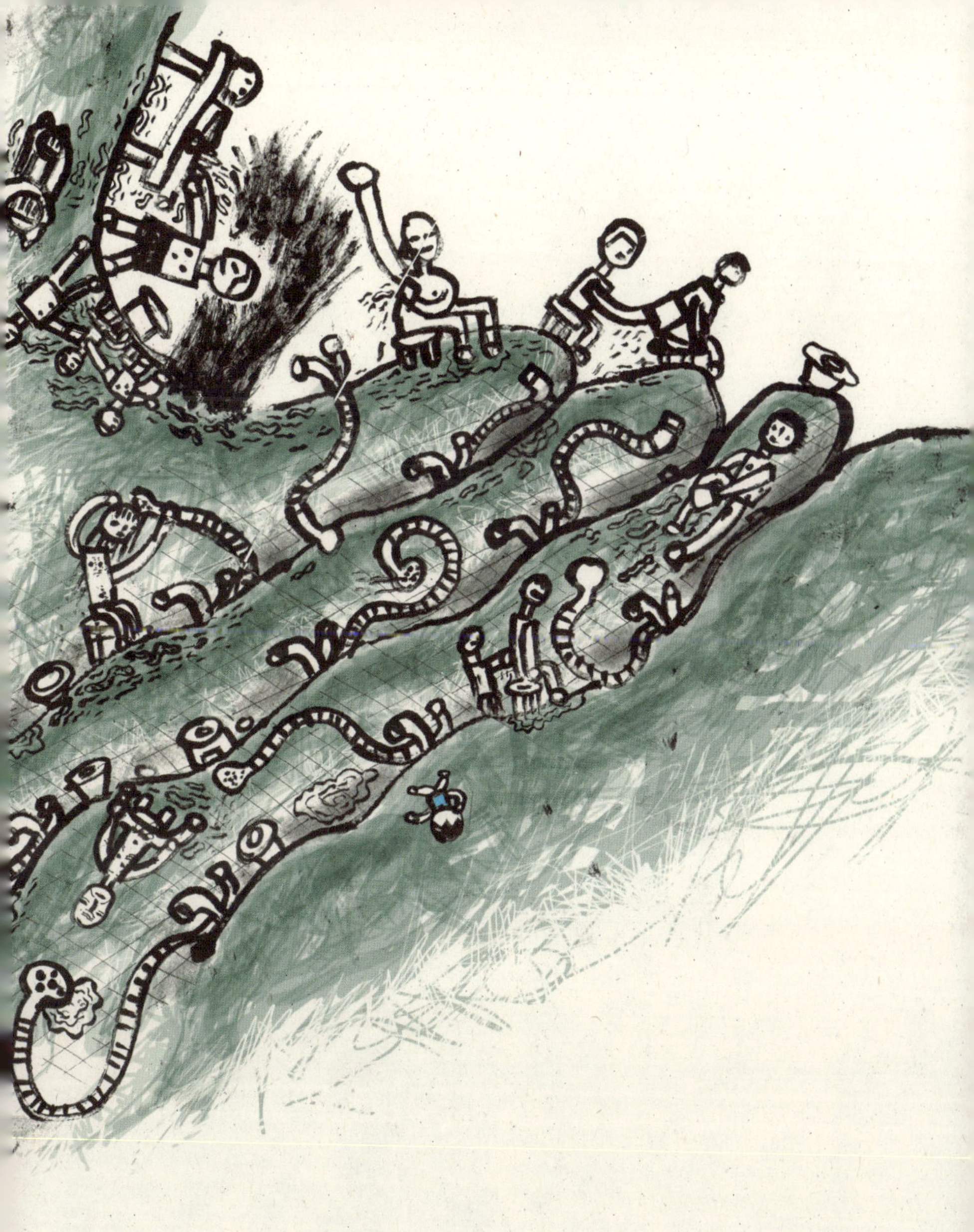

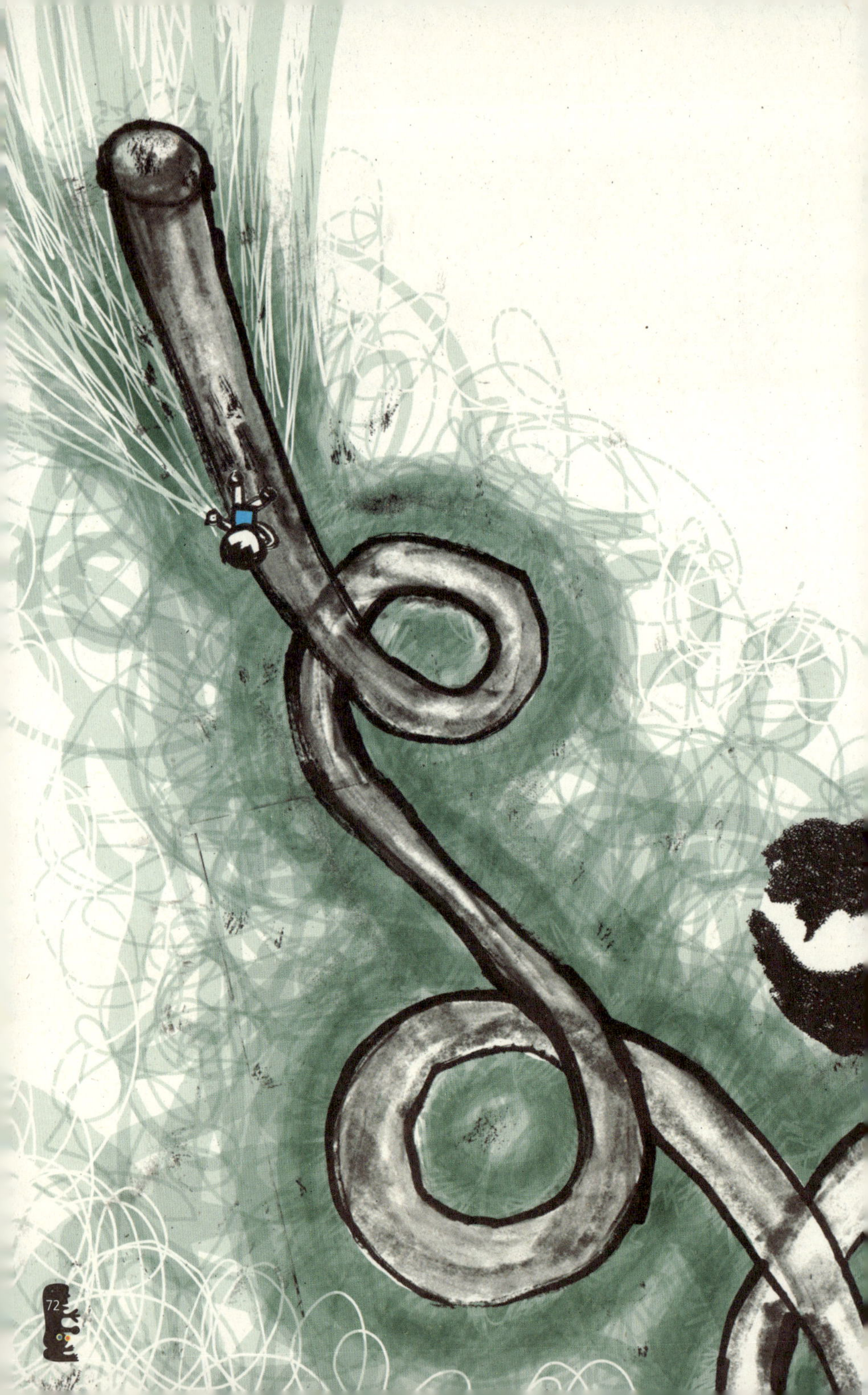

지렁이떼를 밟고 미끄러진 빵글이가
그만 배꼽홀에 빠져버렸어요!

똥희야! 살려줘!

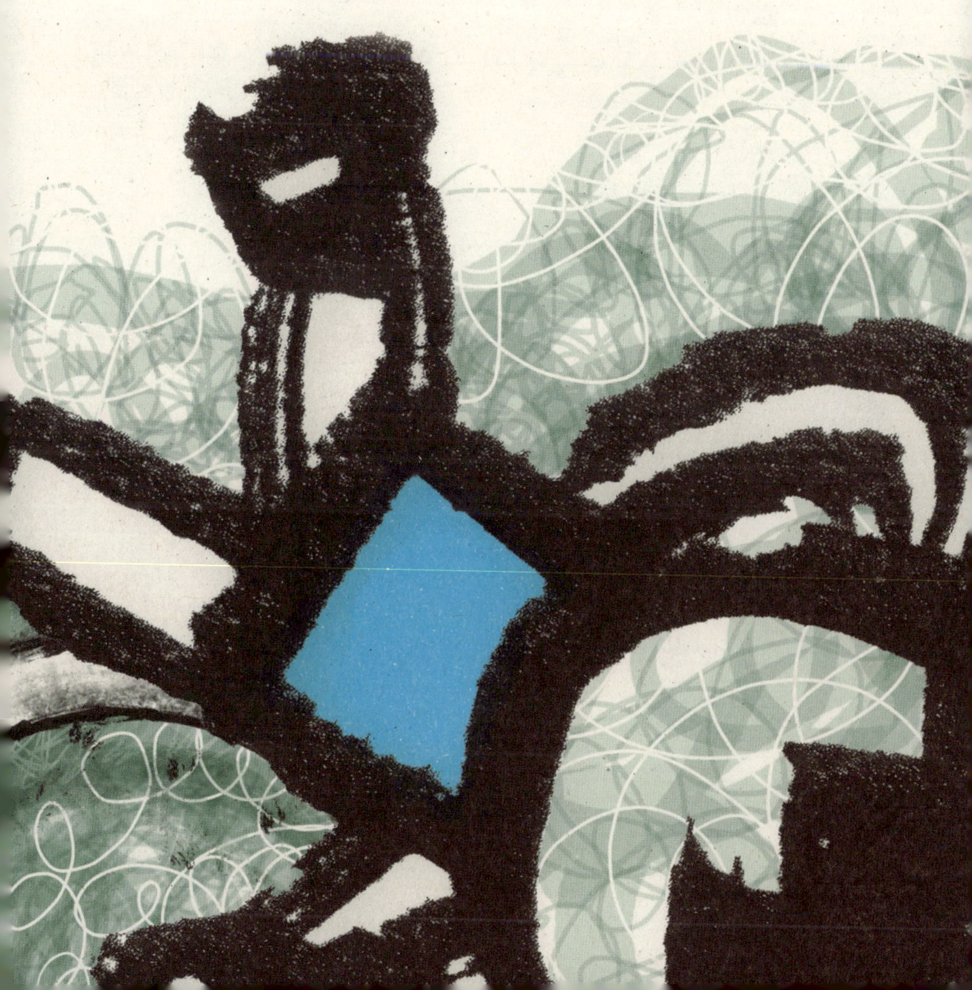

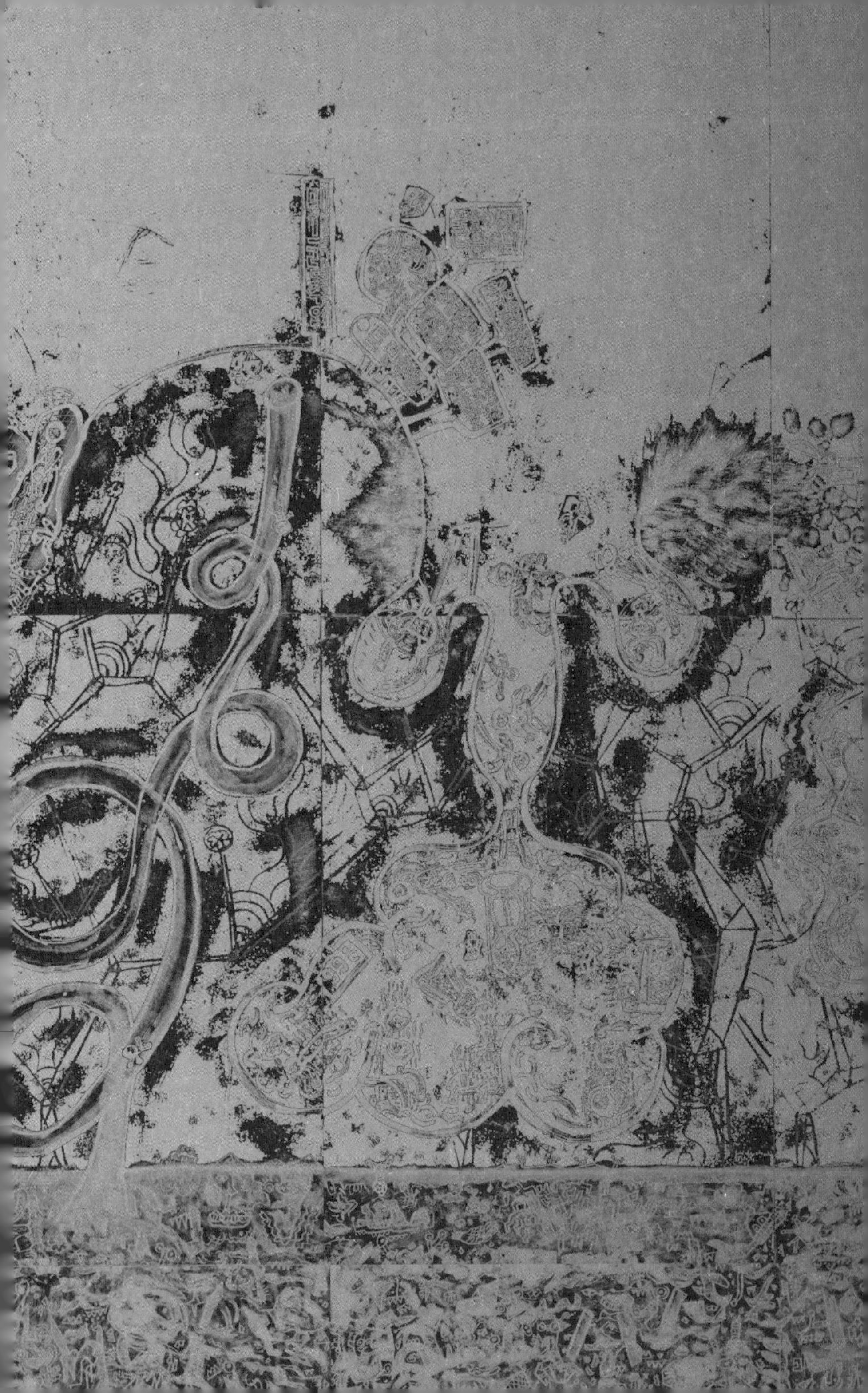

마음의 때가 가득한 사람들

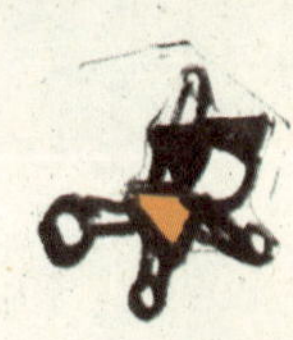

뱅글아아아!
조금만 기다려! 지금 구하러 갈게!

아, 어지러워!
머리가 뱅글뱅글 돈다….

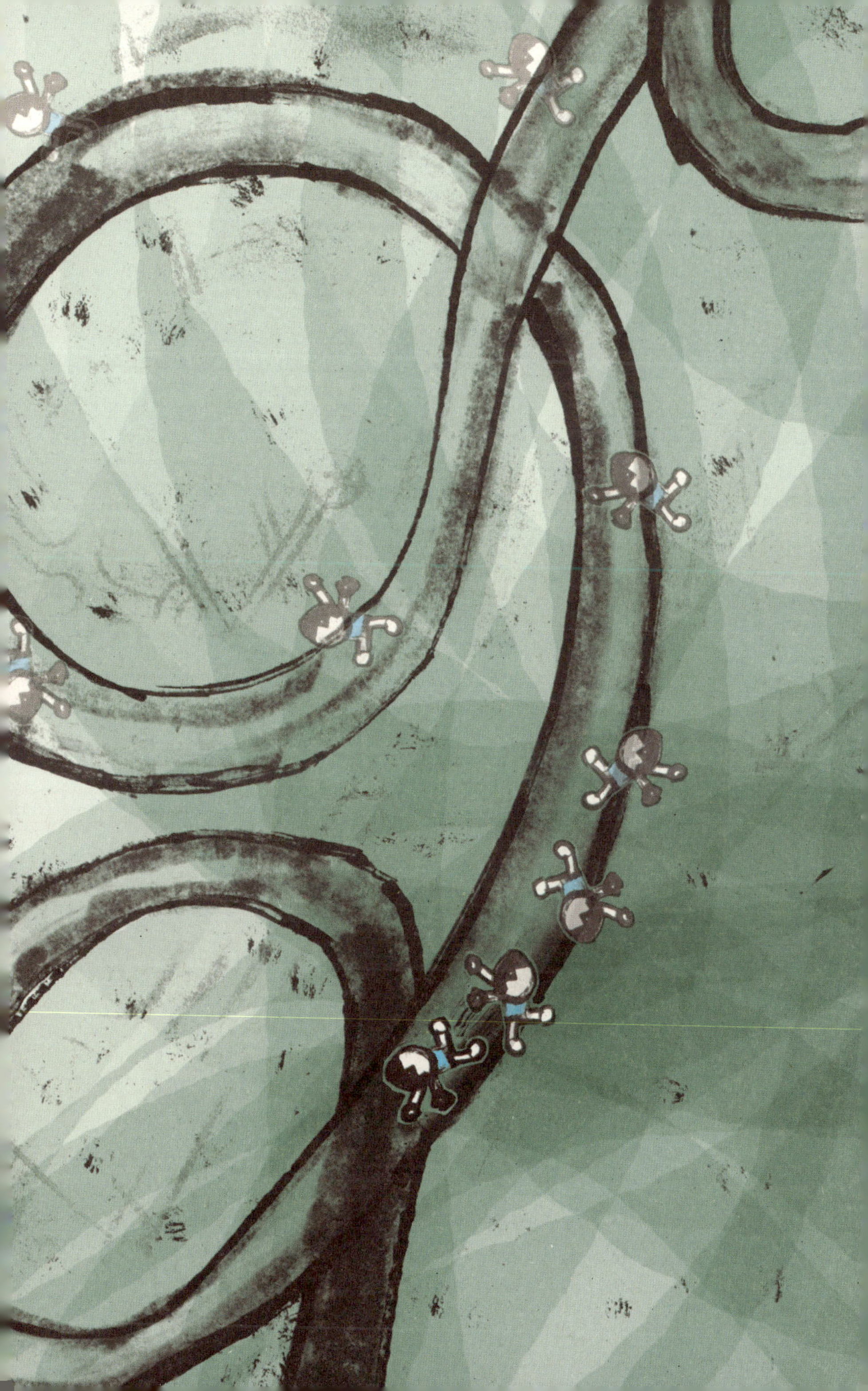

배꼽홀이 너무 위험해 보였는지 똥희는
다른 길로 가서 뺑글이를 찾기로 마음먹었어요.
똥희는 배꼽홀 바로 앞에
지시판숲이 있다는 것을 알게 되었어요.

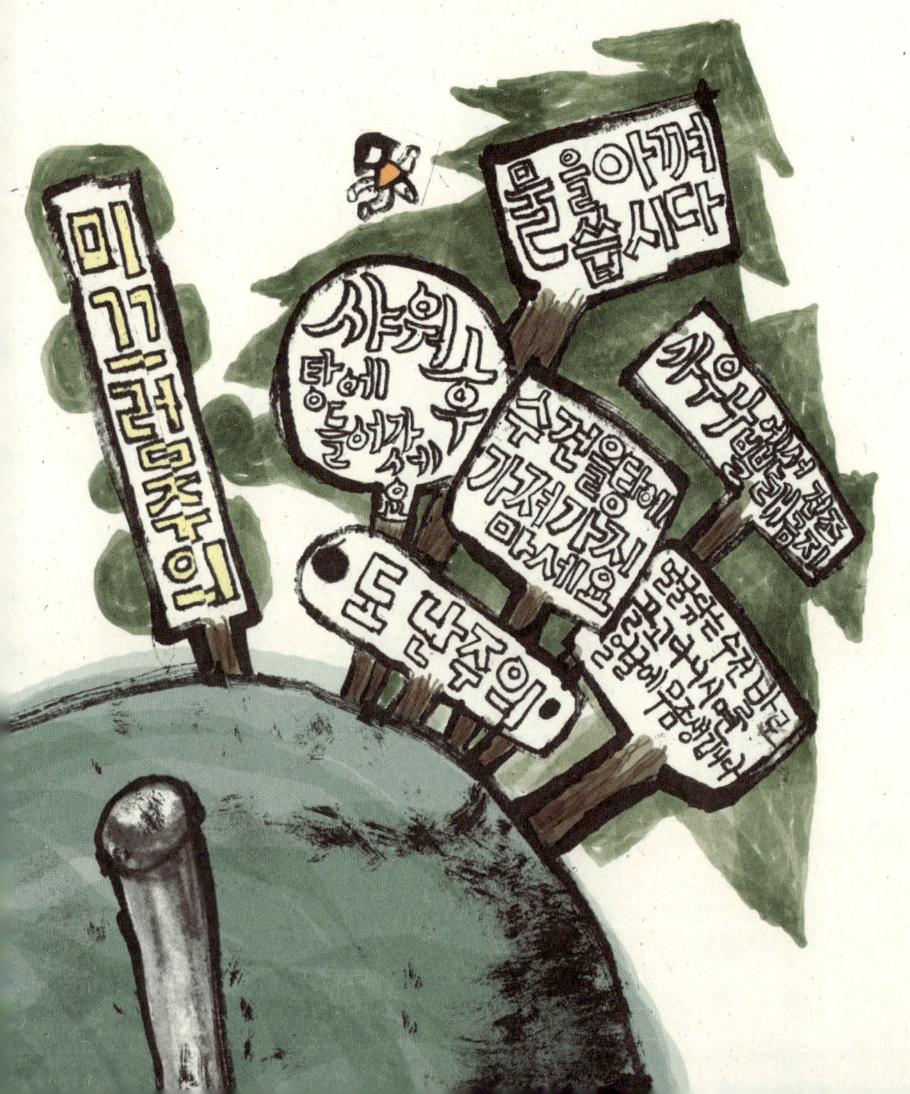

미끄럼주이!

빵글이가 이걸 봤더라면
빠지는 일은 없었을 텐데….

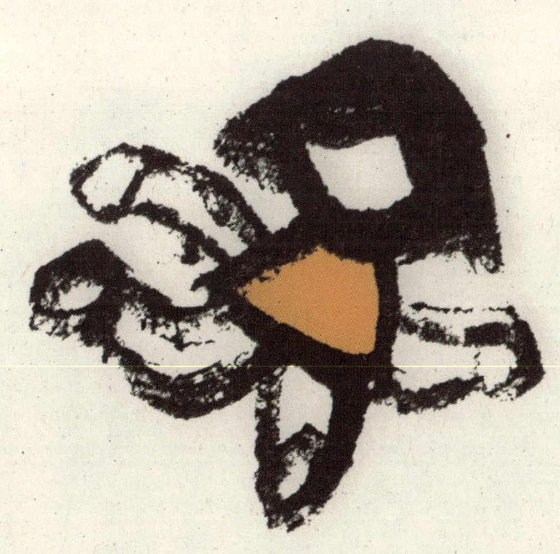

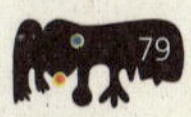

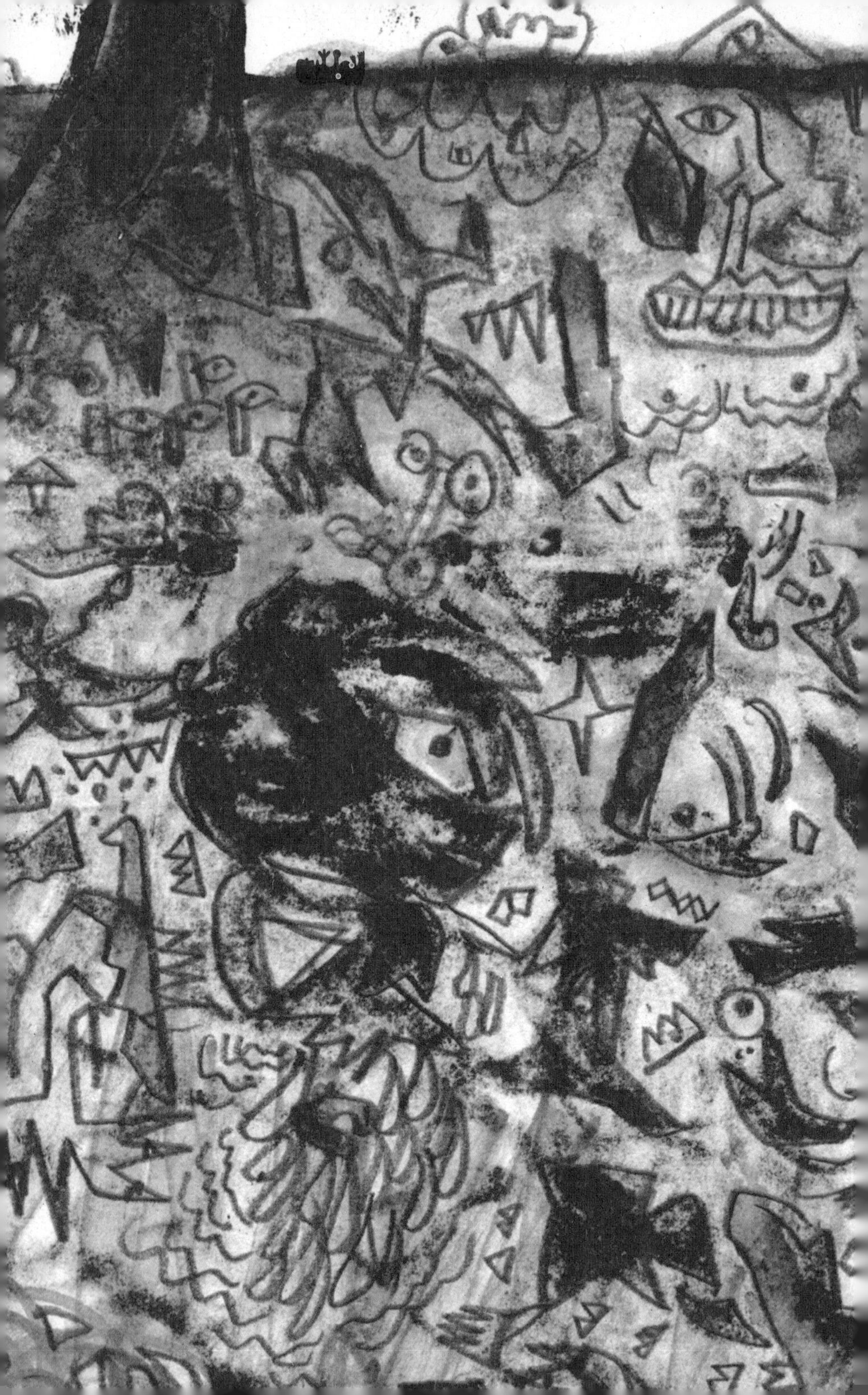

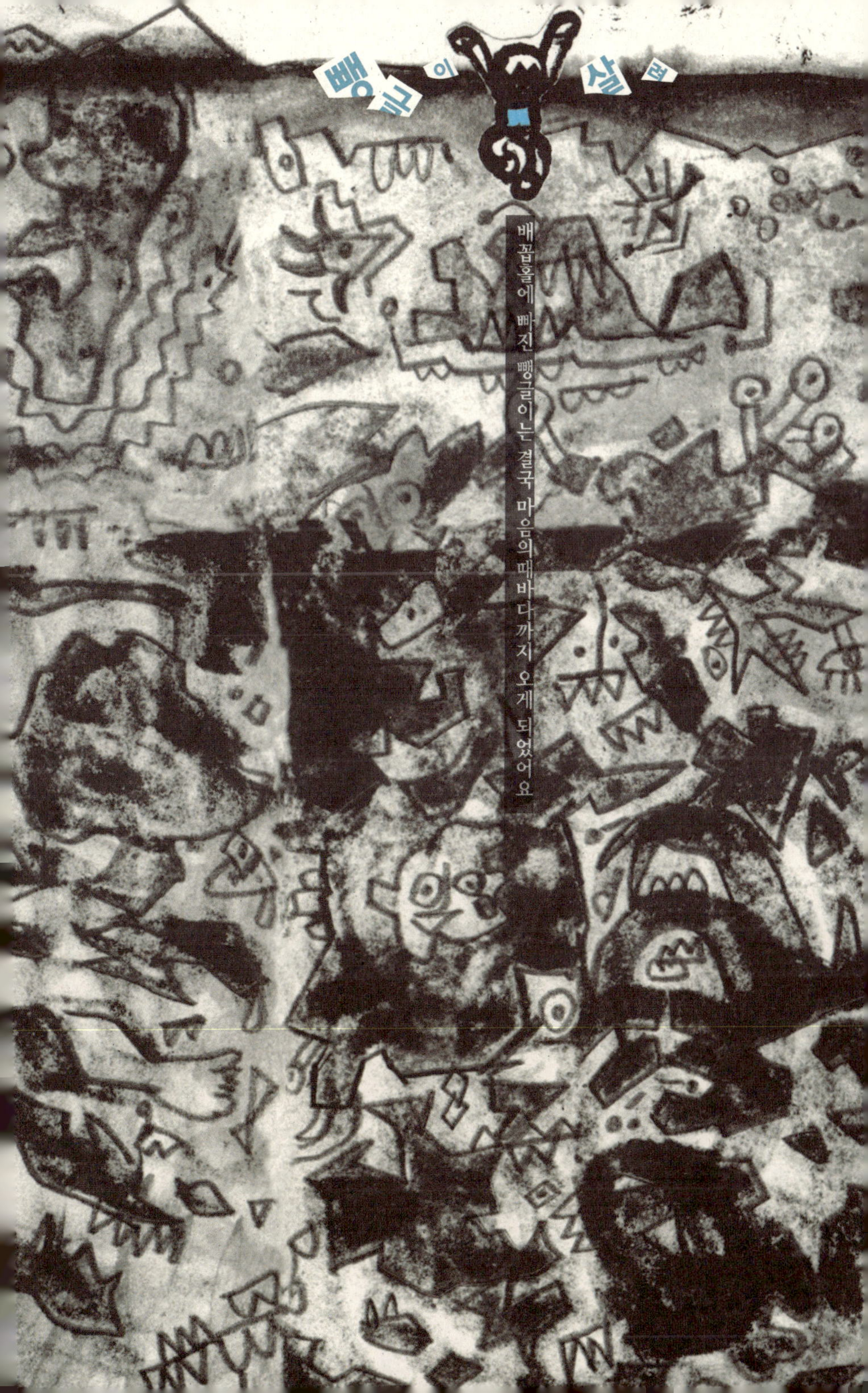
빵글이 살펴
배꼽홀에 빠진 빵글이는 결국 마음의 때바다까지 오게 되었어요

도움의 손길을 찾아 급히 달리던 똥희 역시
존심사우나에 빠져버렸어요.

어이쿵!
우와~ 99도!
이렇게 뜨거운 곳에서 저 사람들은
어떻게 가만있을 수 있지?

혹시 뺑글이가 여기 있는 건 아닐까?
저 아저씨에게 물어보면
찾을 수 있을지도 몰라.

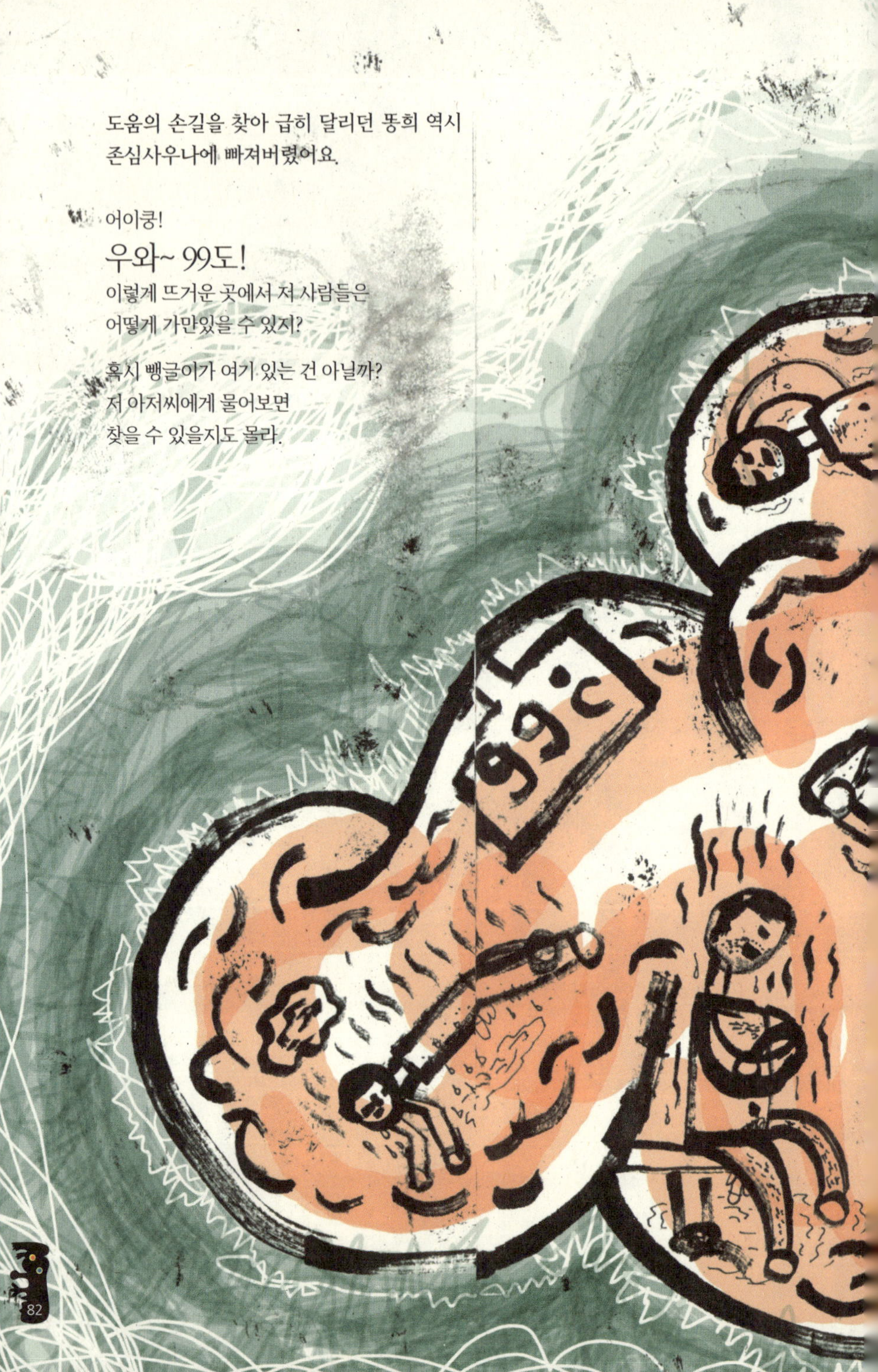

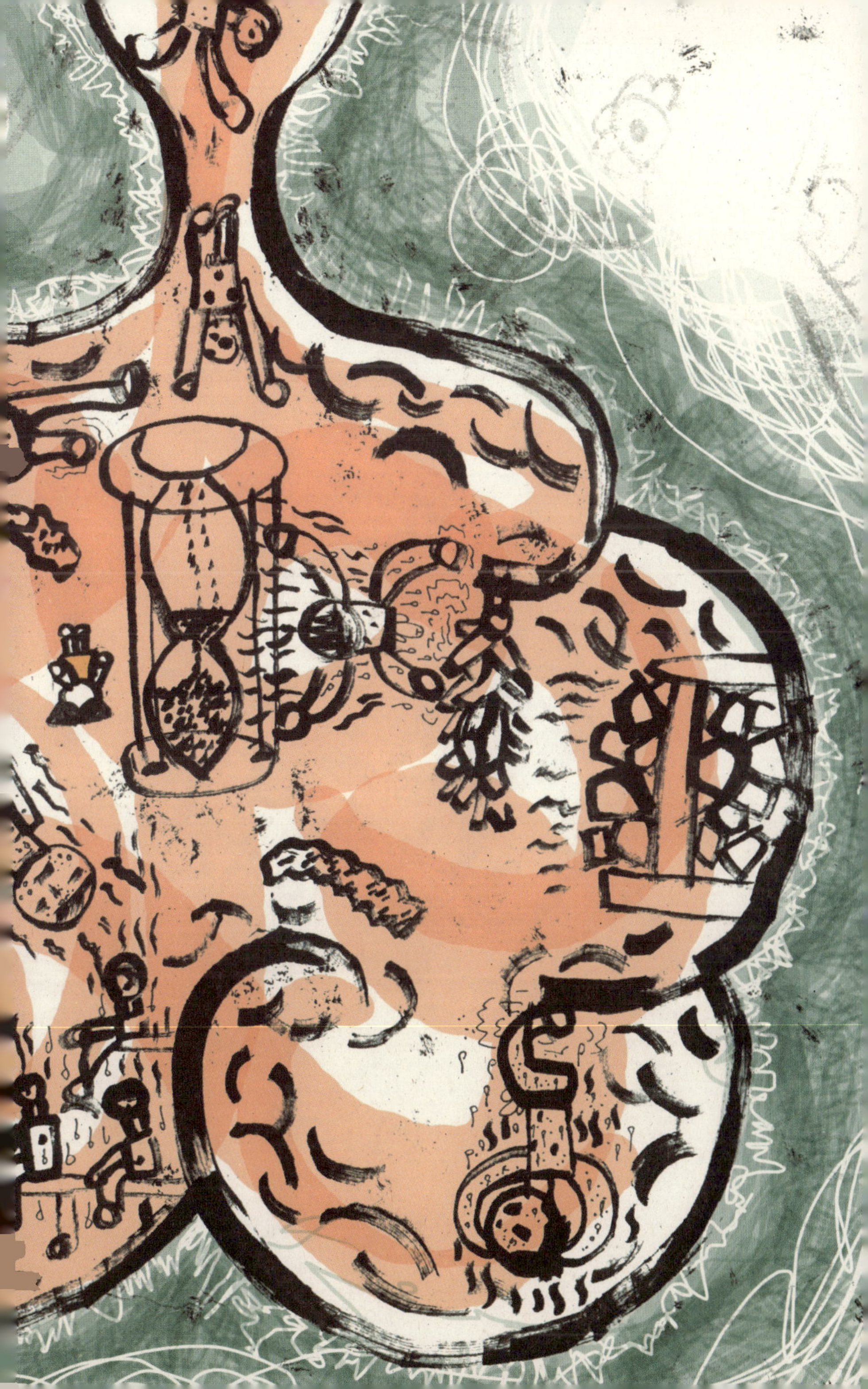

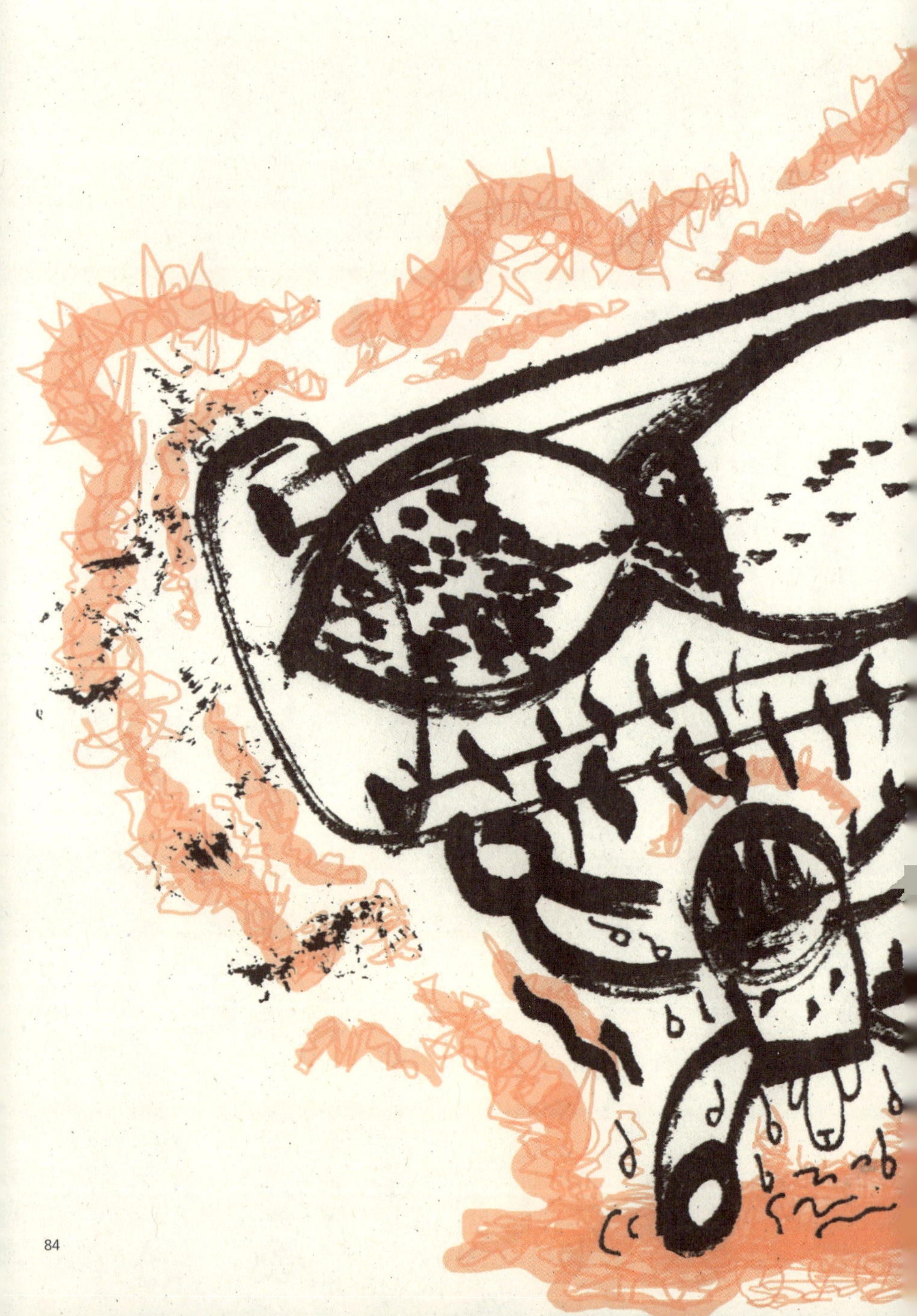

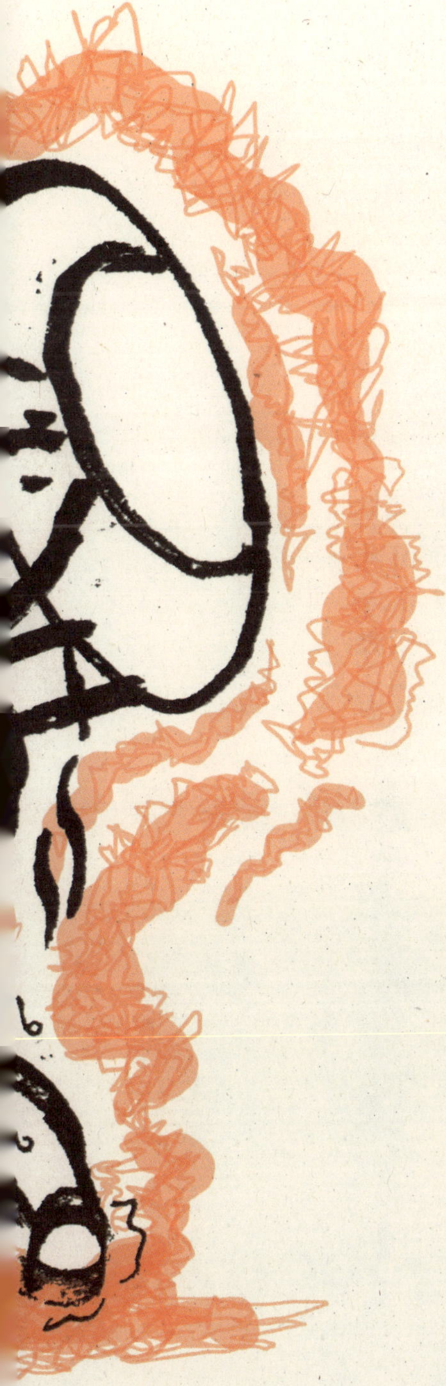

똥희는 모래시계아저씨에게
물었어요.

아저씨, 제 친구 뺑글이가
배꼽홀에 빠졌는데 혹시 보셨나요?

시끄러!
지금 힘쓰고 있는 거 안 보여?
저리 가지 못해?!

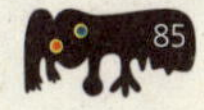

겁에 질린 똥희는 부랄아저씨에게도
조심스럽게 물었어요.

아저씨, 혹시 제 친구를 보셨나요?

와우~ 꼬맹이 아가씨~
여기가 어디라고 오셨어?
젖 좀 더 키우고 오면 알려주지, 흐흐.

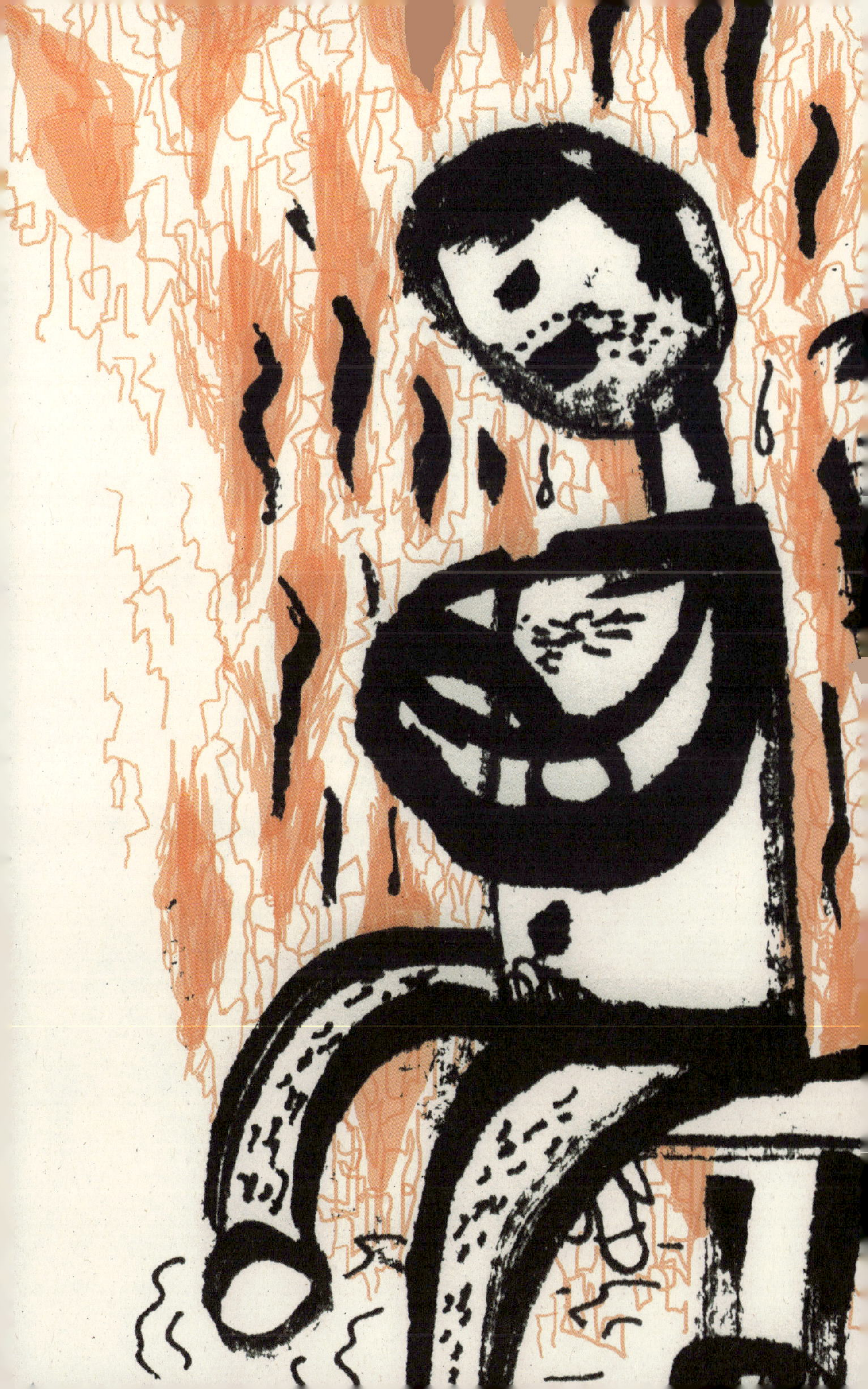

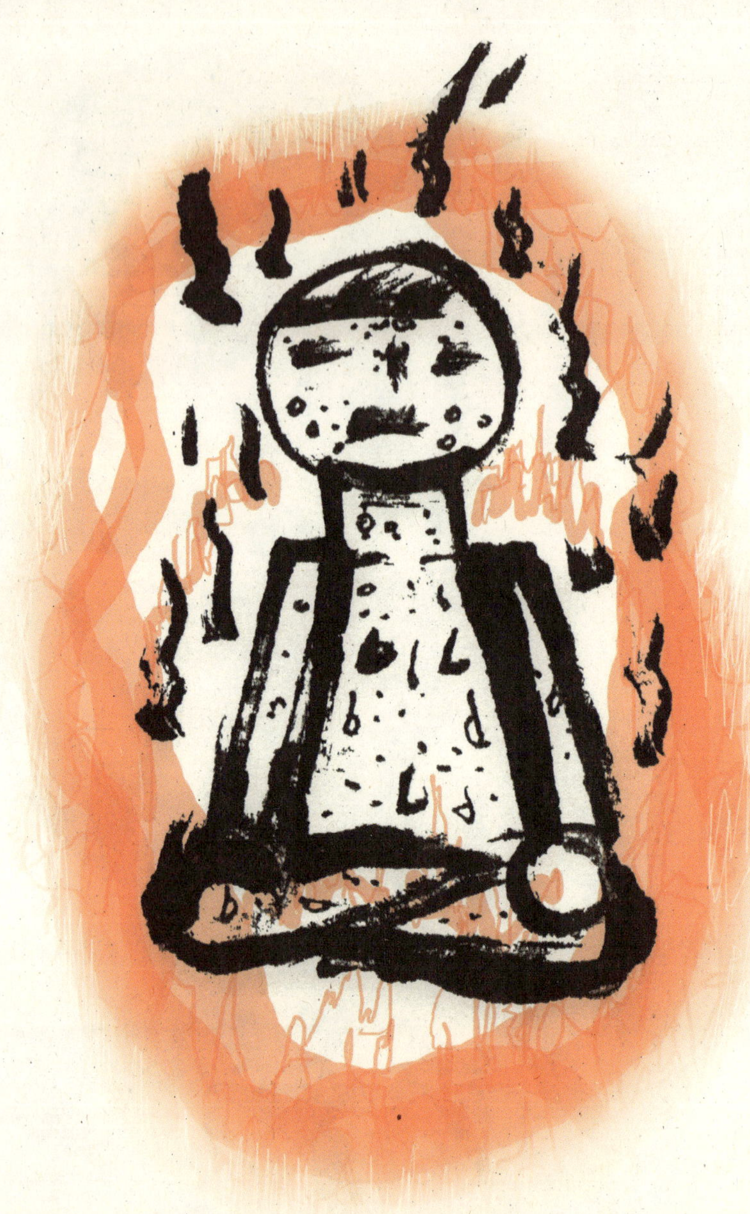

아저씨들의 이상한 반응에
똥희는 마음이 상했어요.
하지만 똥희는 기운을 내어
아빠다리아저씨에게 한 번 더 물었어요.
그러나 아저씨는 아무런 말이 없었어요.
자기 일에만 몰두해 있었어요.

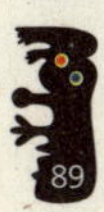

똥희는 속이 상했어요.
온몸에서 힘이 빠지는 듯했어요.
이때 똥희를 멀리서 바라보고 있던
때밀이아저씨가 똥희에게 다가와
말을 걸었어요.

꼬마야, 걱정이 있나 보구나.
대체 무슨 일이니?

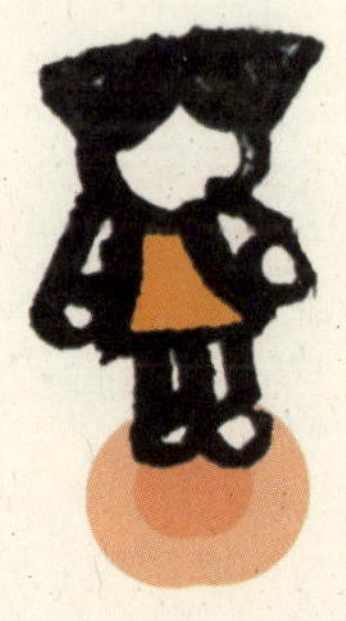

아저씨의 따뜻한 목소리에
똥희의 마음은 금새 살아났어요.
똥희는 또랑또랑한 목소리로
대답했어요.

제 친구 뺑글이가 배꼽홀에 빠졌어요.
어디로 가면 친구를 찾을 수 있을까요?

배꼽홀이라고!

그럼 분명 마음의때바다에 빠졌을 텐데….
이거 큰일이구나….

그곳은 살고자 하는 간절한 의지가
있는 사람만이 똥구멍으로
빠져나올 수 있다는 전설이 있지.

이쪽으로 쭈욱 가면 똥구멍으로 향하게 될 거야.
조심하렴, 꼬마야. 행운을 빈다.

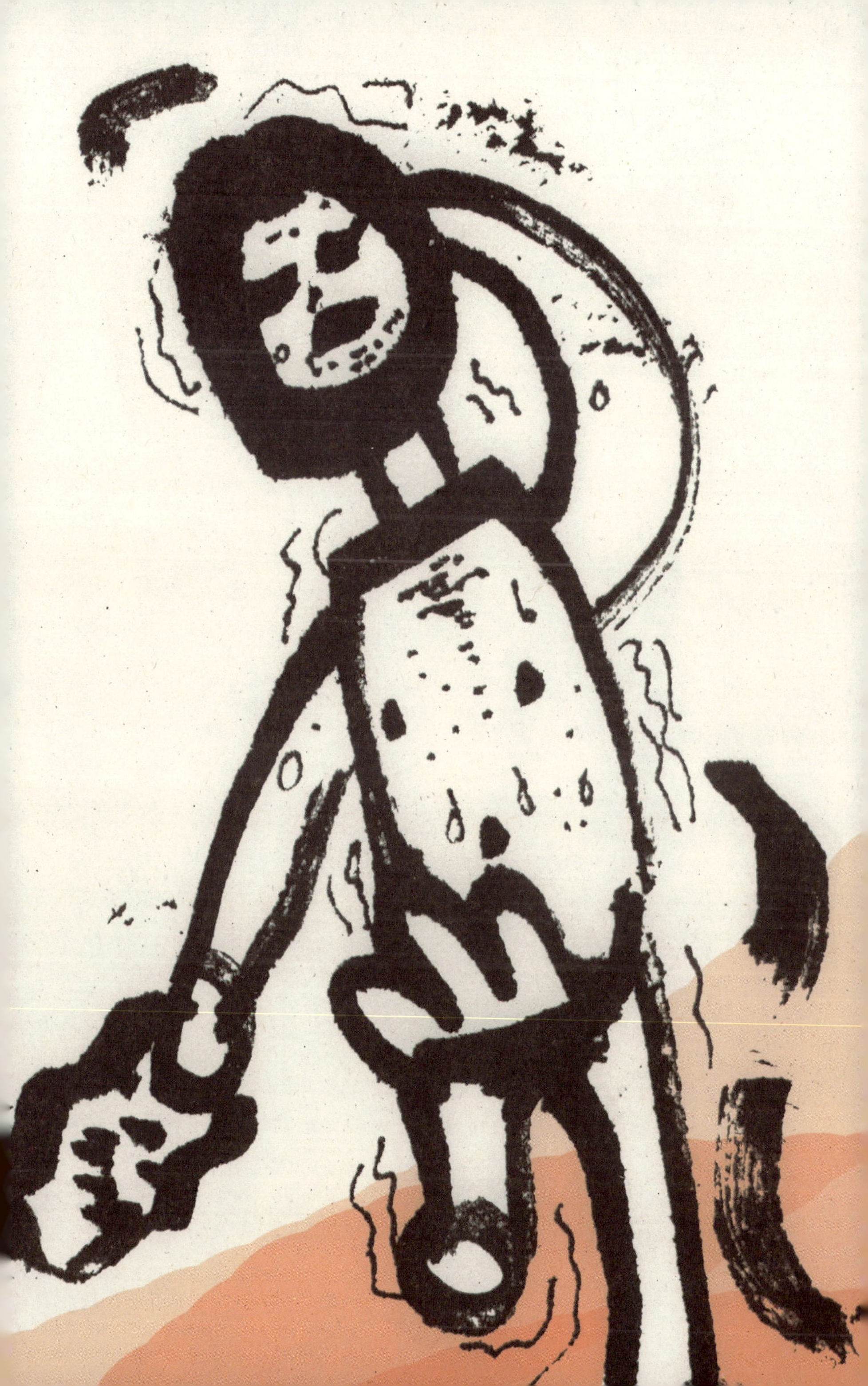

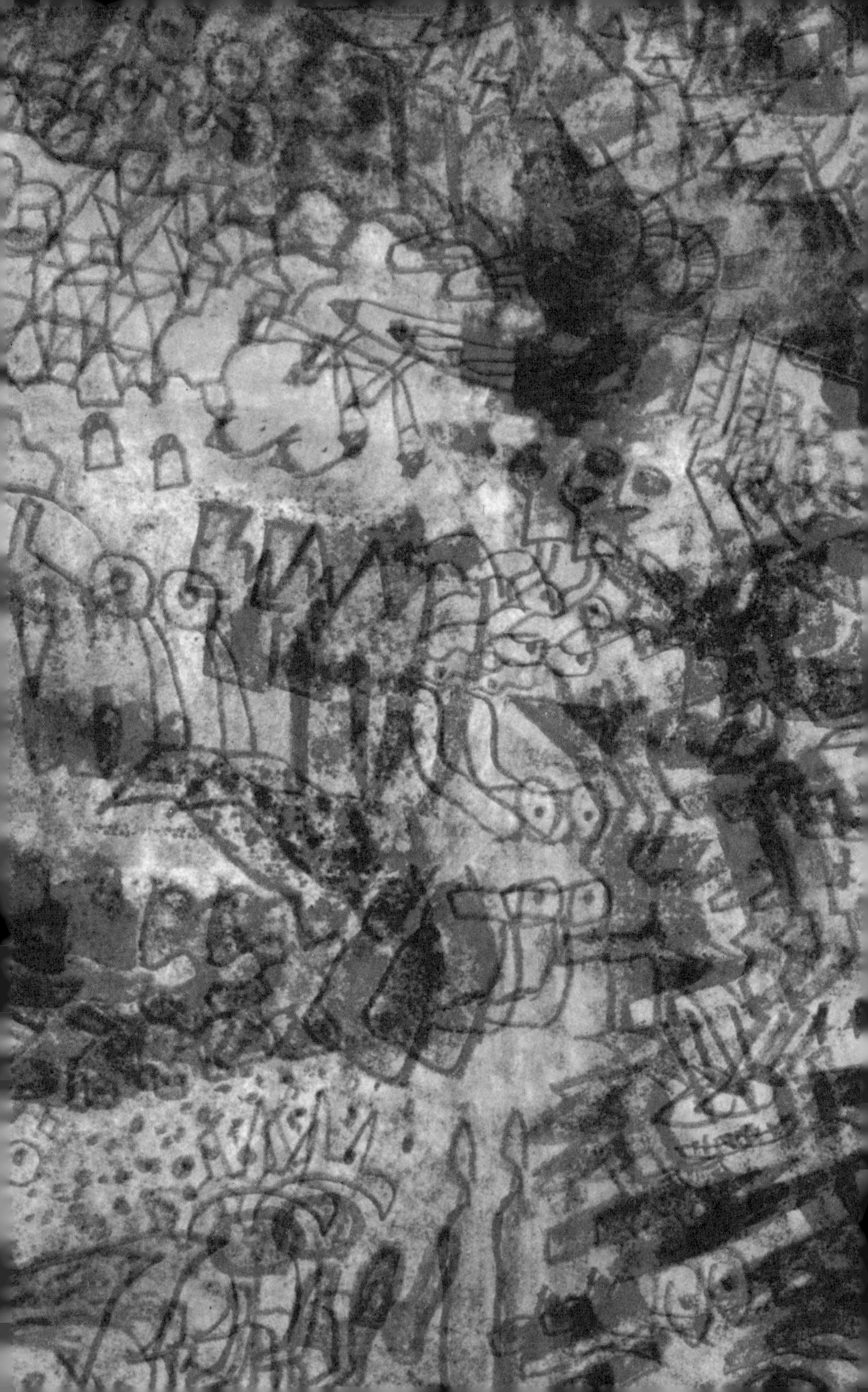

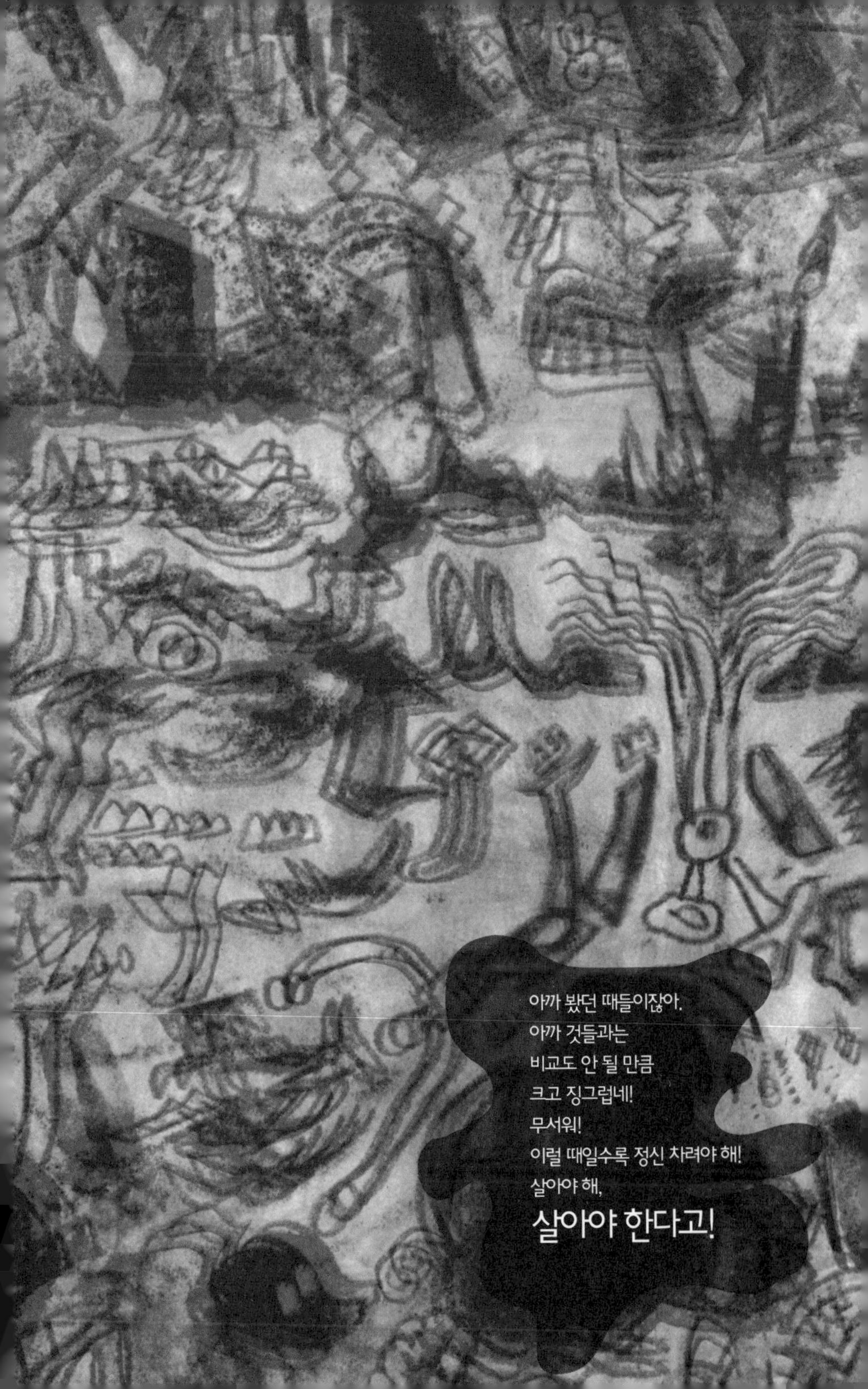
살아야 한다고!

아까 봤던 때들이잖아.
아까 것들과는
비교도 안 될 만큼
크고 징그럽네!
무서워!
이럴 때일수록 정신 차려야 해!
살아야 해,
살아야 한다고!

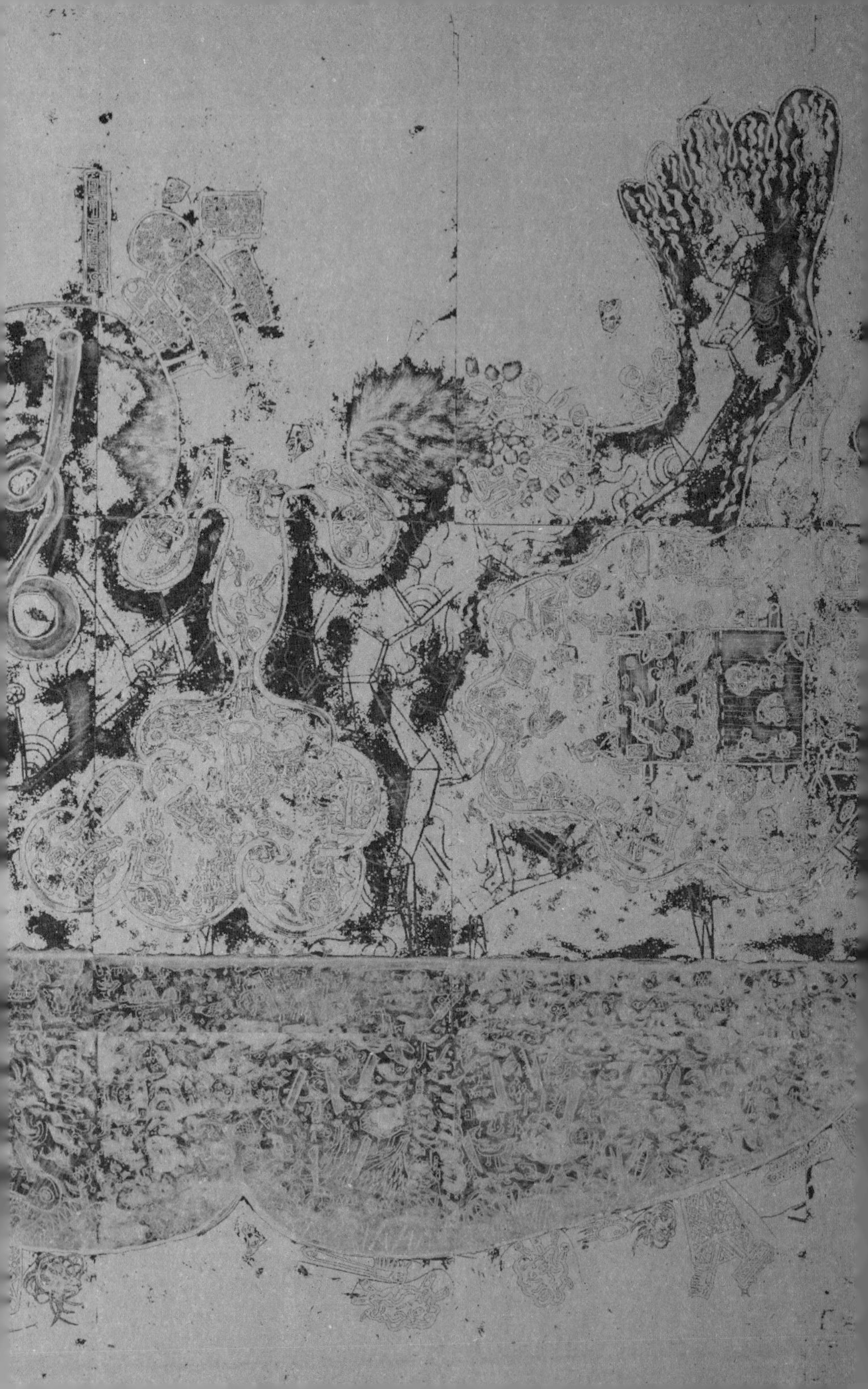

탕나라 안에는 무시무시한 괴물들이 살고 있었어

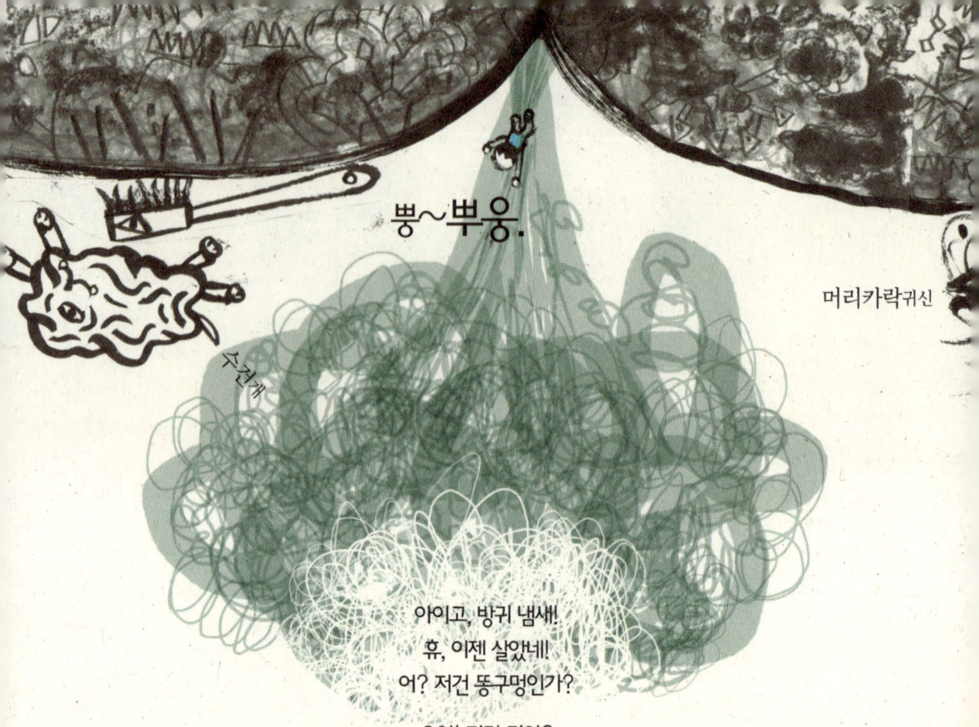

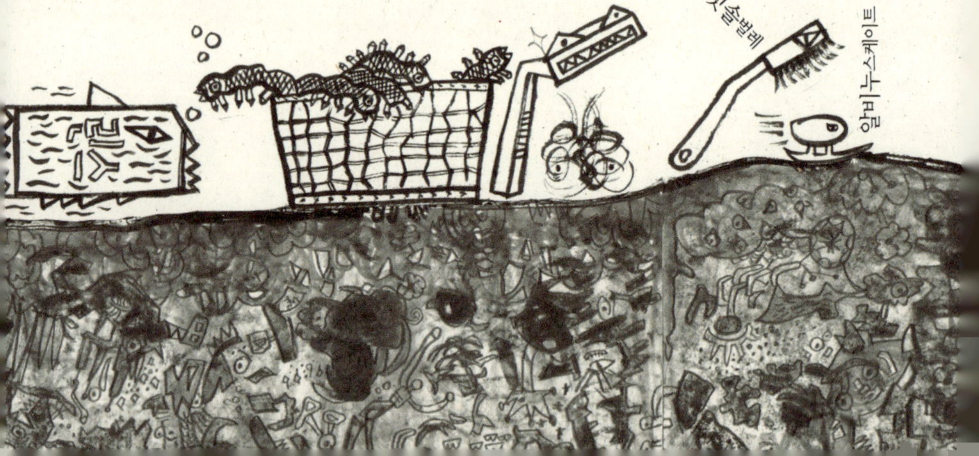

뿡~뿌웅.

머리카락귀신

수건개

아이고, 방귀 냄새!
휴, 이젠 살았네!
어? 저건 똥구멍인가?
으악! 저건 뭐야?
사방에 괴물들이잖아!

칫솔벌레

앨비누스케이트

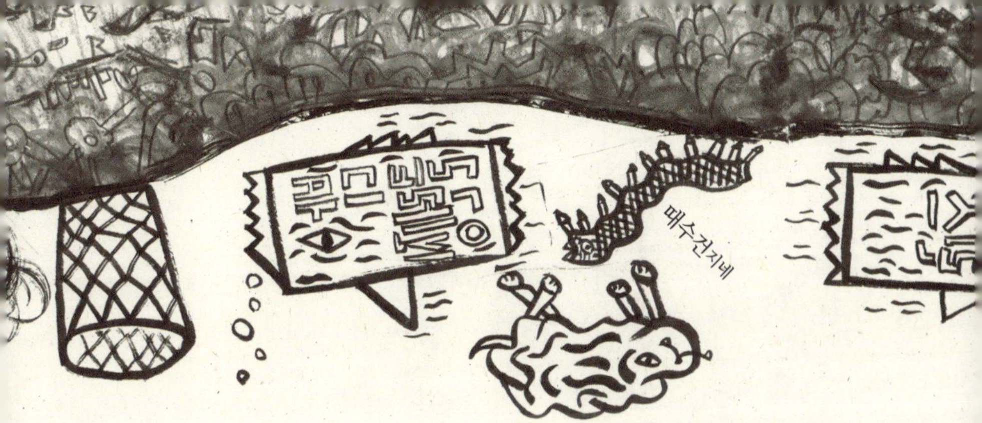

마음의때바다를 헤매던 뺑글이는
똥구멍을 통해 가까스로 빠져나왔어요.
그러나 또 다른 어려움이 기다리고 있었어요.
검은숲괴물마을에 와버리고 말았지 뭐예요.

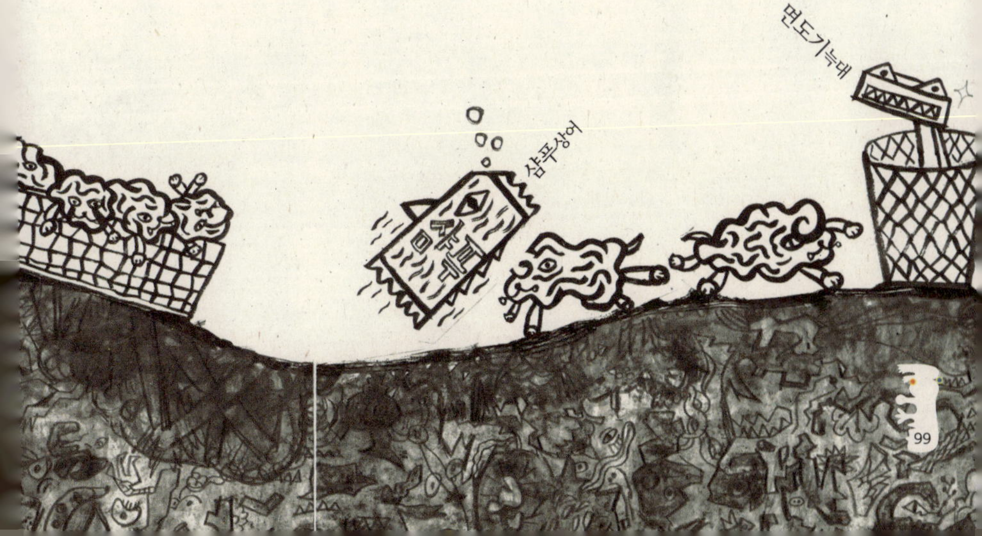

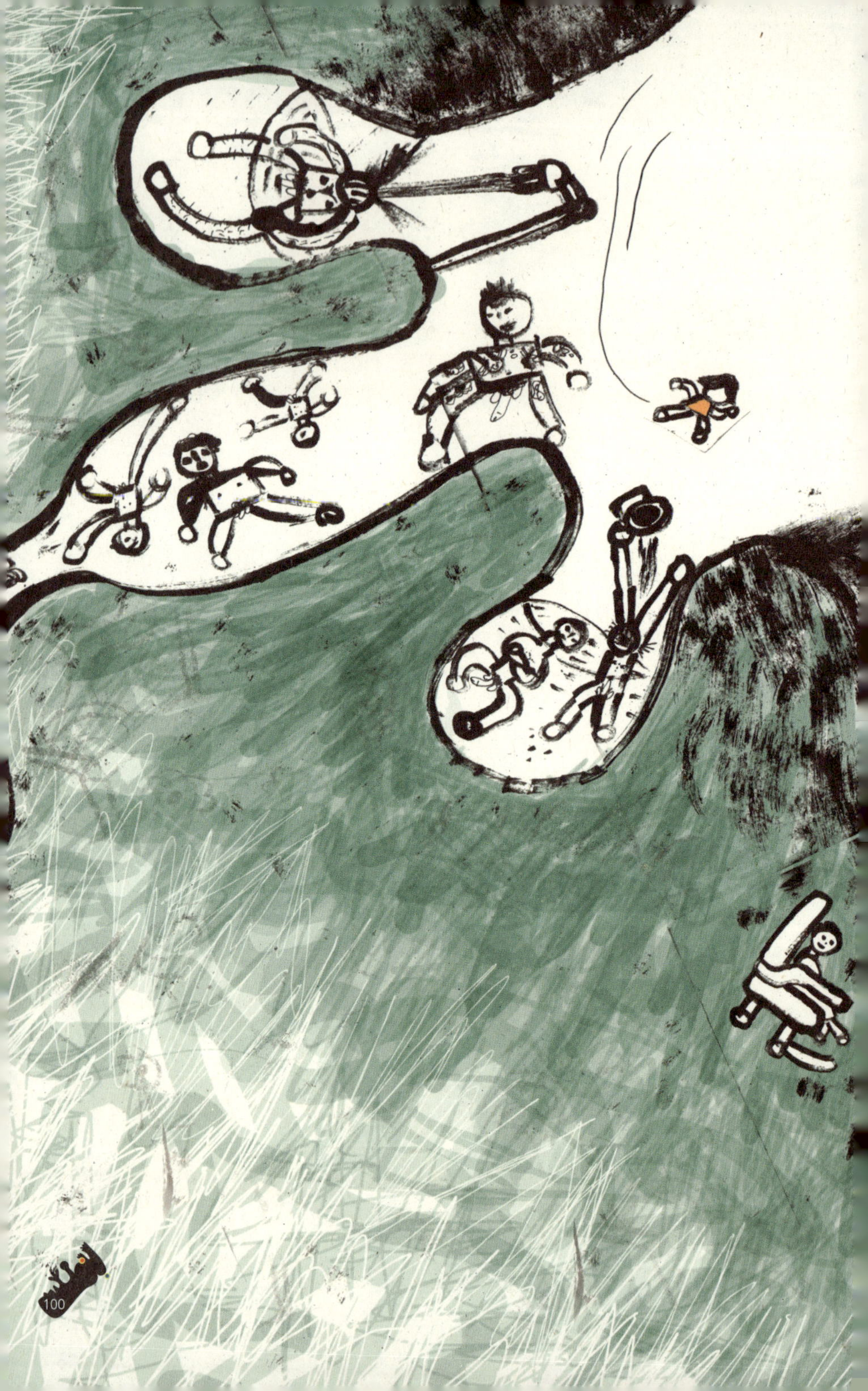

때밀이아저씨의 이야기를 들은 똥희는
꼬추냉탕을 지나 똥구멍을 향해
온 힘을 다해 달렸어요.

다행이야. 이쪽으로 가면 똥구멍으로 갈 수 있겠지.
근데 여긴 별것이 다 있구나.
이발소, 구두방….
뺑글이가 함께 봤으면 좋았을 텐데….
뺑글아, 조금만 기다려줘.
내가 달려가고 있어!

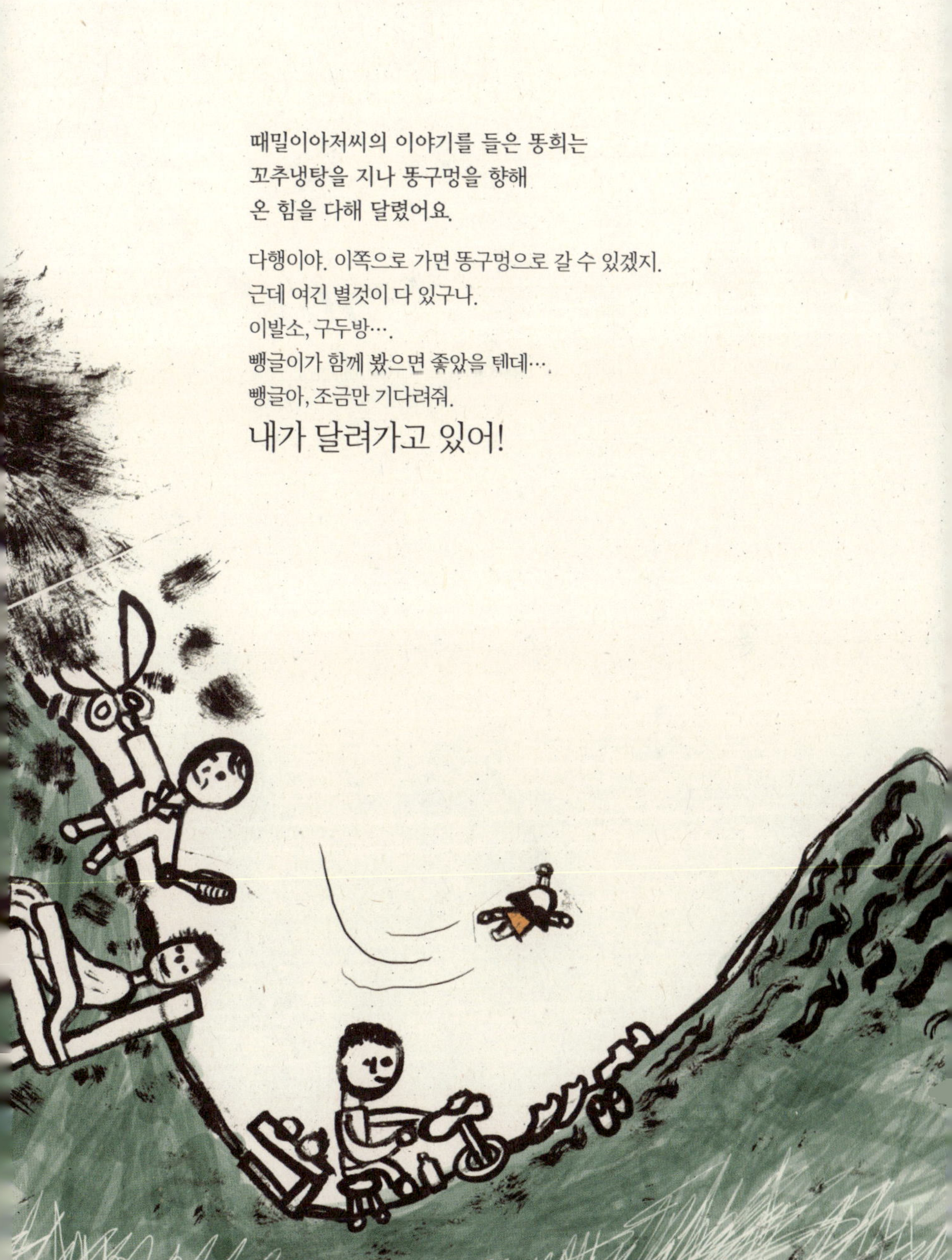

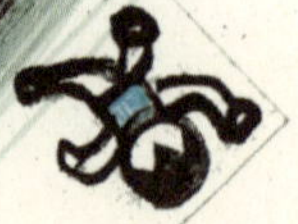 빵글이도 똥희를 만나려고
죽울힘을 다해 달렸어요.

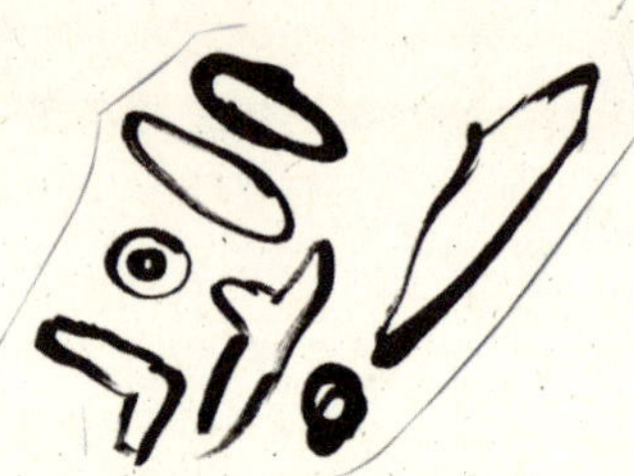

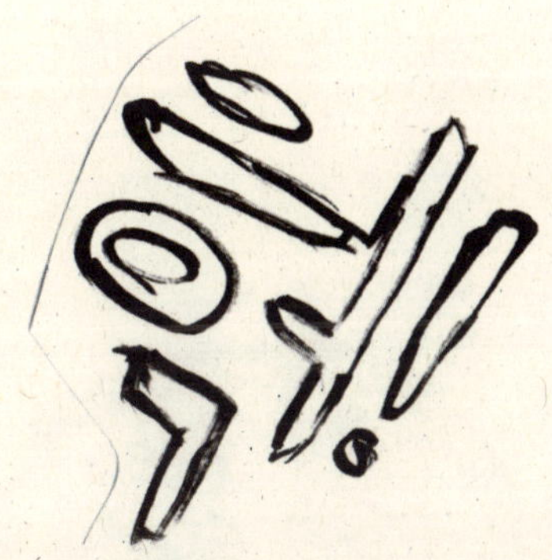

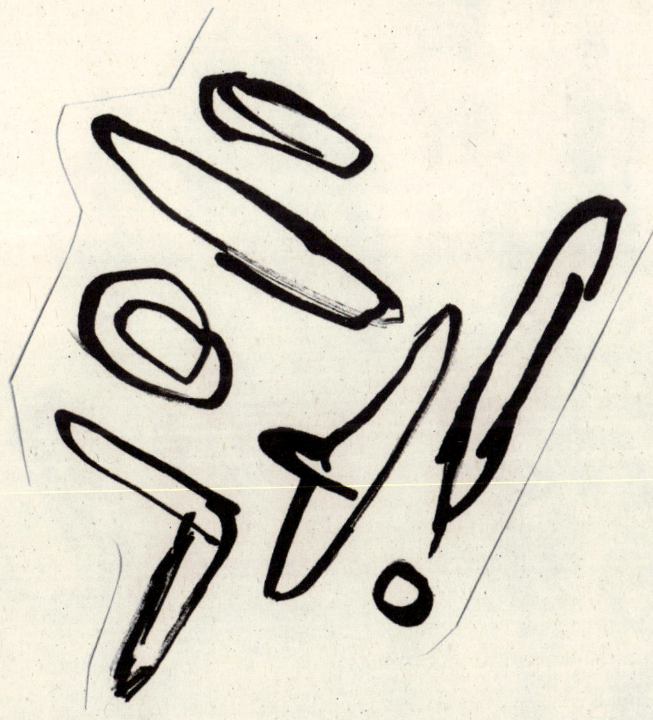

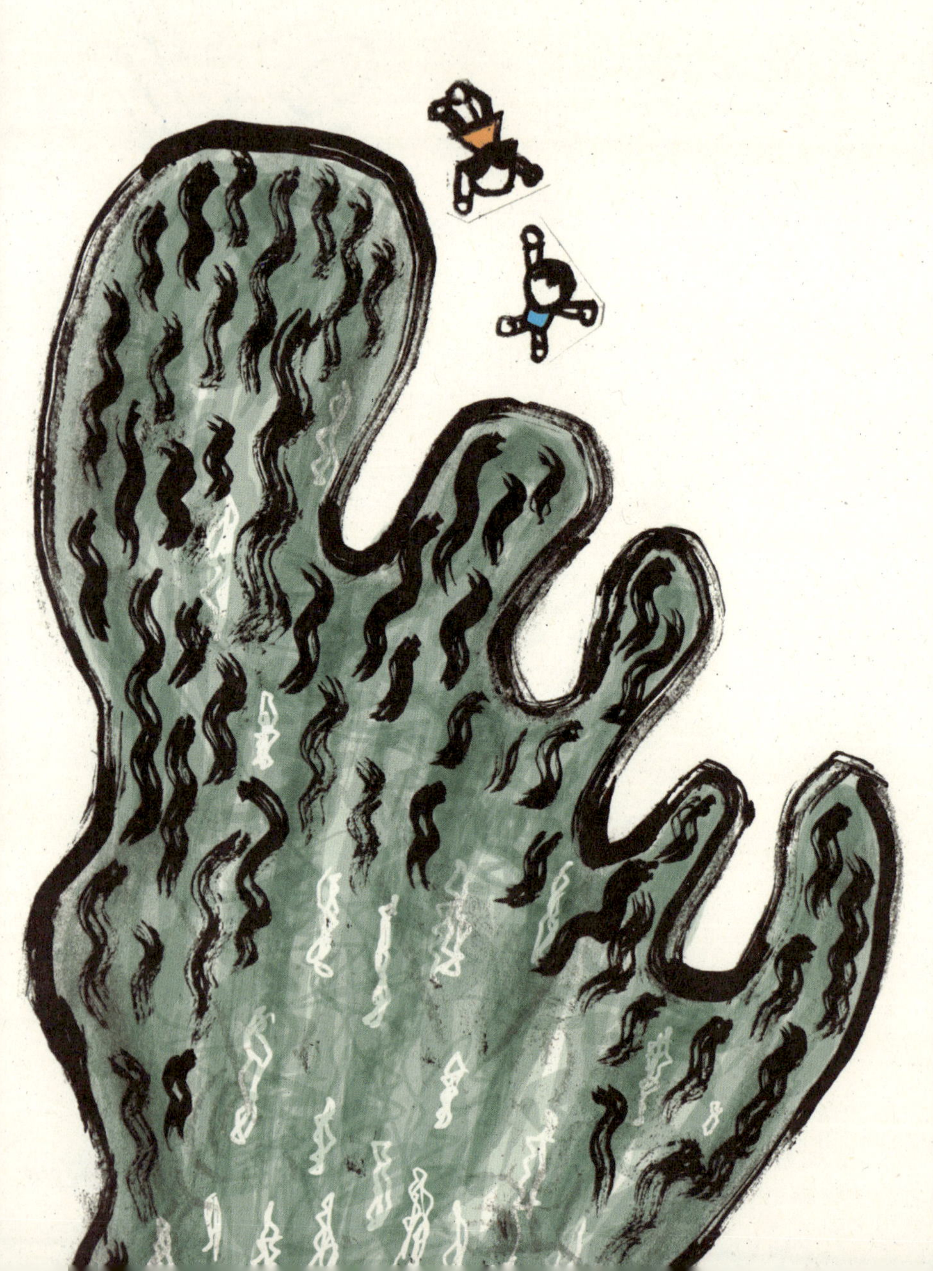

마침내 빵글이와 똥희는
쭈글쭈글마을에서 만났어요.

빵글아!

똥희야!

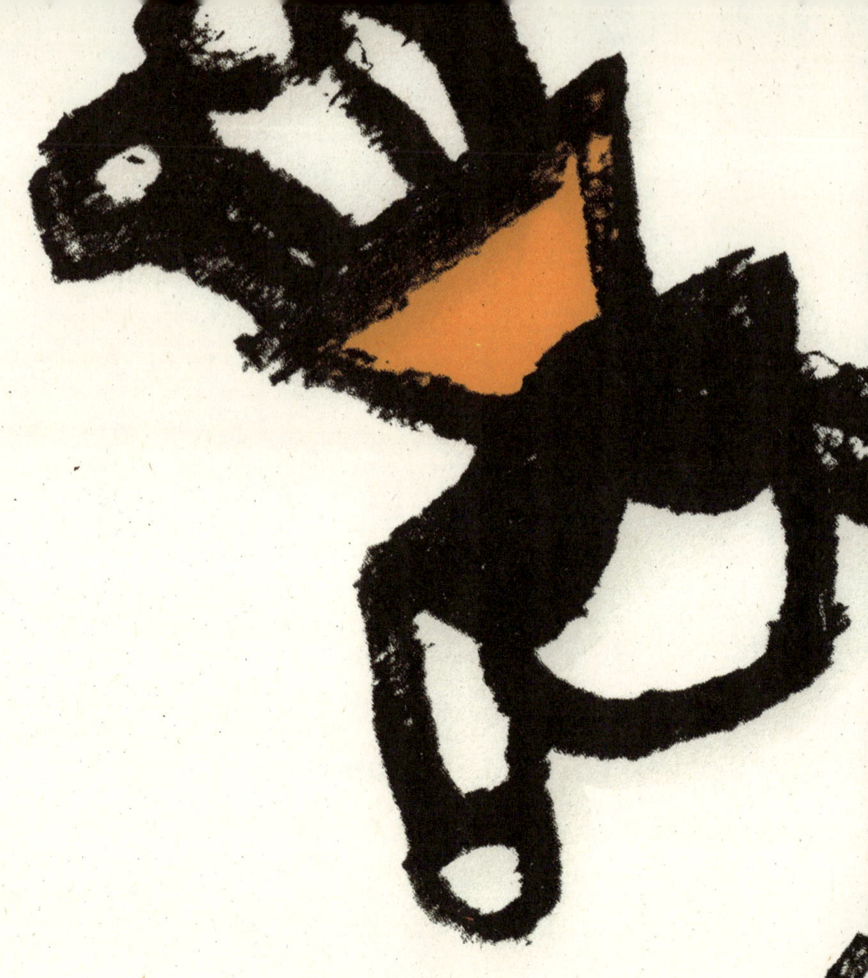

빵글아, 어디 다친 데 없어?
무사해서 정말 다행이야!

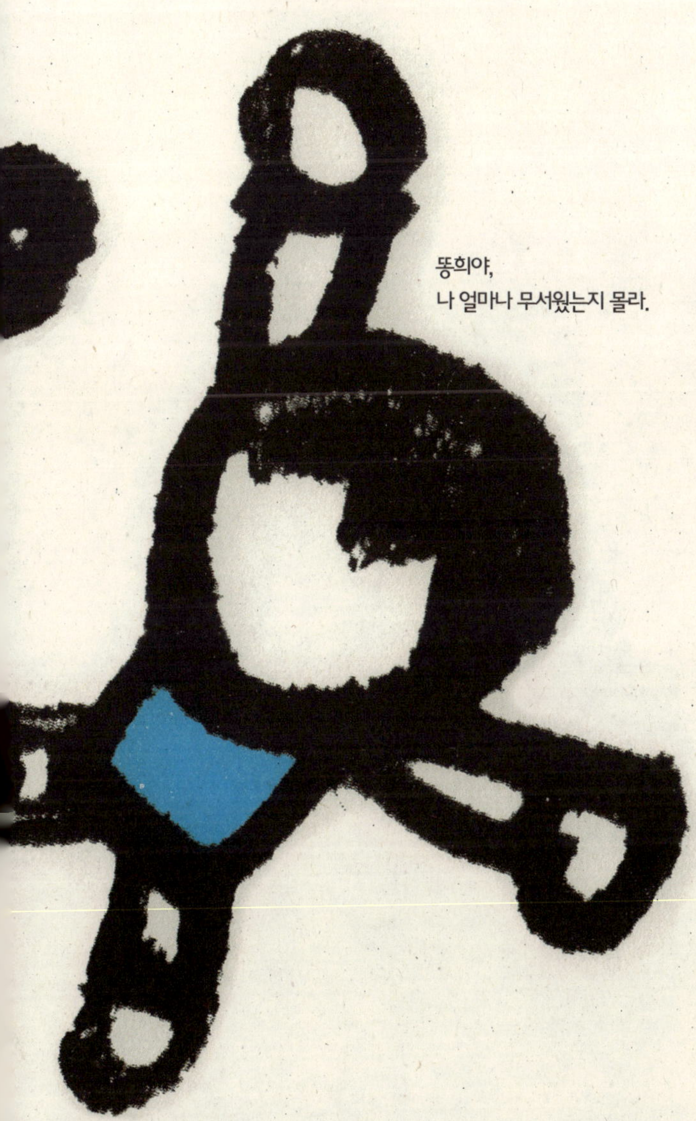

똥희야,
나 얼마나 무서웠는지 몰라.

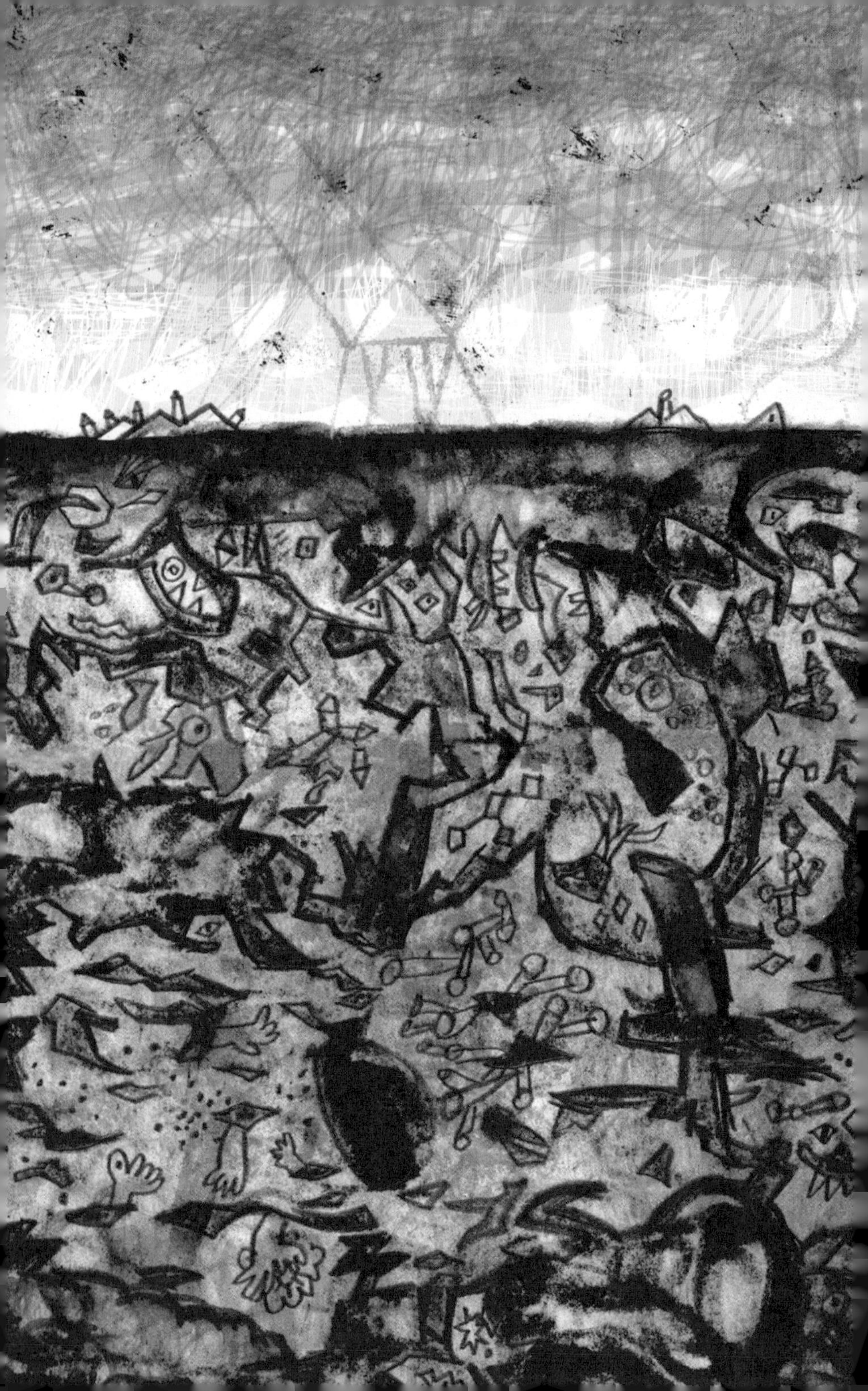

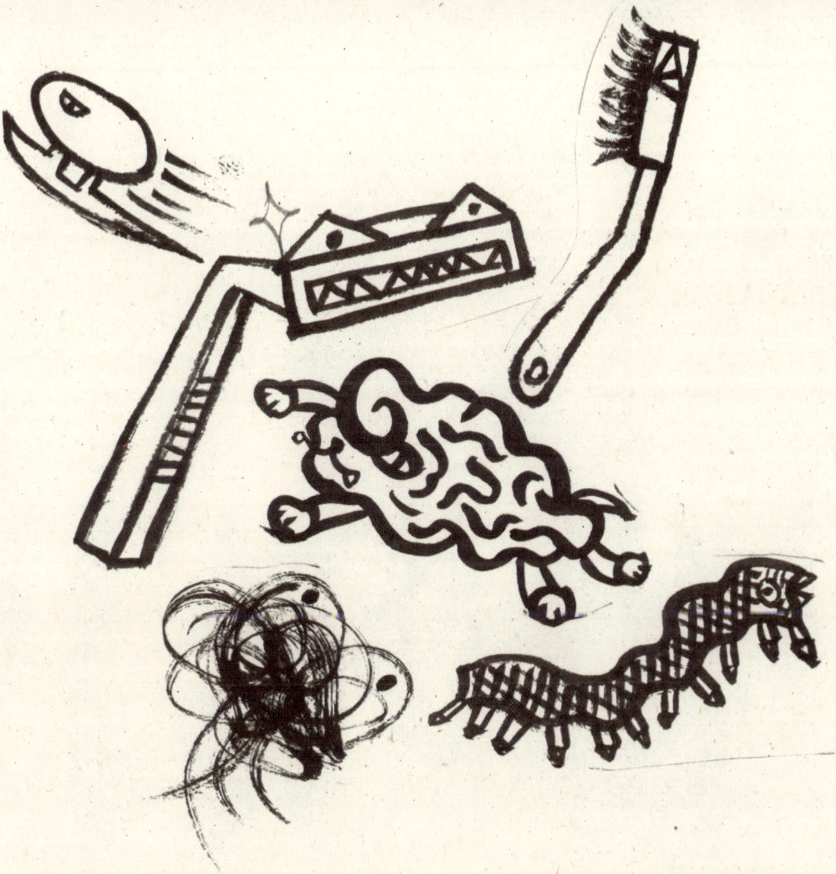

있잖아, 탕나라 안에 무시무시한 때들이 살고 있었어.
거대한 바다처럼 생긴 곳에
우리가 봤던 것들보다 훨씬 더 크고 긴 때들이
꿈틀거리고 있었어.

똥구멍을 통해 거기서 겨우 빠져나왔을 때
또 다른 괴물들이 나를 잡아먹을 듯 달려들었어.
복수라도 하듯 말야.

그런데 그 괴물들은… 어디선가 많이 본 모양이었어.

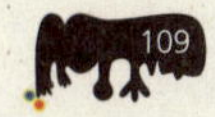

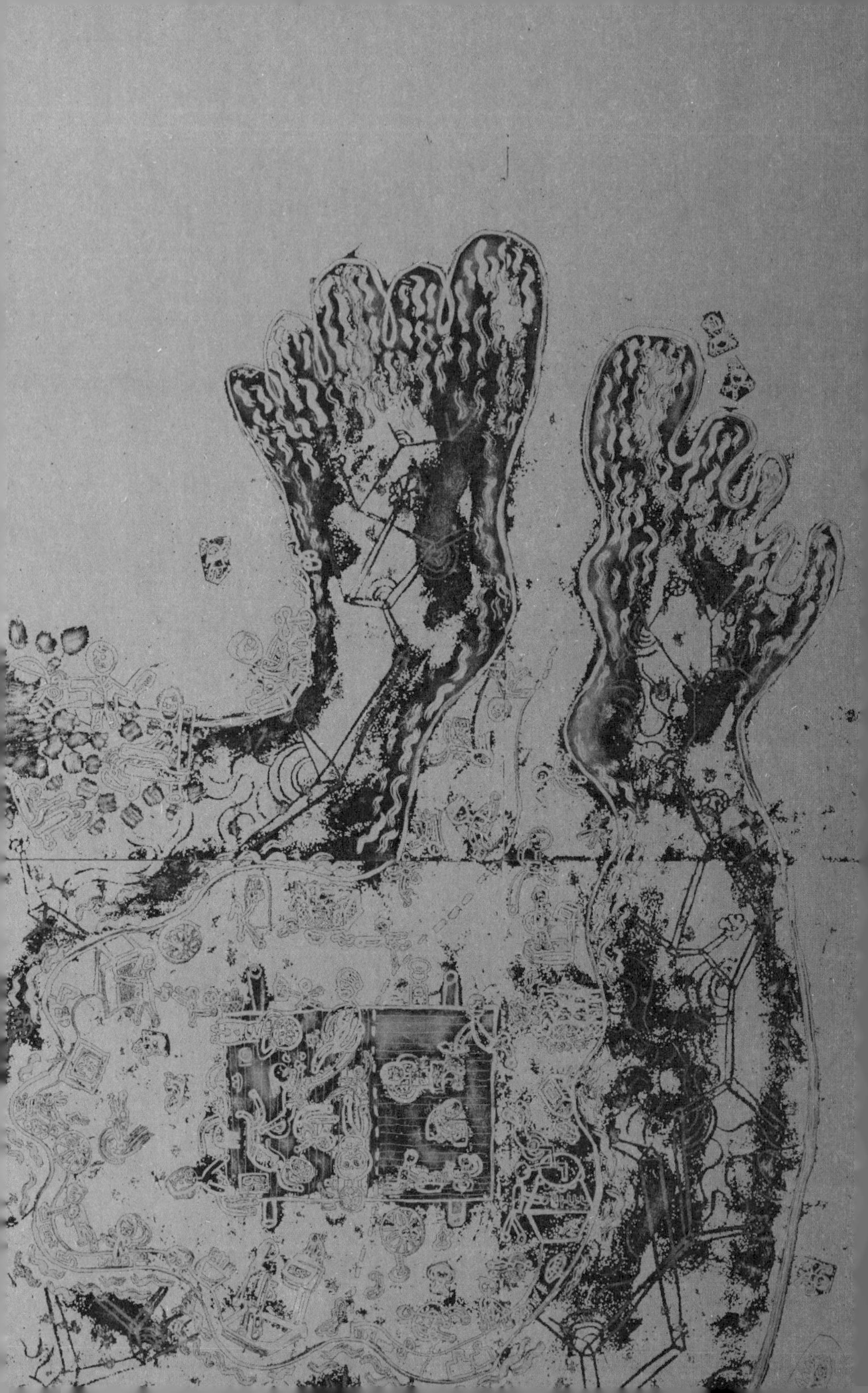

시원함이 뭔지 이젠 알 것 같아

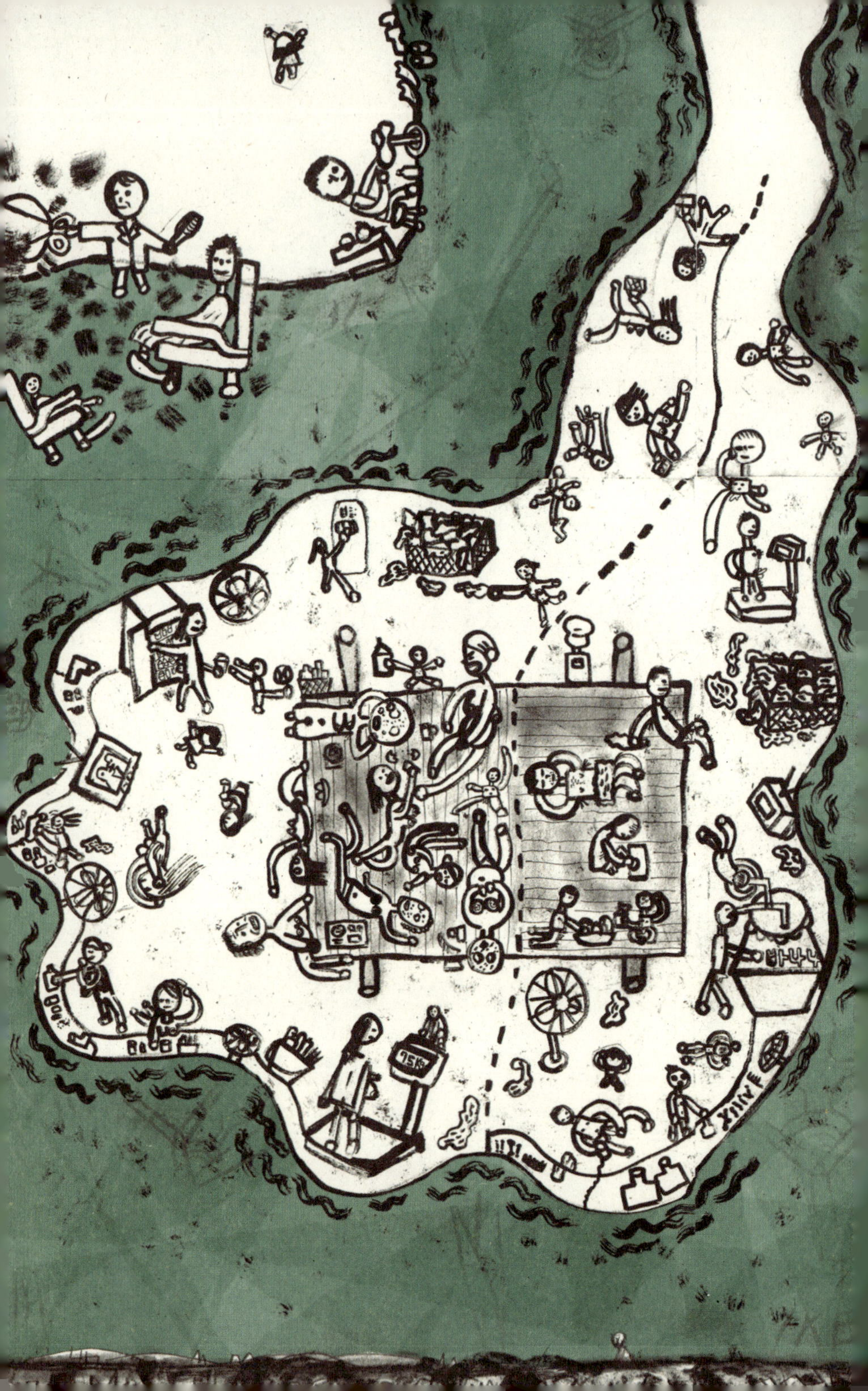

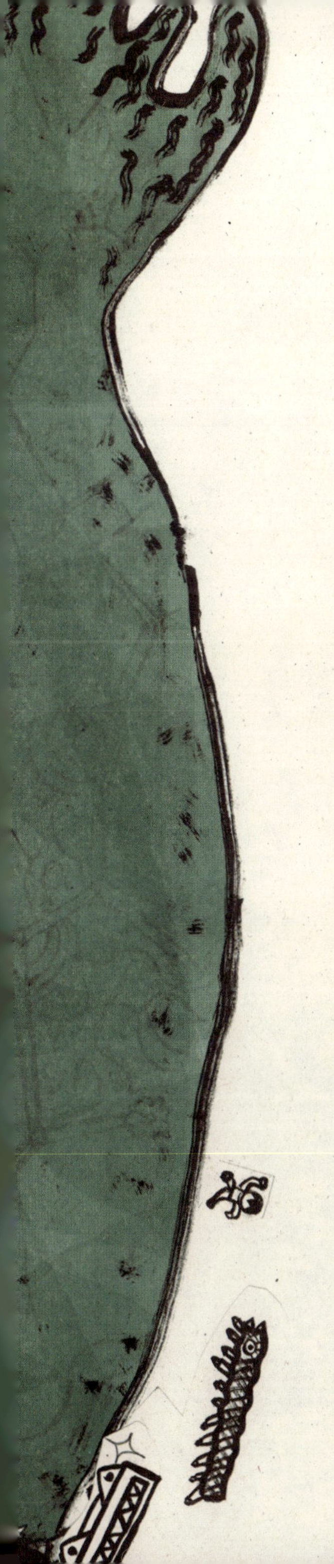

빵글아, 많이 힘들었지?
쪼금만 쉬고 얼른 탕나라를 떠나자.

그래~ 근데 똥희야,
이 마을은 왜 이렇게 쭈글쭈글하니?

정말 그러네. 그러고 보니
우리 손과 발도 쭈글쭈글해졌어!

가만히 보니 너 좀 늙은 것 같아.
벌써 할머니가 되었네.

너도 꼬부랑할아버지가 돼버렸어.
고생 많이 했구나~

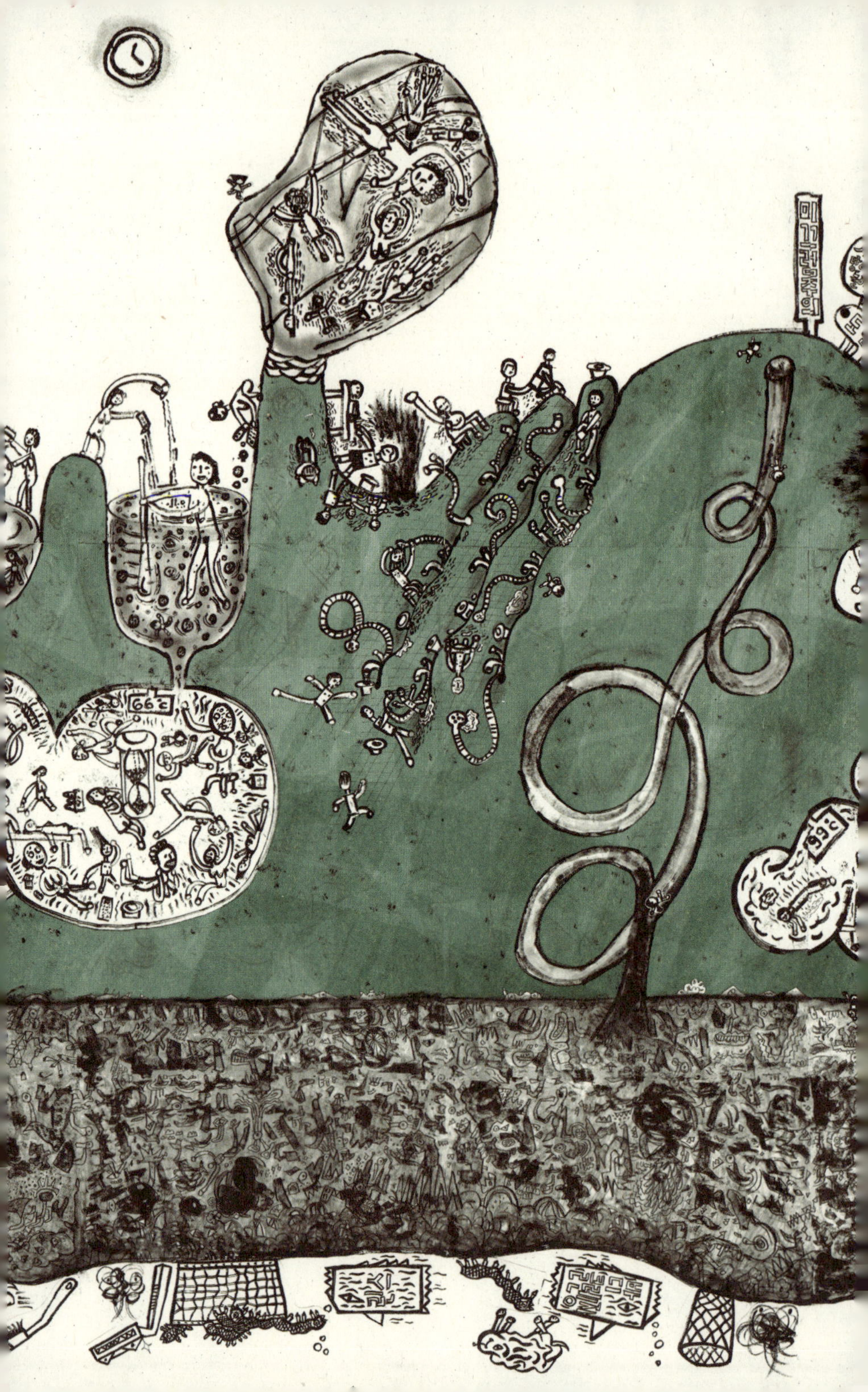

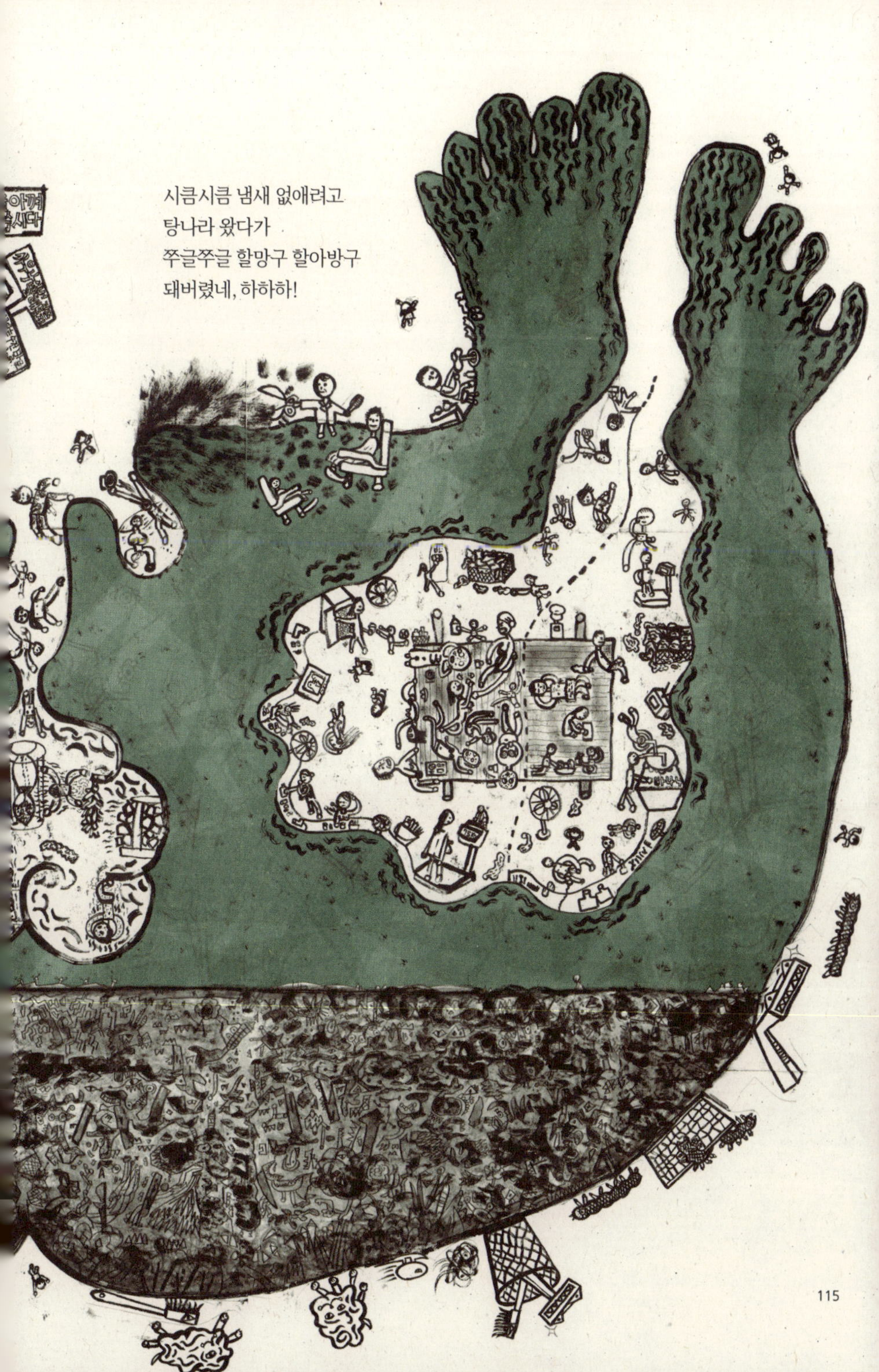
시큼시큼 냄새 없애려고
탕나라 왔다가
쭈글쭈글 할망구 할아방구
돼버렸네, 하하하!

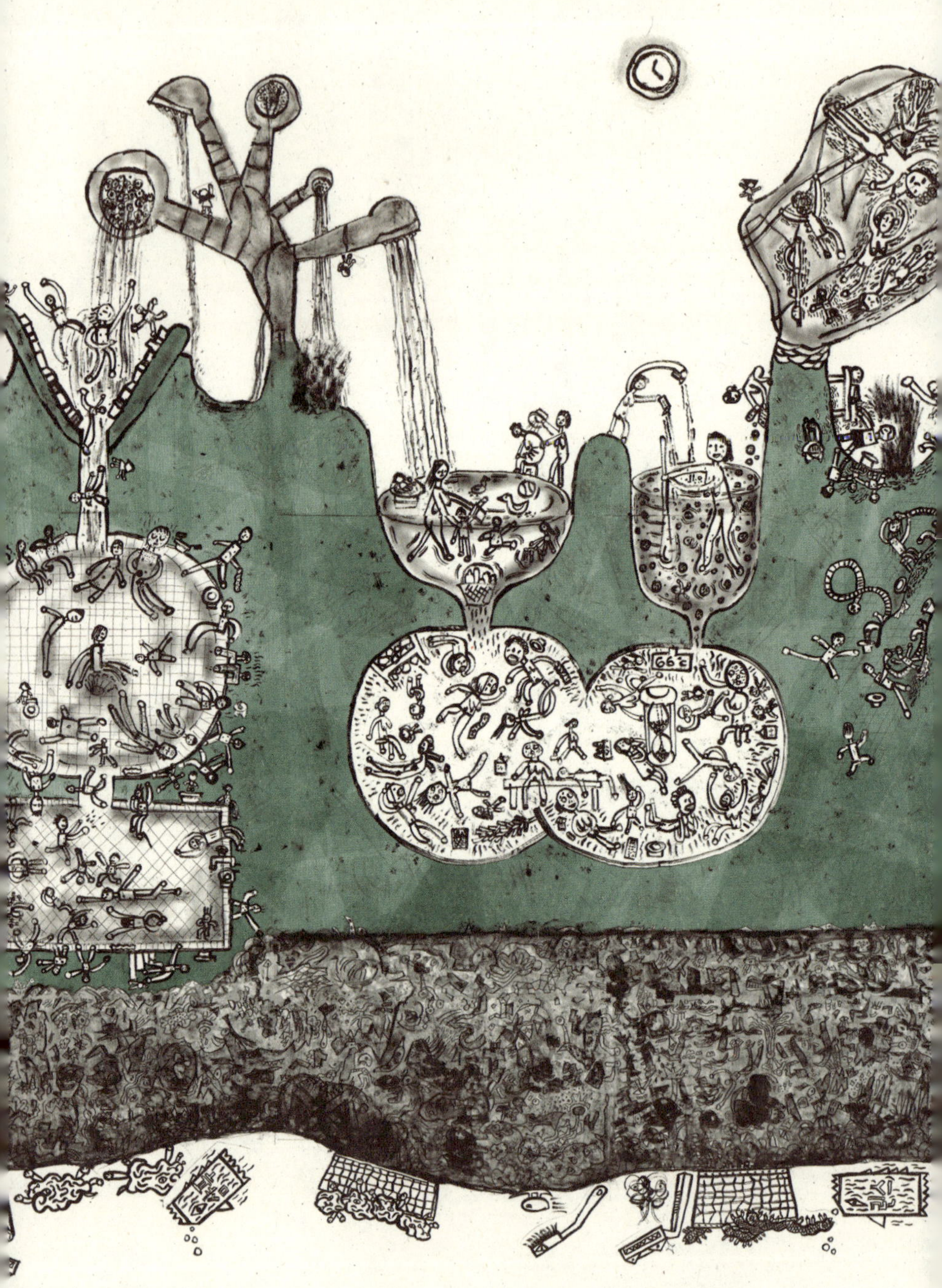

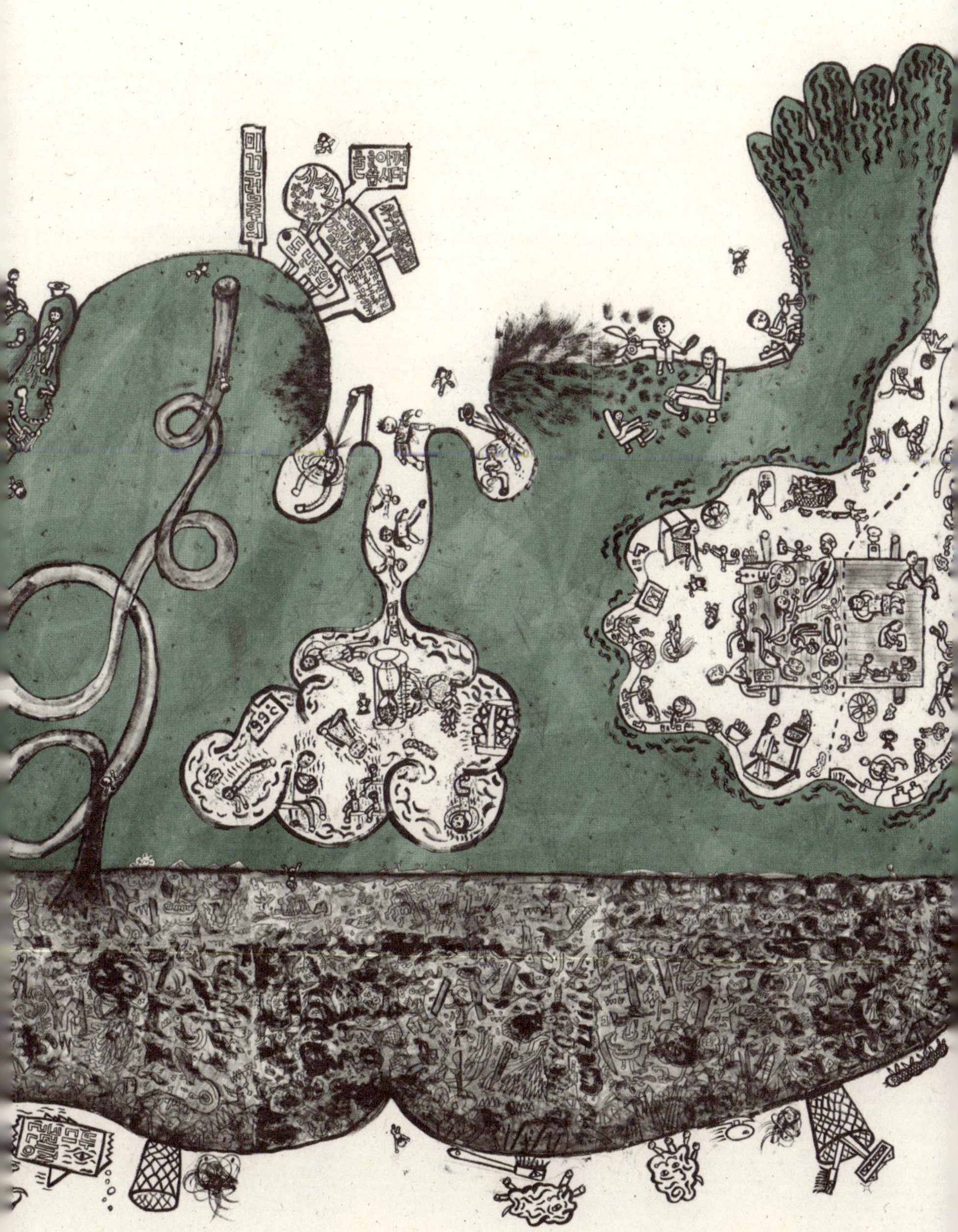

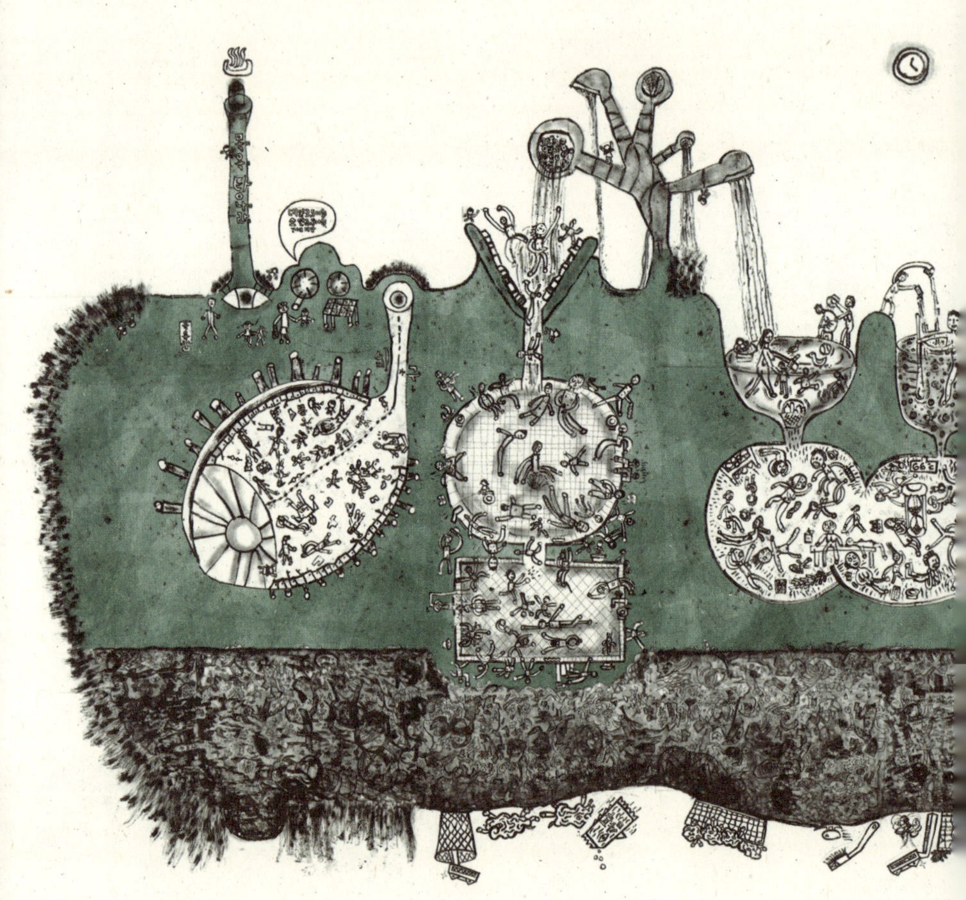

똥희야, 아까는 그렇게도 무서웠는데
지금은 마음이 왠지 시원해~
시원하다는 게 뭔지 이젠 알 것 같아.

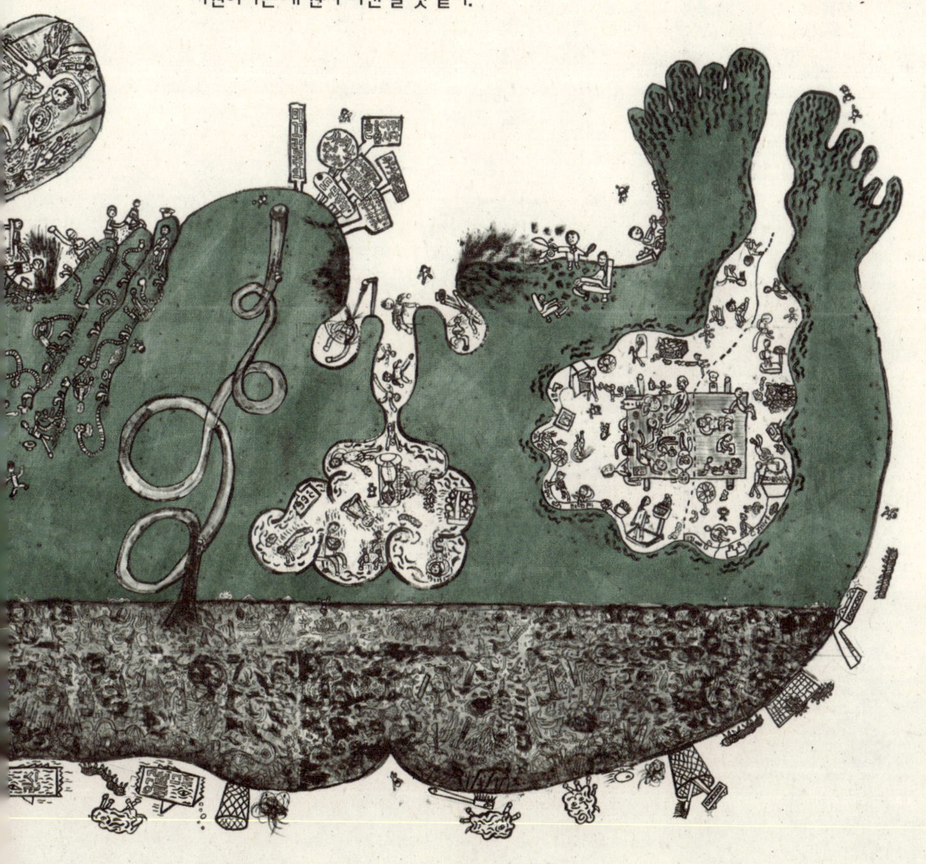

근데 아까 마음의때바다에서 봤던 것들은
도대체 뭘까…

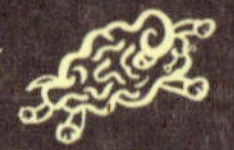

나를 찾아 떠난 탕나라 여행

저는 행복한 복돼지예요.

주인님이 저를 아끼고 사랑해주셔서 제게는 모자람이 없어요.

주인님은 저를 위해 손수 우리도 만들어주셨어요.

제가 배고프다고 꿀꿀거리기만 하면 자비로우신 주인님은

어김없이 우리 안으로 맛있는 꿀꿀이죽을 듬뿍 넣어주시지요.

주인님 덕분에 먹고사는 덴 근심 걱정이 없답니다.

제가 할 일은 오직 우리 안에서 조용히 말썽부리지 않고 지내는 거예요.

저는 저를 사랑해주시는 주인님을 위해 살 거랍니다.

이보다 행복한 삶이 있을까요?

눈을 떴다.

분명 나는 '무지'라는 우리에 갇혀 사육되는 돼지였다.

돼지우리 안을 지상낙원이라고 확신하며

스스로를 축복받은 존재라고 굳게 믿고 있었다.

우리 밖의 삶은 상상할 필요도, 상상할 수도 없었다.

상상하면 할수록 내 뒷다리를 옭아매고 있는 '불안'이라는 사슬이

발목을 더욱 고통스럽게 옥죄어 왔기 때문에.

감옥과 같은 우리에 수용당해 살았지만

나는 내 삶이 행복하다고 여겼다.

어쩌다 가끔 내가 살아가는 삶의 방식에 의문이 들 때면

내 존재가 부자연스럽게 느껴져 혼란스러웠다.

그럴 때면 애써 외면하려고 고개를 힘껏 흔들어보곤 했지만,

존재에 대한 고민은 쉽사리 사그라지지 않고

여전히 마음 한편에 남아있었다.

'나'라는 존재는 도대체 무엇일까?
나는 '무엇'을 위해 살아가는 걸까?
주위를 둘러보니 더 이상 되풀이하고 싶지 않은
이유 없는 몸짓이 만들어낸 정체된 삶의 파편이 즐비했다.
흐트러진 삶을 정리해 보려했던
헛된 노력의 결과물에 이미 나는 지칠 대로 지쳐 있었다.
그 어디에도 내 본연의 모습은 보이지 않았다.
지금 내가 속한 이 현실에서 '나'를 찾을 수는 없었다.

떠나자!
그러나 불안의 족쇄가 발목을 온통 휘감고 있었기에
발이 쉽게 떨어지지 않았다.
용기를 짜내어 문을 박차고 있는 힘껏 달려나갔다.
처음 맛보는 바깥공기가 나쁘지 않았지만, 이내 막막함이 엄습했다.
나는 어디로 가야 하는 걸까?
한동안 고민하다 주머니 속에서 오래된 지도를 꺼내들고
눈에 들어오는 도시에 임의로 번호를 매겼다.
주사위를 던져 나온 숫자가 가리키는 도시를 향해 무작정 걸었다.
내 인생을 주사위 같은 우연에 맡기고 싶지는 않았지만
그렇게라도 '나'를 찾아 여행을 떠나고 싶었다.

무더운 여름,
하늘 위에 홀로 솟은 태양은
자기 아래 정체를 드러낸 그 어떤 존재라도 소멸시킬 기세로 이글거렸다.
조물주의 힘 앞에서 나는 한없이 초라한 존재였다.

피부는 점차 검붉게 타들어갔고
온몸이 바늘로 찌르는 듯 따끔거리기 시작했다.
나를 찾고자 하는 간절함으로
고된 여행길에서 걷고 또 걸으면서 지난날을 돌아보았다.
삶의 영상들이 필름처럼 빠르게 스쳐 지나갔다.

소유욕, 무한경쟁, 일중독, 인간성 상실,
무관심, 무비판, 소시민적 삶,
편견, 차별, 강요,
불안, 짜증, 분노, 애정결핍, 욕구불만…

나를 옭아맨 것들을 하나하나 내려놓는 순간,
여행길에서 만난 타인의 모습을 통해
나는 오히려 철저히 발가벗겨진 있는 그대로의 '나'와 마주하고 앉았다.
처음엔 좌절감과 허탈감 때문에 화가 치밀기도 했다.
하지만 어느 순간, 나는 인정할 수밖에 없었다.
아, 이게 나구나!
있는 그대로 '나'를 바라보게 되었을 때,
마음의때바다에서 벗어나지 못하고 허우적대는
내 실존을 더욱 분명하게 볼 수 있었다.
드디어 마음이 편안해지고, 거북했던 내 모습이 자연스러워졌다.

지금, 여전히 난 여행 중이다.
이전 경험을 토대로 내가 가진 지도를 조금씩 수정하며
여행을 계속하고 있다.

여행을 하면 이전에는 몰랐던 나를 발견한다.

희미했던 시야가 걷히고 내 모습이 보다 명확해진다.

'나'를 보게 되니 이제야 나를 둘러싼 '타인'이 보이기 시작한다.

여러 타인의 관계가 만들어낸 '우리'라는 테두리 안에서

'나'를 새롭게 재발견하고 있다.

이제 나는 있는 모습 그대로, 희망을 본다.

내면 깊은 곳에서 퍼 올린,

가슴이 탁 트이는 미소를 지으면서.

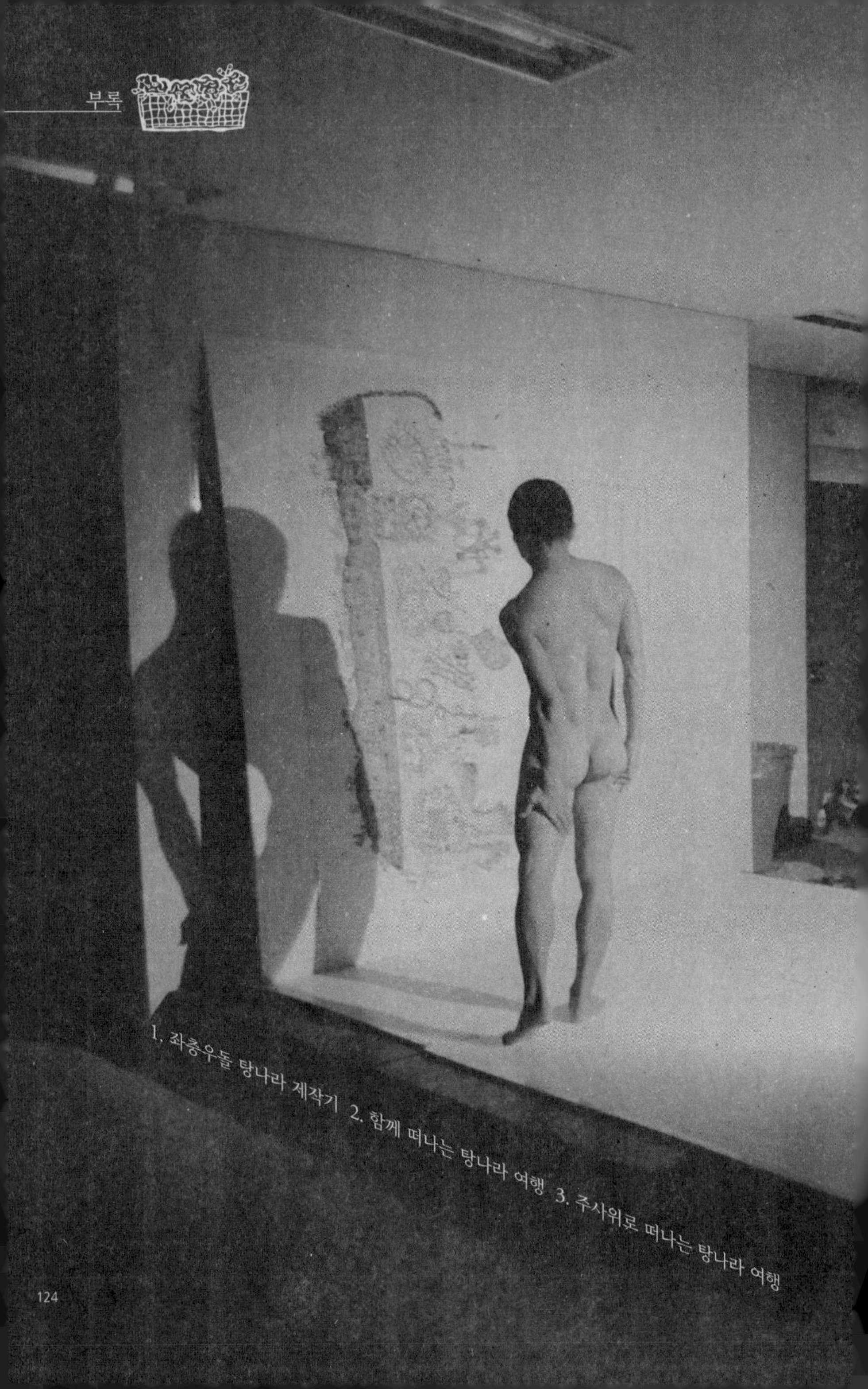

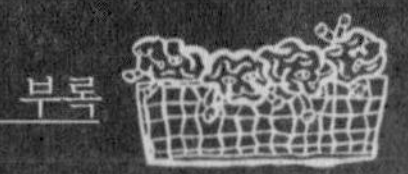

1. 좌충우돌 탕나라 제작기 2. 함께 떠나는 탕나라 여행 3. 주사위로 떠나는 탕나라 여행

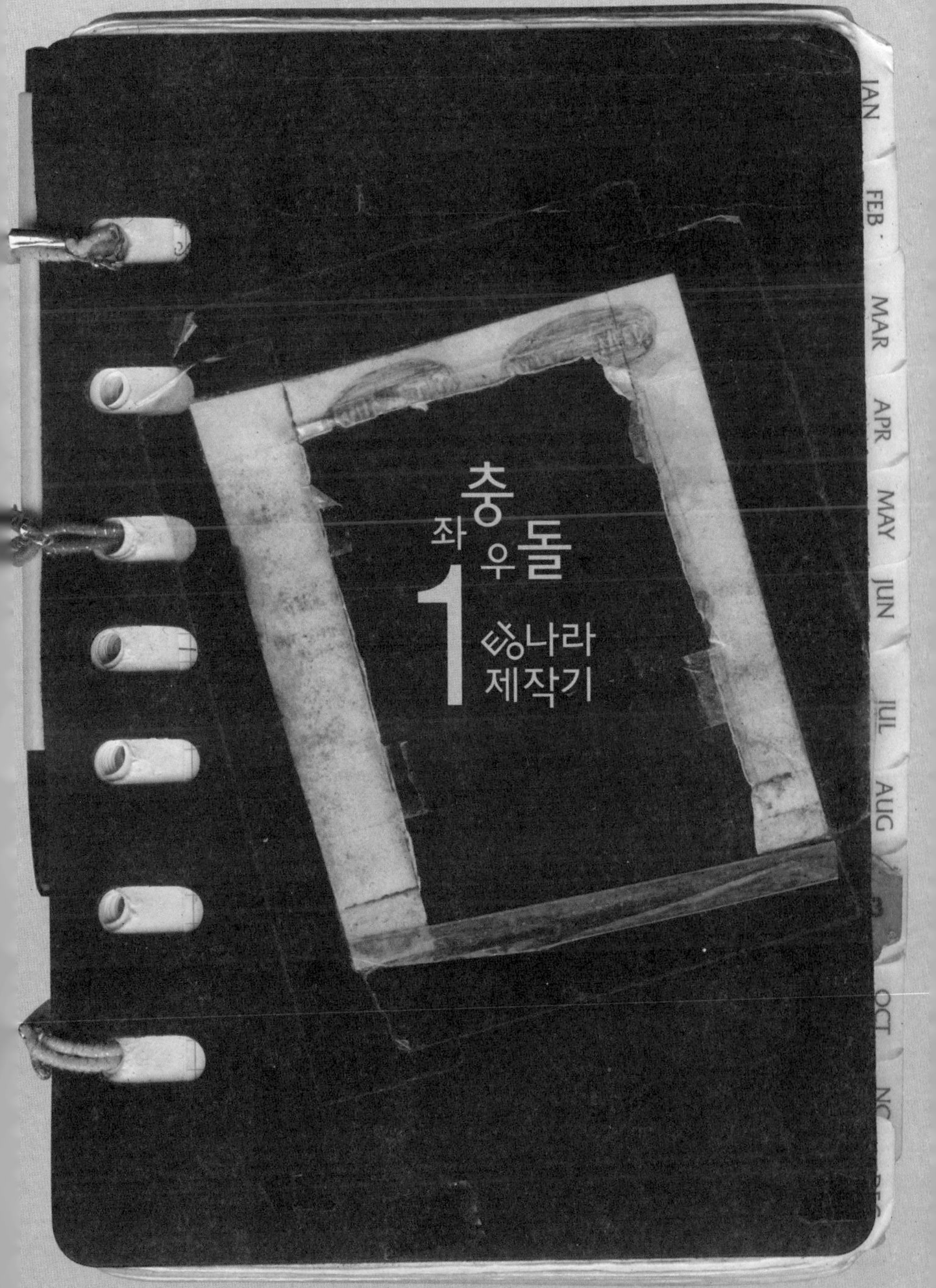

좌충우돌

1

탕나라 제작기

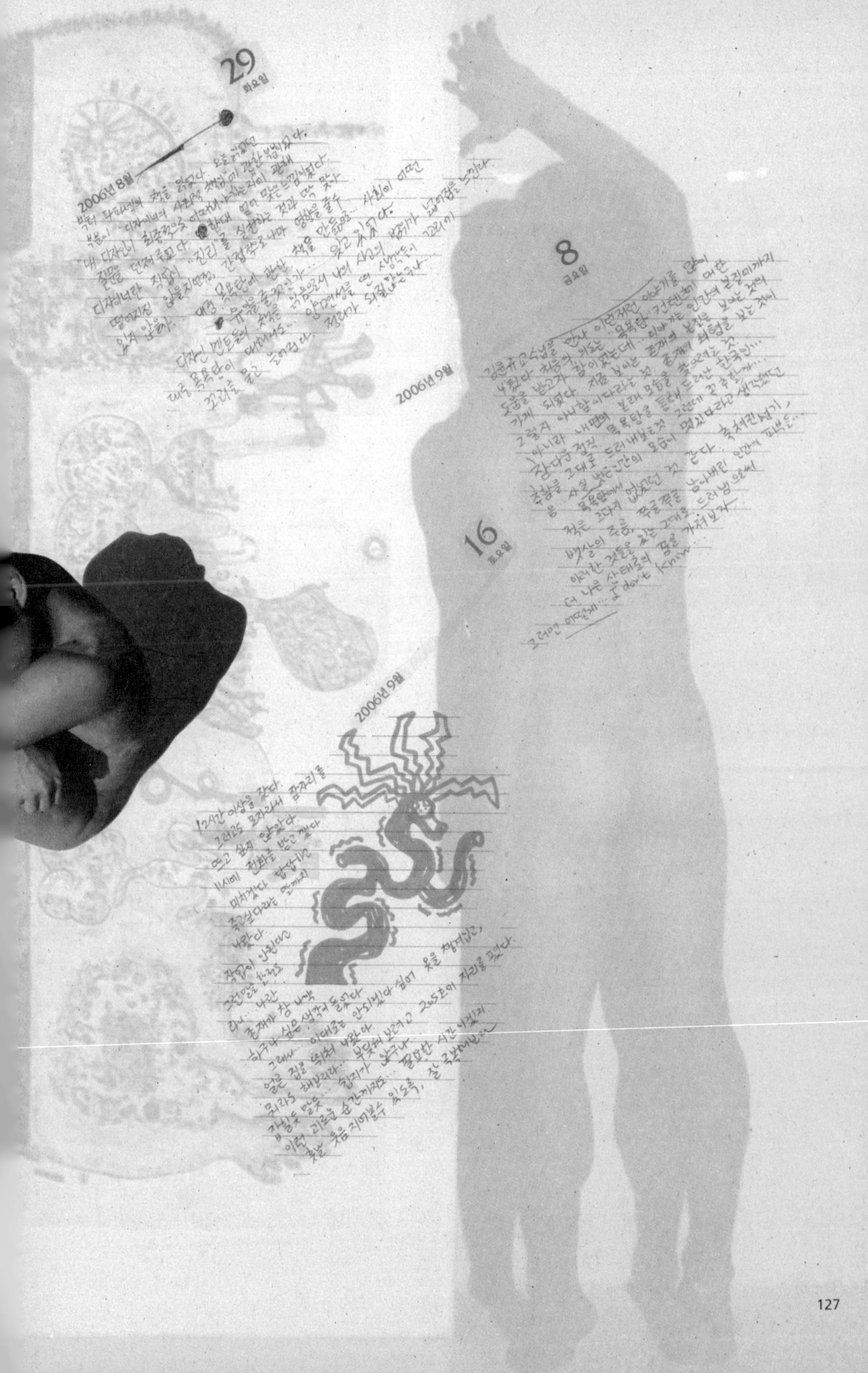

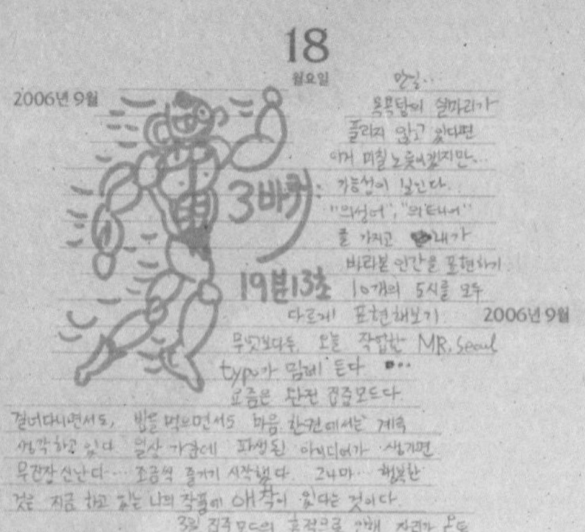

18
월요일

2006년 9월

3배커

19분13초

20
수요일

2006년 9월

25
월요일

2006년 9월

27
수요일

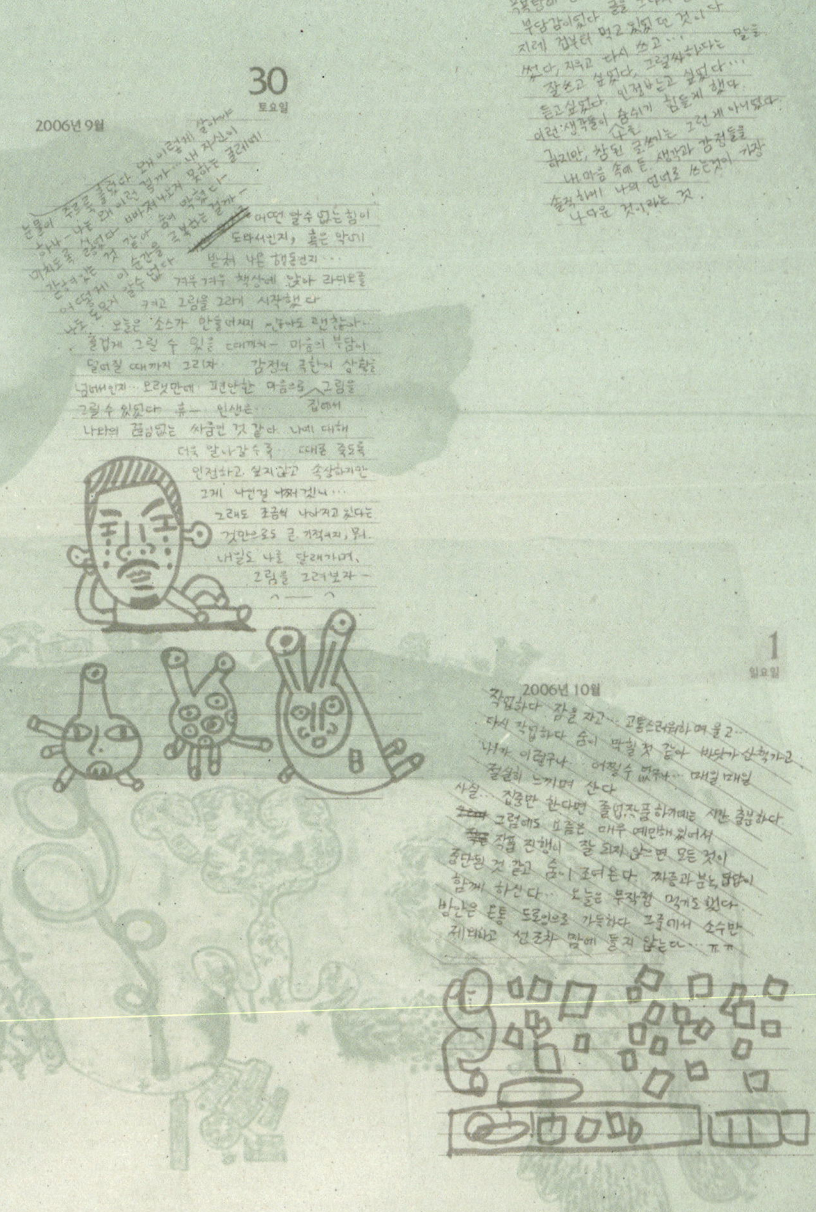

30
토요일
2006년 9월

13
금요일
2006년 10월

1
일요일
2006년 10월

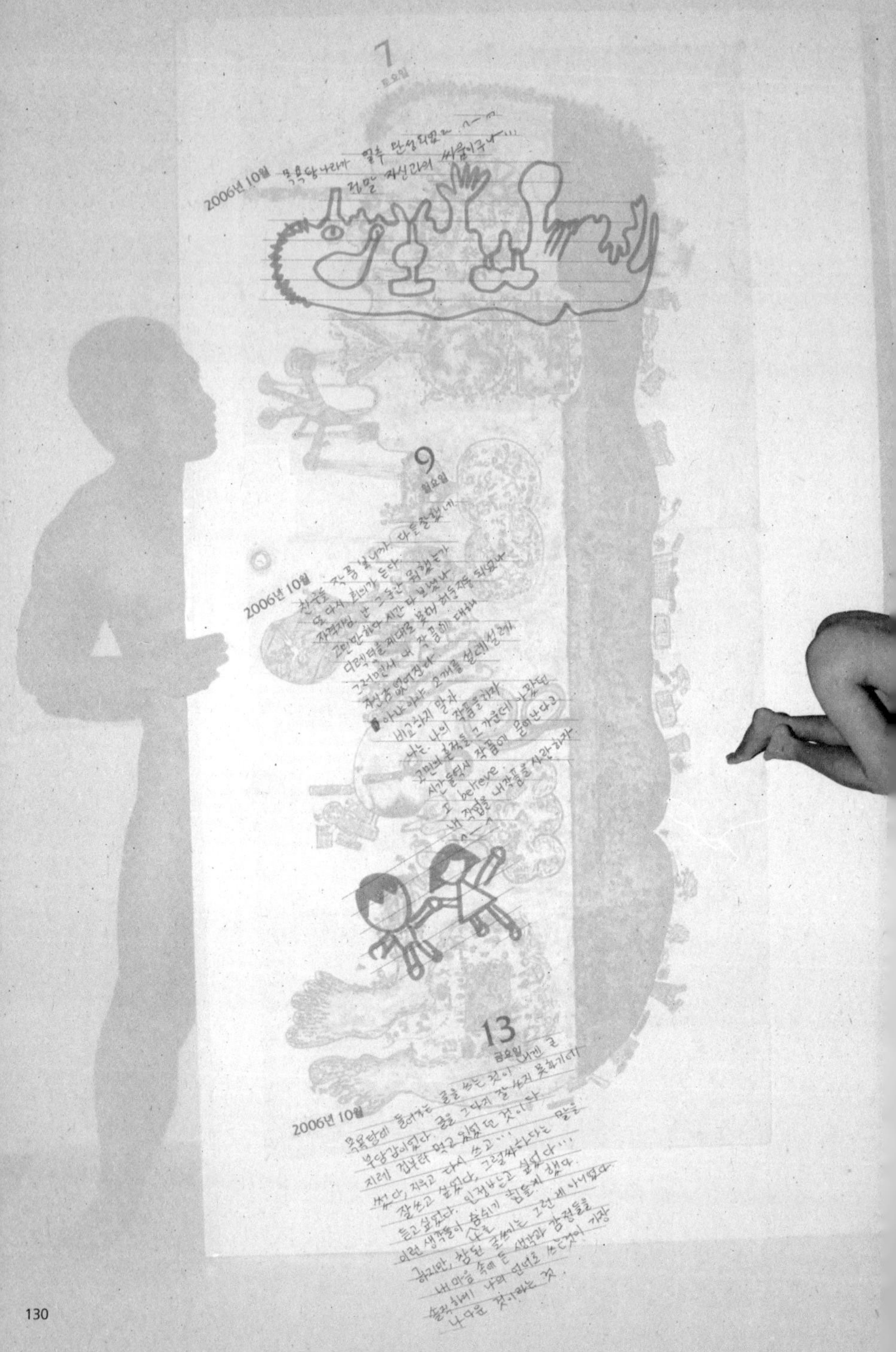

7
2006년 10월
9
2006년 10월
13
2006년 10월

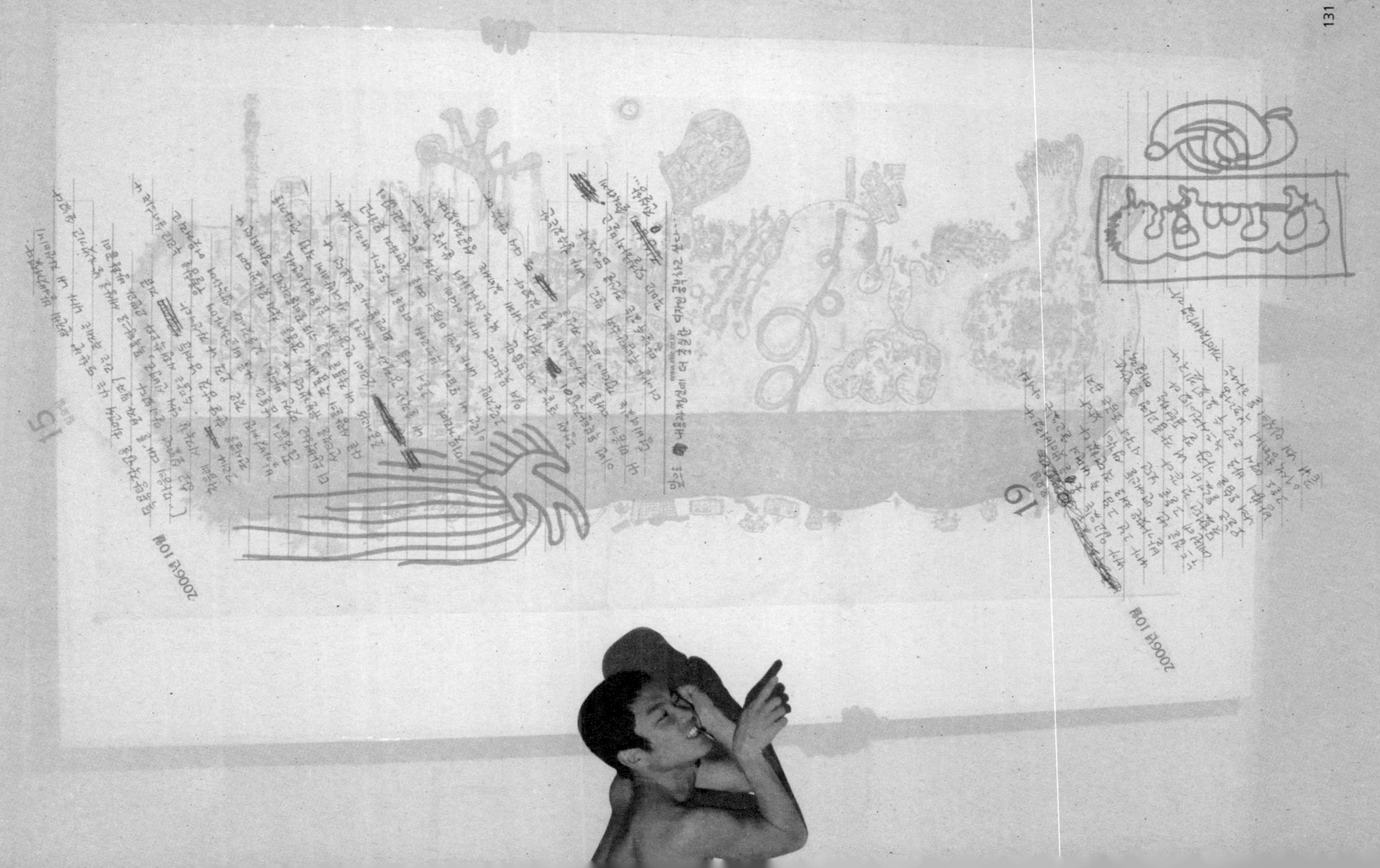

2006년 10월
15
19
2006년 10월

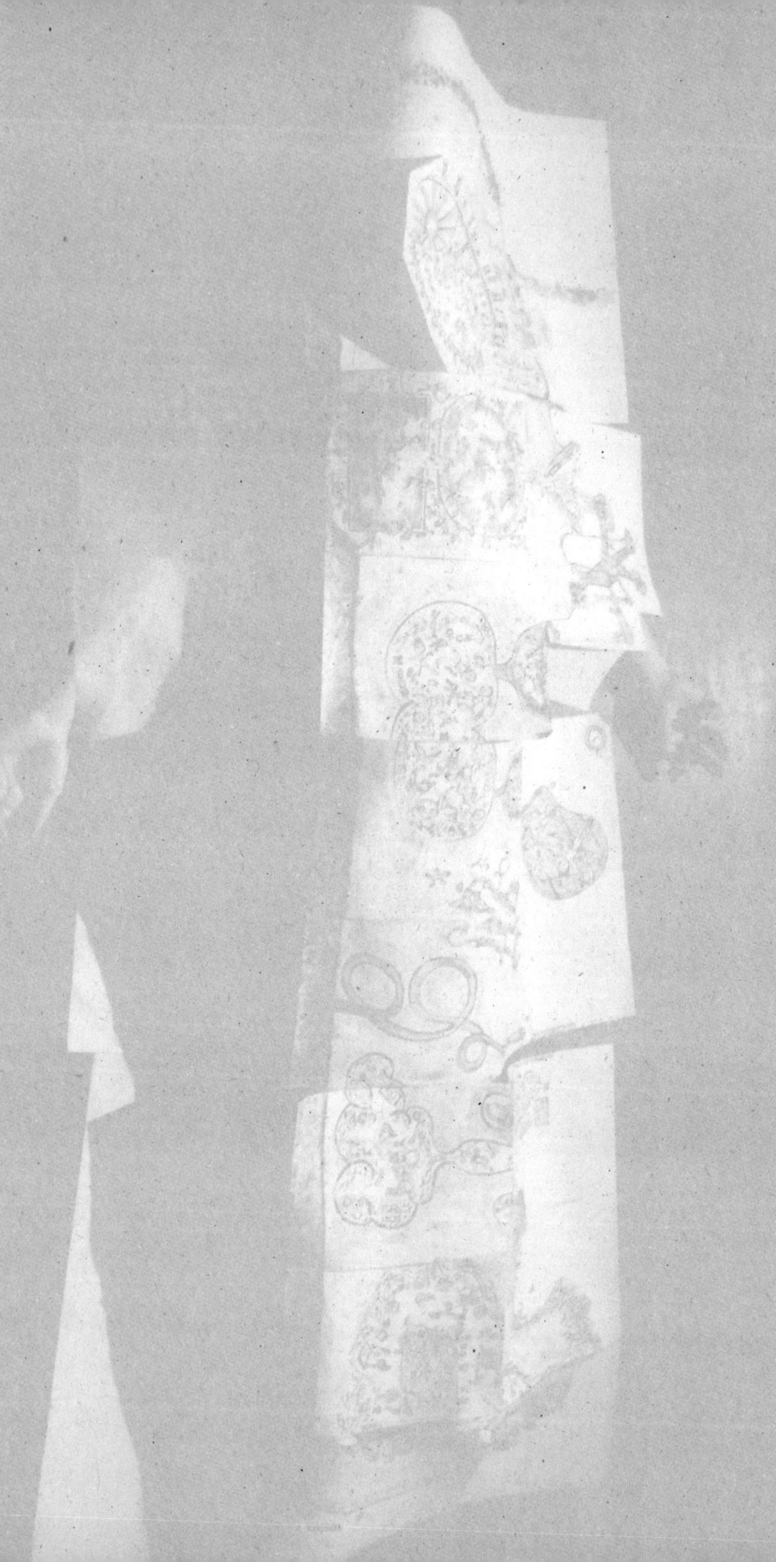

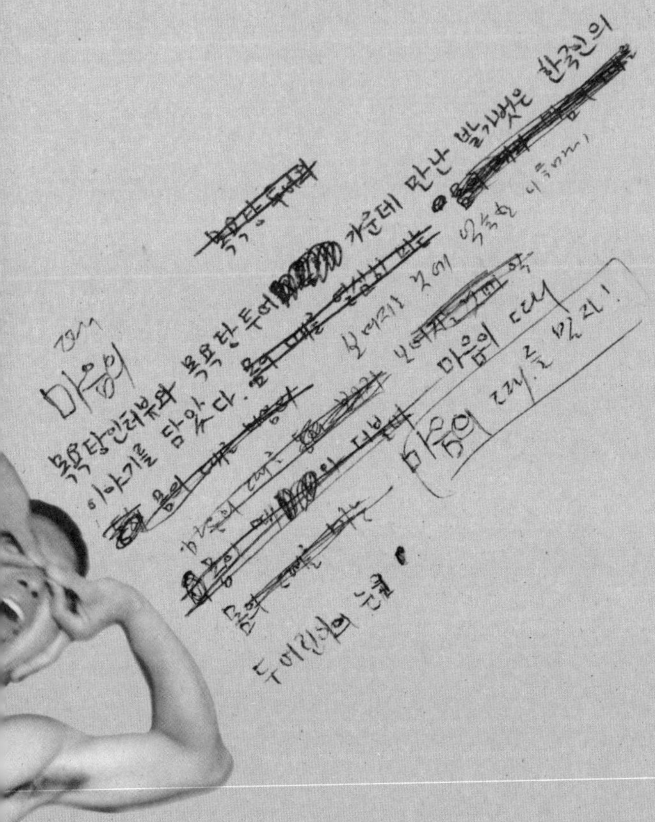

마음이
봉탄인레뷰와 봇봇탄 두의
이야기를 담았다.
가운데 만난 빛나버는 한걸의
오여기 것에 외글한 이름까지
마음의 더니
마음의 더러그를 믿으리!
두어인애의 눈빛

목욕탕 하면 <u>떠오르는 것 everything.</u>

안개, 샤워기, 오타올, 흐트러짐, 거울, 비누, 샴푸, 비누, 샤우나, 땅,
풍그림(몸선), 때타올, 욕조, 비누거품, 땟국물, 찜질방, 맥반석, 샤워, 똥의문구
사물함, 옷걸이, 발목의 찬 열쇠여 고무줄, 시원한 음료수와 냉장고, 선풍기,
스킨, 로숀, 스프레이, 젤, 휴지통, 면봉, 운동기구, TV, 쇼파, 손톱깍이, 시계,
정수기, 체중계, 수건, 빨래강, 욕탕 온탕, 냉탕, 치약 칫솔, 소금, 소화기
미끄럼, 때열어, 유리창, 하수도 구멍, 노란장파, 늙는의자, 벽그림
나트륨등, 돌, 모래시계, 곰팡이, 세숫대야, 의자, 탕맛사지, 숨기,
이태리타올, 화장실, 물속에서 쉬하기, 면제면 선풍기, 수많은 거울, 옷걸이,
구둣닦이, 구두솔, 신발 주걱, 남탕 여탕, 대인, 매표소,
　　　　　　　　　　　　　　　　　소인(7세미만)
목욕합니다. 정기휴일은 매주 □입니다.

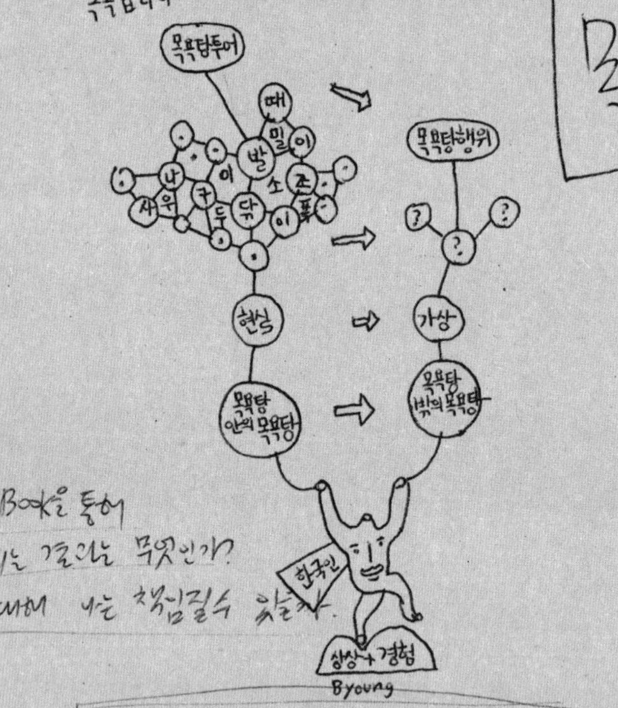

★
● 목욕탕 Book을 통해
예상되는 것으로 무엇인가?
그것에 대해 나는 책임질수 있을까.

☆ 목욕탕에서 보여지는 한국인 자체가
세련되지 않지만 인간미 넘치는 ... 그 자체다.
　　　　　　　　　(측면)

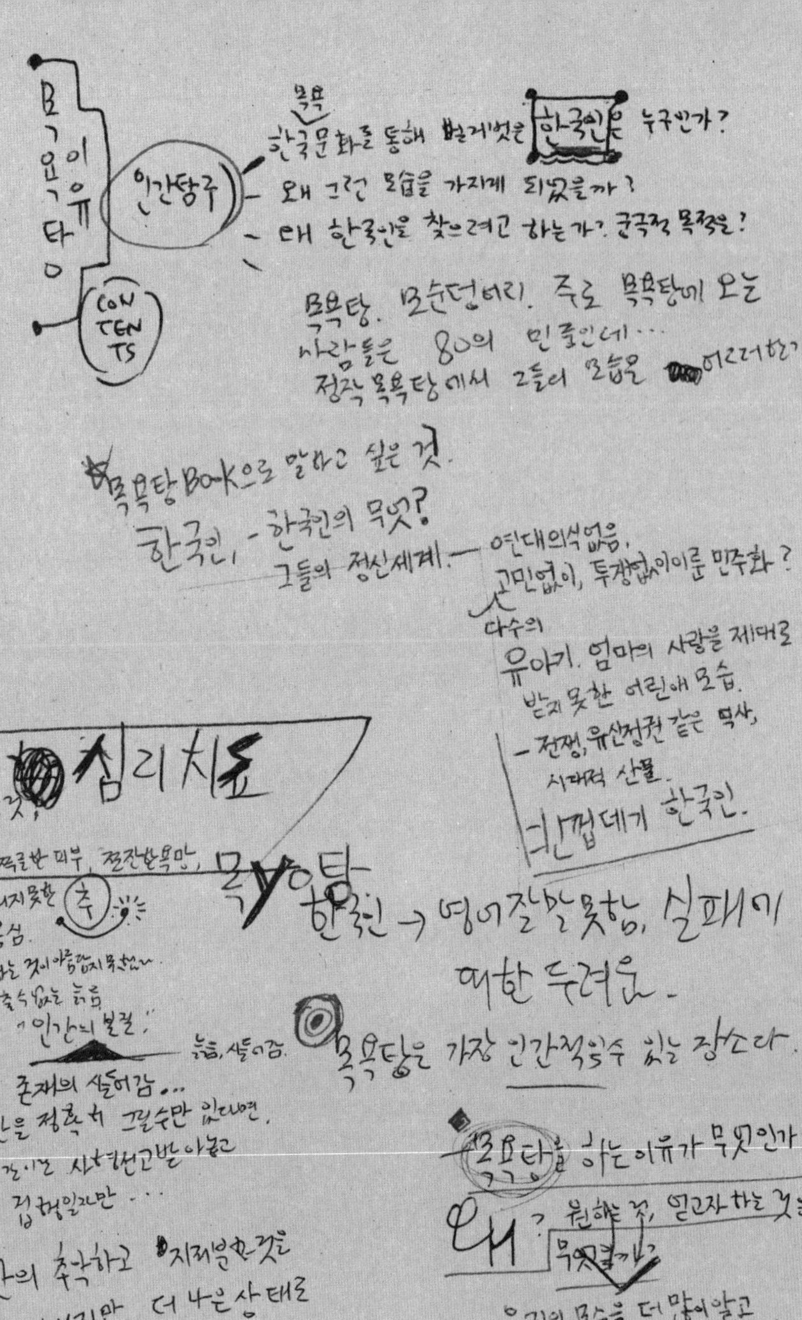

목욕
한국문화를 통해 벌거벗은 [한국인]은 누구인가?
- 왜 그런 모습을 가지게 되었을까?
- 왜 한국인을 찾으려고 하는가. 궁극적 목적은?

목욕탕. 모순덩어리. 즉 목욕탕에 오는
사람들은 80의 민국인데…
정작 목욕탕에서 그들의 모습은 제각각이러러하느

목욕탕 BOOK으로 말하고 싶은 것.
한국인 - 한국인의 무엇?
　그들의 정신세계 ― 연대의식없음.
　　고민없이, 투쟁없이이룬 민주화?
　　　다수의
　　유아기. 엄마의 사랑을 제대로
　　받지 못한 어린애 모습.
　- 전쟁, 유산정권 같은 역사,
　　시대적 산물.
　어렵데기 한국인.

◉ 심리치료

쪽글쪽글한 피부, 건전한 욕망, 목욕탕
버리지못한 (추) 욕심.
목욕하는 것이아름답지못하나
감출수없는 늙음
　'인간의 본질.'
　　　늙음, 살들의 검.
　존재의 살어감…
인간을 정확히 그릴수만 있다면.
　인간이고 시시평론고받아들고
　겁없일그만…

인간의 추악하고 지저분한것을
　드러내지만, 더 나은 상태로
이끌려고 하는것.
뺄 것하I분으면 하지만,
네가 그런 인간이 되길원하는것.
그러나 해I싫으면 하지 말아

한국인 → 뭔의 잘못못함, 실패에
대한 두려움 -

목욕탕은 가장 인간적일수 있는 장소다.

목욕탕을 하는이유가 무엇인가?
왜? 원하는 것, 얻고자 하는 것은
무엇인가?

우리의 모습을 더 많이 알고
깊이 알 자. 고민하자.
현상뿐 아니라 본질을,
겉 뿐만 아니라 내면을.
좋은 면 뿐만 아니라 그렇지않은 면
　　　까지도.

< 목푸탕 인터뷰의 명단 >

1 최일런 ——— 촬영 + 설문
2 박혜민 —— 촬영 + 설문
3 김강석
4 장세훈
5 장모
6 박찬모
7 이한희
8 연성희
9 박지영
10 김진영
11 허런
박성하
12 김권욱
편윤생 ——— 촬영 + 설문
15 김은조
16 가경영
17 김세훈
18 이승헌
19 조지훈
20 박승헌
21 김건주
22 유보꼼
23 정성훈
24 이혜린
25 김지연
26 이다연
27 손민섭
28 박혜영 장현
29 이한경
30 전희현

목목

목목탕은 ?

○ 목목탕은 시원ㅎ
대밀고 몸푸는

목욕탕은 묵은때를 벗기는 곳. 목욕탕은 씻는 곳이다

● 단체 집단적인 배출구, 카타르시스

전투 적으로때미는 곳

목욕탕은 춥고파이다
— 친해지는 곳 편한곳

목요 탕은 졸려다 목욕탕은 졸려다 시끄럽습니다

그의사육지마는 의리와다
밧는가벗고 서로를 공유하는장소.

목욕탕은 어릴때는 놀이터같은 곳
지금은 착한 사람들과의 또다른 만남의 장소
혼자가면 숙임의 장소.

목욕탕은 / 명절때 많이 가족 들과 같이 그런데
독히 구정전 가는곳. 목욕탕은 해우소다 당황
대목날

할일없는 아줌마들의 놀이터 (근심을 해결하는장소)

● 목욕탕은 과거의 추억이 담겨있는장소. 솔직한곳.

우리 대중목욕탕은 서민들의
삶이 느껴지는 공간이다.

많은 사람들이 자유들어 쐴을수 있는 곳

다같이 옷 벗고있어도 나쁘않지
않아하는 옷

한겨울의 이불 속같은곳.

민족의 삶의 원천   한국의 대중목욕탕은 아버지와 아들의 장소다.
목욕탕은 뭔가찬 곳이다.
목욕탕은 뭐 새로 태어나는 곳.

추억의 고문의 장소   대중목욕탕은 사람 냄새나는 곳이다.
다. 목욕탕은 '잘모르겠다'   아버지와 친해질수있는 곳
시어머니. 며느리. 손녀들이 서로 때밀어주는 모습.

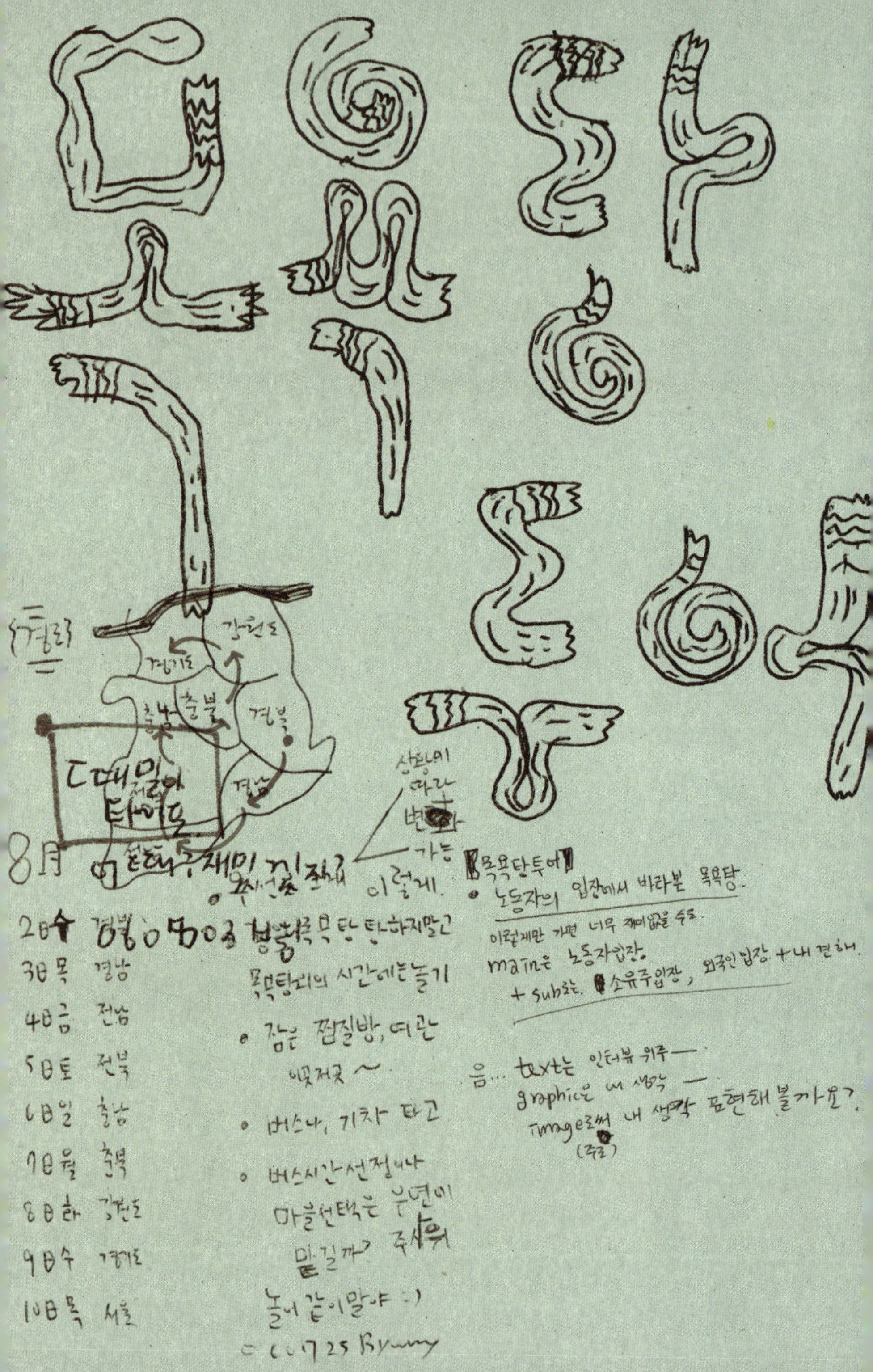
목욕탕투어
노동자의 입장에서 바라본 목욕탕.
이렇게만 가면 너무 재미없을 수도.
main은 노동자입장.
+ sub는, 소유주입장, 외국인입장, + 내 견해.
음... text는 인터뷰 위주—
graphic은 내 생각
image로써 내 생각 표현해 볼까요?
(즉)
8月
2日수 경북
3日목 경남
4日금 전남
5日토 전북
6日일 충남
7日월 충북
8日화 강원도
9日수 경기도
10日목 서울
강원도
경기도
경북
경남
전남
놀러 같이말야 :)
07 25 Byuny

① 목욕탕 여행 보고.
② 컨텐츠 3차기

12개 도시 15개 목욕탕.

- **안동** (즉시위) → 온천청 스파랜즈 : 목욕탕관리 아저씨와 이야기
  → 대영목욕탕 : ~~목욕탕~~ 죽인아저씨와 이야기

- **울산** → 일산제 1·2 목욕탕 (때밀수리중)
  (히든카드) → 해뜨는해수월드 : Kyle 라 slava와 이야기

- **거제도** (즉시위) → 대원탕 : 때밀이 아저씨와 이야기.

- **진주** (경유) → 장수탕 : 죽인아주머니와 이야기.

- **광양·순천** (즉시위) → 유심탕건강랜드.

- **익산** (즉시위) → 찜질나라 : 언니도와 죽는 아주머니와 이야기.
  → 온성욕목탕 : 이발사아저씨, 죽인아저씨와 이야기.

- **대전** (즉시위) → 동산목욕탕 : 관리 아저씨와 이야기
  → 유성호텔온천탕 :

- **충주** (즉시위) → 수정탕 : 관리 아저씨와 이야기
  → MGM해수사우나 : 관리 아저씨와 이야기.

- **경기도구리** (즉시위) → 동희네기도 오딘 : 관리아저씨와 이야기.

- **서울** (고향의법칙) → 은아사우나 : 죽득딲의 아저씨와 이야기.
  → 시범사우나 (때밀수리중)

- **하동 여의도** (히든카드법칙) → 우리들랜즈 : 그때의 아저씨와 이야기.

{어린이들 상상력책} 목욕탕에 산. "80년 목욕탕에 산 벌거둥이 산.
고민꺼리 던져주기.
{어린이 교양지} 목욕탕에서 벌게 벗고 산.

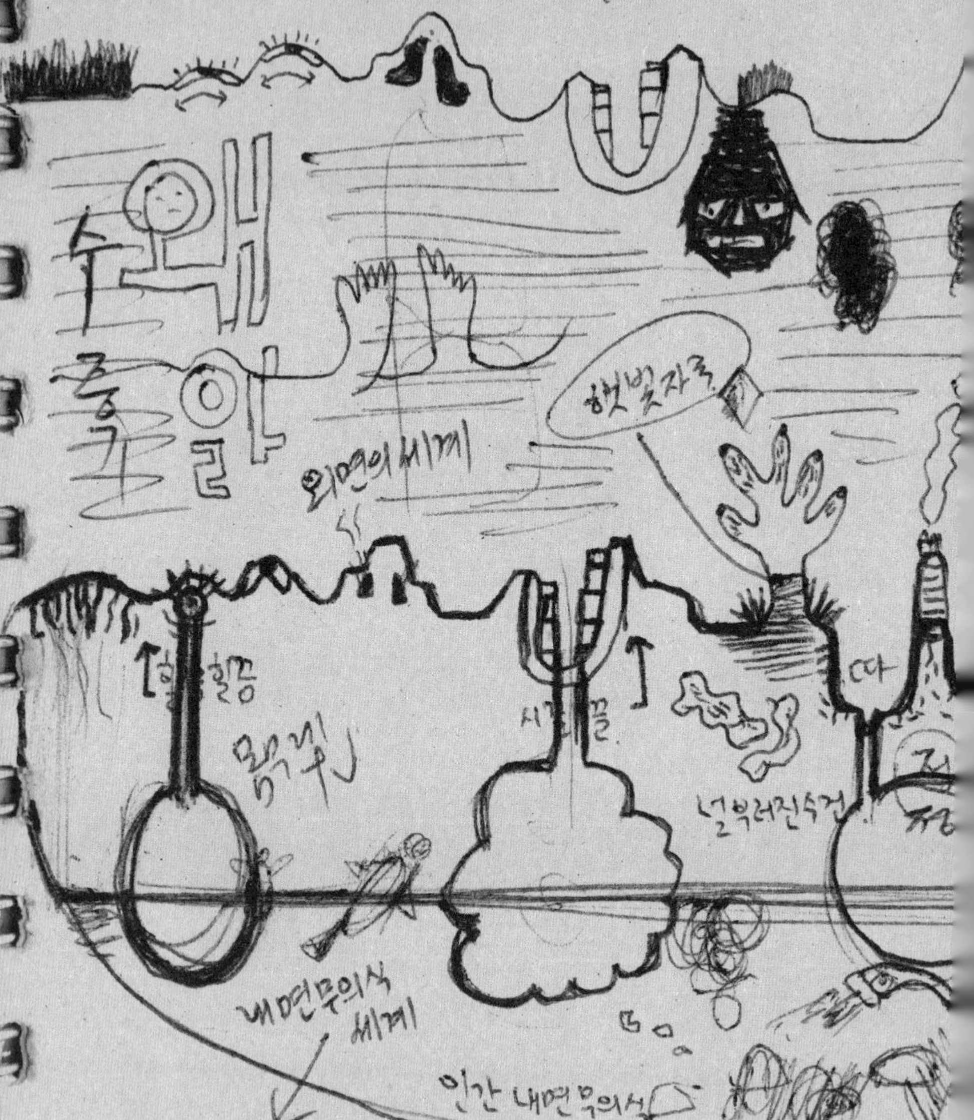

외면의 세계

햇빛자국

힐힐끔
목욕

시끌끌

널부러진수건

새면무의식 세계

인간 내면무의식

이부분은 나의 주관의 들어간 나머지는 토론으로 끌어가자. 근데 잘못하면 유지해질

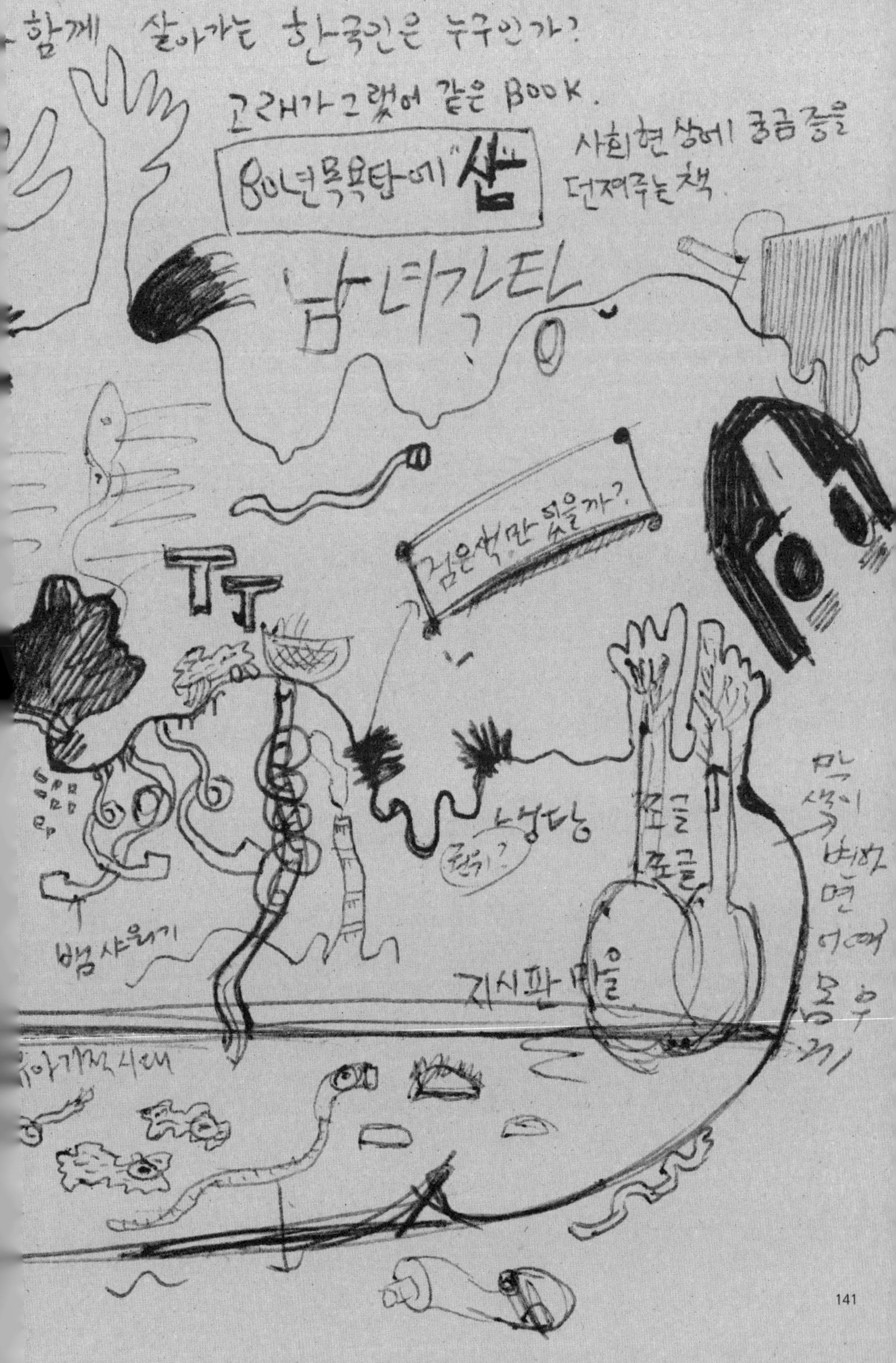
함께 살아가는 한국인은 누구인가?
고래가 그랬어 같은 BOOK.
사회현상에 궁금증을
던져주는 책
80년목욕탕에 "삶"
남녀가 EL?
검은색만 쓸까?
냉탕
범샤워기
지시판 마을
함께 살아가

2

함께 떠나는
탕나라 여행

"그들을 찾아랏!"

탕나라

빵글이

똥희

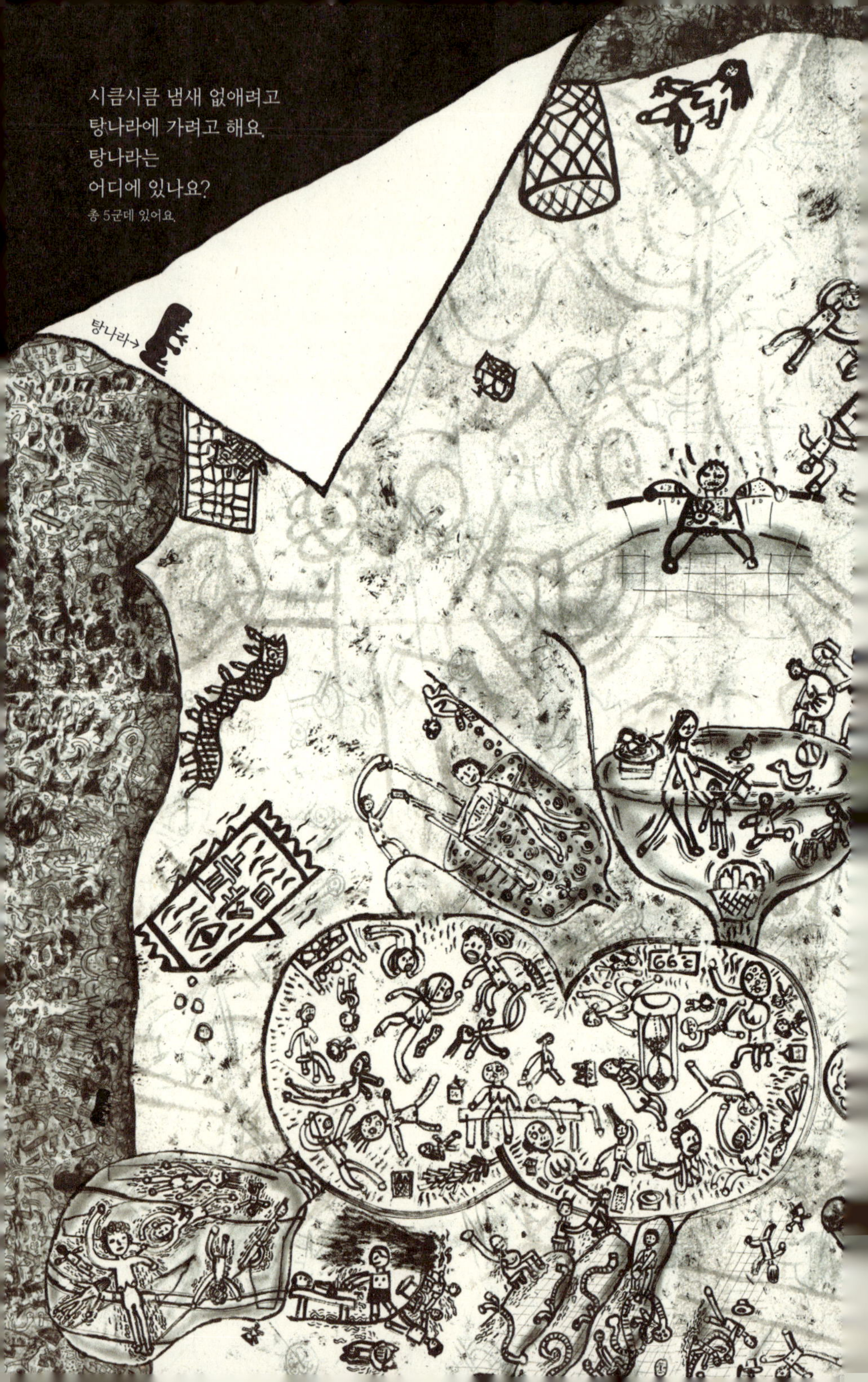
시큼시큼 냄새 없애려고
탕나라에 가려고 해요.
탕나라는
어디에 있나요?
총 5군데 있어요.

탕나라→

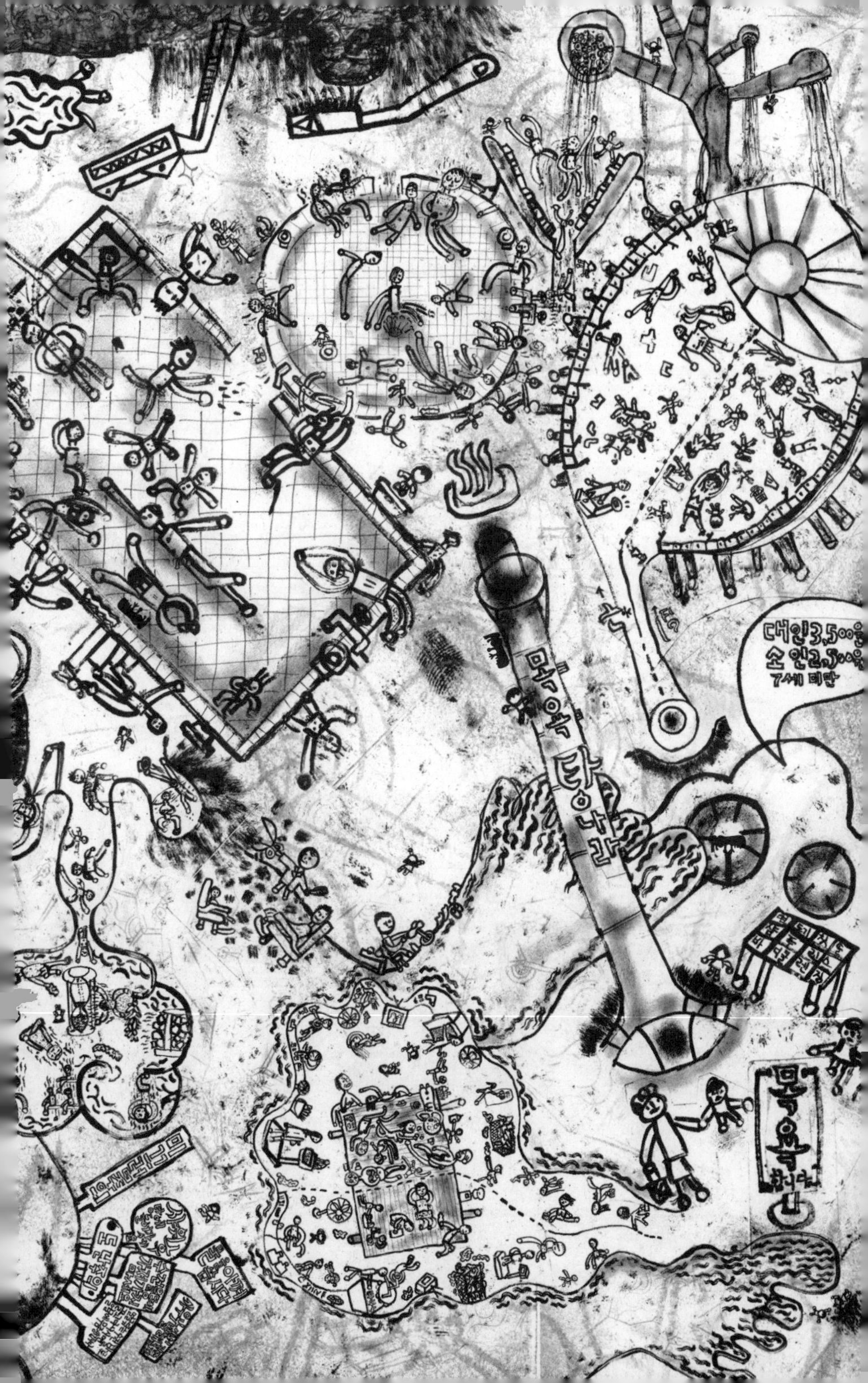

대인3,500원
소인2,500원
7세 미만
바이킹

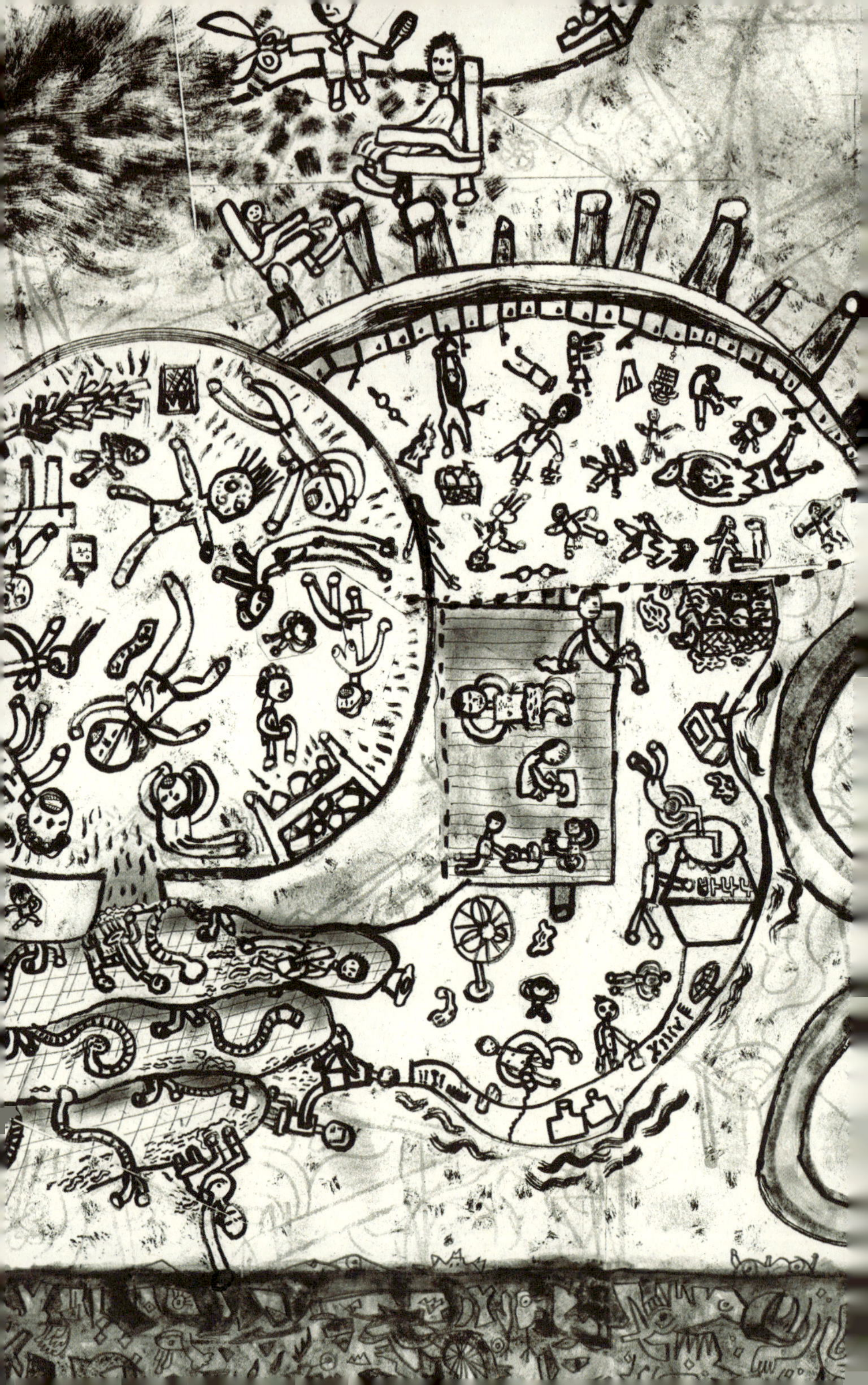

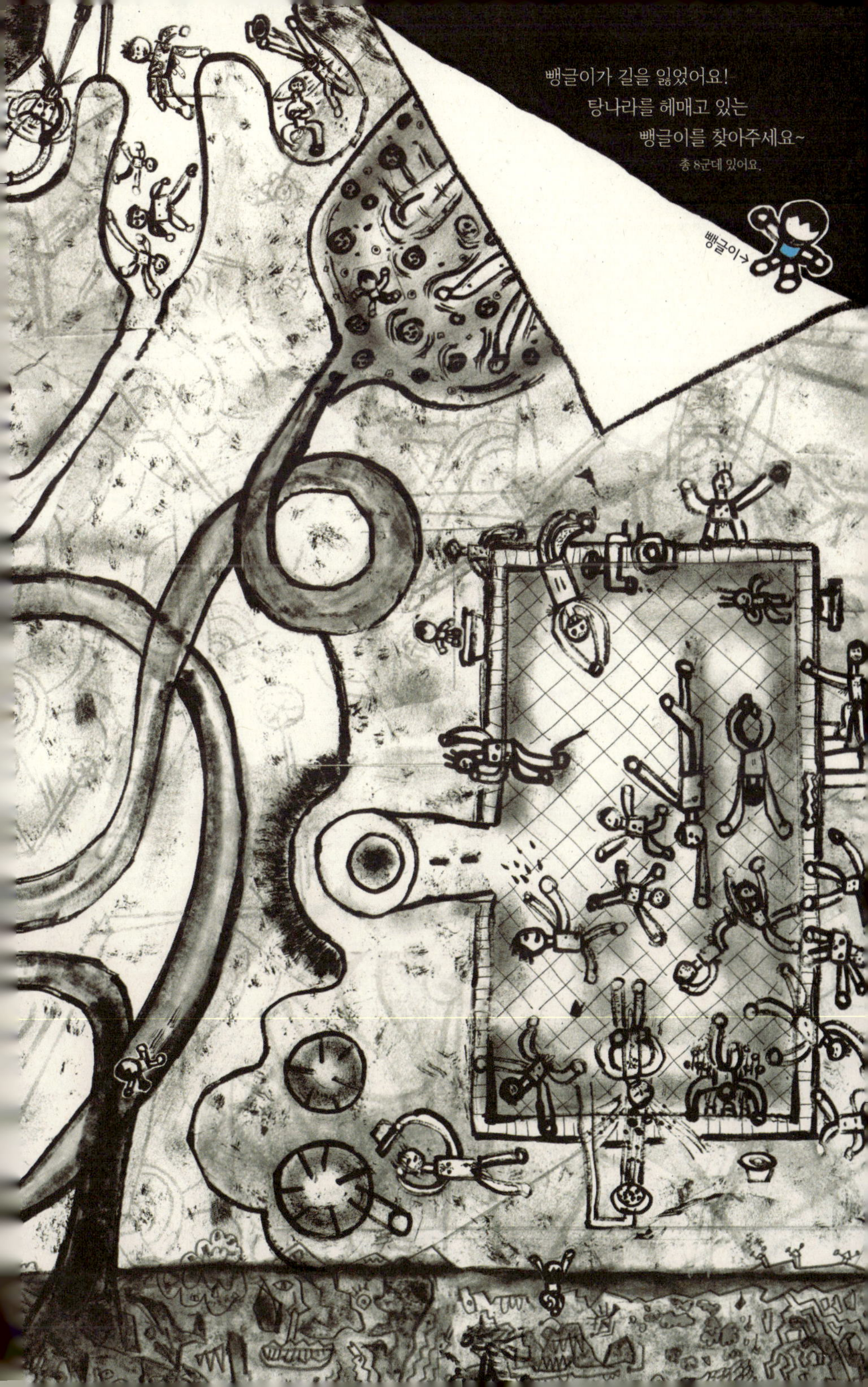
빵글이가 길을 잃었어요!
탕나라를 헤매고 있는
빵글이를 찾아주세요~
총 8군데 있어요.
빵글이→

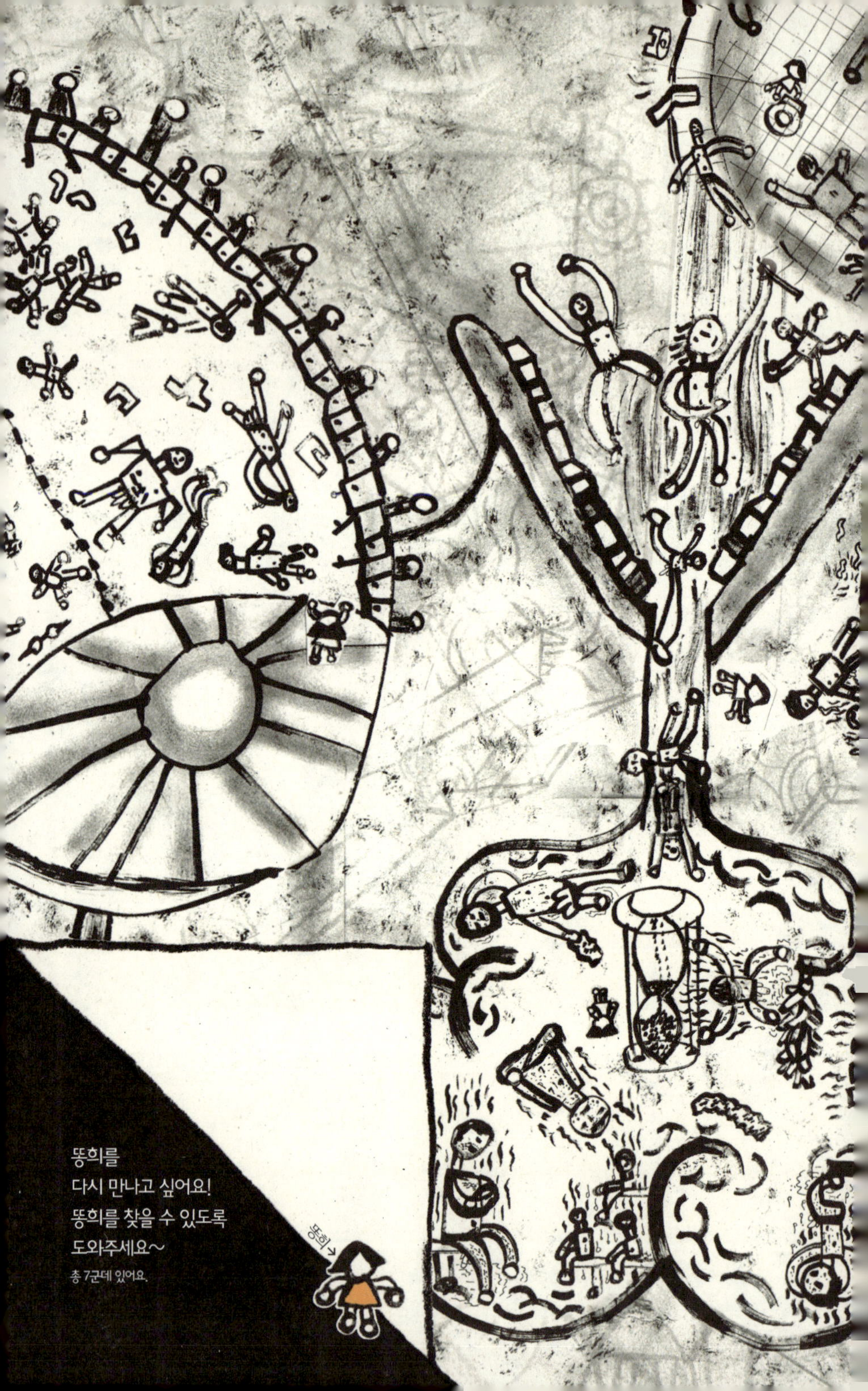

뚱희를
다시 만나고 싶어요!
뚱희를 찾을 수 있도록
도와주세요~
총 7군데 있어요.
뚱희→

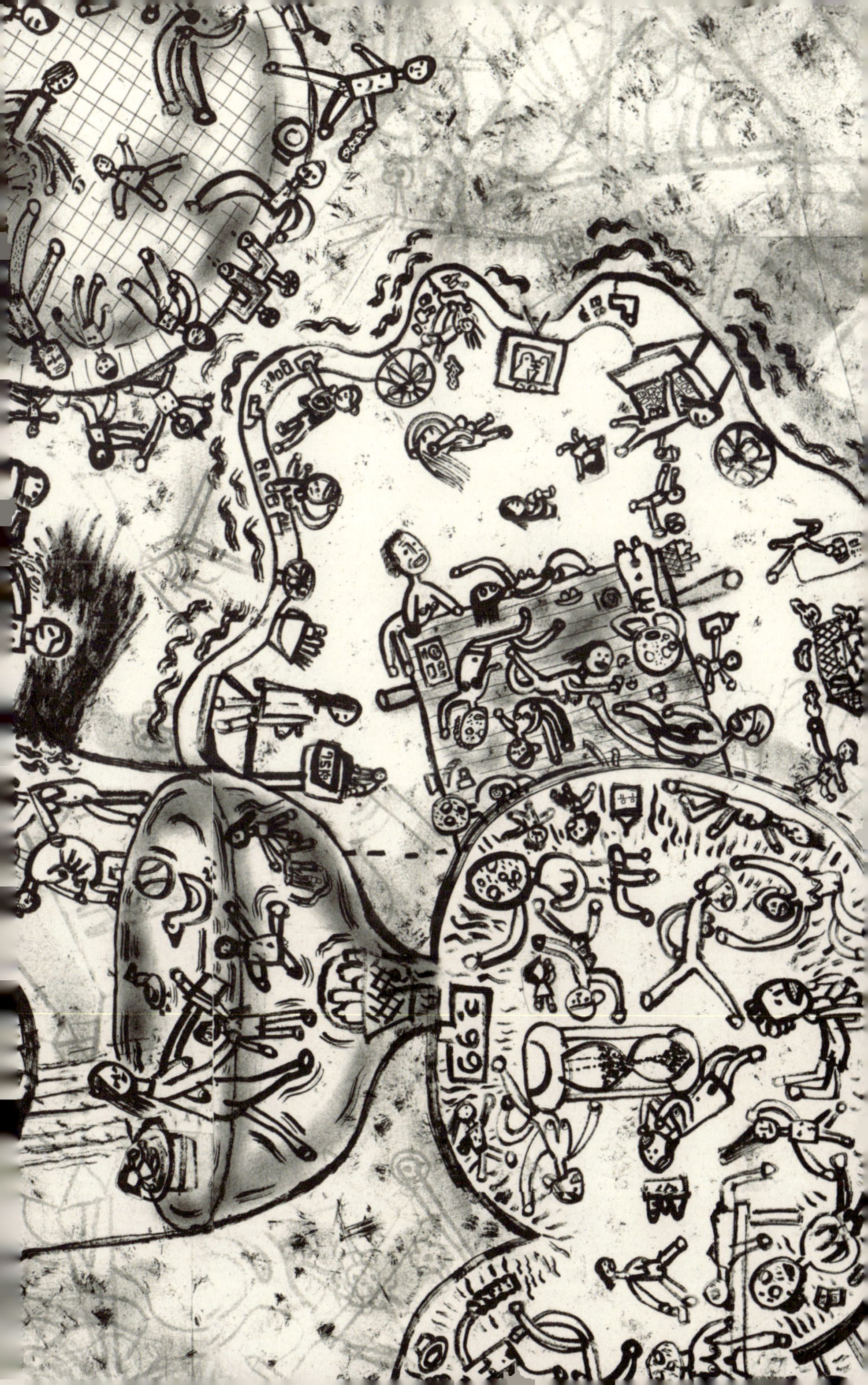

다 찾으셨나요?
그렇다면 이제
당신을 찾아보세요.
당신은 지금 어디 있나요?

3 주사위로 떠나는 탕나라 여행

'주사위로 떠나는 탕나라 여행'은 여러분이 빵글이와 똥희 처럼 탕나라 사람들을 만나볼 수 있도록 '탕나라 사람들' 이야기를 주사위 놀이로 재구성한 것이랍니다. 윷놀이를 응용해 만들었기 때문에 누구나 어렵지 않게 놀이를 즐길 수 있을 거예요. 그럼 여행을 떠나 볼까요?

놀이방법

놀이시작 전

*동무 모으기

    : 놀이를 함께 할 동무들을 모아주세요.

*놀이도구 준비하기

    : 책 뒷면에 있는 놀이판을 오려주세요.

    : 놀이에 사용할 놀이말 최소 2개 이상과
    주사위를 준비해주세요.
    주사위 대신 윷을 사용해도 좋아요.

*탕나라매점 메뉴 정하기

    : 놀이 중에 사용할 탕나라매점 메뉴를 동무들과 상의해서
    만들어 주세요. 탕나라매점 메뉴는 놀이말이
    {수다떨며달걀먹기} 위치에 왔을 때 사용할 벌칙이나
    보너스를 말하는 것이랍니다. 벌칙이나 보너스를 3~5개 정도
    종이에 적은 후 두 번 접어 잘 보관해주세요.

*내기 정하기

    : 놀이에 동기부여가 될 수 있을 만한 간단하면서도
    즐거운 내기를 걸어보세요. 찜질방 입장료 내주기,
    맥반석 달걀 사주기, 목욕탕에서 때밀어주기와 같은
    내기를 걸어보면 어떨까요?

*순서 정하기

    : 주사위를 던져 놀이 시작 순서를 정해주세요.

놀이 진행

*주사위 던지기

        : 자기 차례에 주사위를 한 번씩 던지는 것을 원칙으로 해요.

        : 상대편 놀이말을 잡았을 때,

         윷을 사용할 경우 윷이나 모가 나왔을 때는

         한 번의 기회가 더 주어져요.

        : 놀이말이 {면도기늑대} 칸에 놓이면 한 번 쉬세요.

*놀이말 이동경로

        : 기본적인 놀이말의 이동 및 경로는 윷놀이와 동일해요.

        : {출발점}을 시작점으로 해서 주사위를 던져 나온 숫자만큼

         놀이말을 이동해요.

        : 말판에는 놀이말 지령과 벌칙 및 보너스가 걸려 있는 칸이

         여러 개가 있어요. 만약 놀이말이 이동한 위치에 놀이말 지령 또는

         벌칙 및 보너스가 써 있다면 그대로 실행해야 해요.

*놀이말 지령에 따른 이동경로

     ← 이것이 놀이말 지령이 걸려 있는 칸이고

     ↙ 이것이 실행해야 할 지령의 내용이에요.

        : {몸무게재기} 말업기와 내리기와 {면도기늑대} 한 번 쉬세요를

         제외한 놀이말 지령은 모두 놀이말 이동에 대한 지령들이에요.

        : '똥희가 설명하는 알기 쉬운 놀이말 지령' p156을 보면

         놀이말 지령에 대한 설명과 이동경로를 한눈에 알 수 있어요.

        : 마지막으로 주의할 점이 하나 있어요!

         {똥구멍}에 걸려 있는 지령 끝지점으로 가세요은 놀이말이

         {마음의때바다}에서 왔을 때만 적용가능하다는 것이에요.

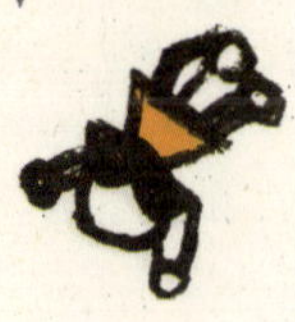

***벌칙 및 보너스**

아느꼰 ← 이것이 벌칙 및 보너스가 걸려 있는 칸이고

↙ 이것이 실행해야 할 지령이에요.

무엇을

: {수다떨며달걀먹기} 칸에 걸려 있는 탕나라매점은
  놀이 시작 전 동무들과 만든 벌칙 및 보너스를
  실행할 수 있는 칸이에요.

: 놀이 참가인원이 2명일 경우는 남은 한 명이 벌칙 및 보너스를
  해주세요. 3명 이상일 경우에는 이전 차례의 참가자가
  벌칙 및 보너스를 해주는 것을 원칙으로 해요.

: '빵글이를 통해 배우는 재미있는 벌칙과 보너스' p158를
  참고하시면 벌칙과 보너스에 대한 자세한 설명을
  한눈에 볼 수 있답니다.

: 잠깐! 주의할 점이 하나 있어요.
  {똥구멍}에 걸려 있는 벌칙 엉덩이이름표는 놀이말이
  {마음의때바다}에서 왔을 때만 적용 가능하다는 것이에요.

***놀이말 나기**

: {출발점}을 시작으로 한바퀴를 다 돌아
  {끝지점}을 지나면 놀이말이 나게 돼요.

: 중요한 것은 말이 {끝지점}에 도착했다고 나는 것이 아니라
  {끝지점}에서 최소 한 칸이라도 더 가야 난다는 것이에요.

: 가지고 있는 모든 놀이말이 가장 먼저 다 난 사람이
  놀이에서 이긴다는 건 다들 아시죠?

자, 준비되셨나요? 그럼 탕나라 여행을 함께 떠나볼까요?

쓰레기통

**마음의
때바다**

**수건
바구니**

검은숲괴물들은
집으로 돌아가주세요!
수건 종류 괴물들은
수건바구니로~
쓰레기 종류 괴물들은
쓰레기통으로~
헤쳐모여!

샴푸상어

**아낌없이
때미는손**

알비누
스케이트
3칸 뒤로
가세요

때밀이아줌마
아낌없이
때미는손으로
가세요

머리카락귀신
쓰레기통으로
가세요

같은반이성친구
와의만남
5칸 뒤로 가세요

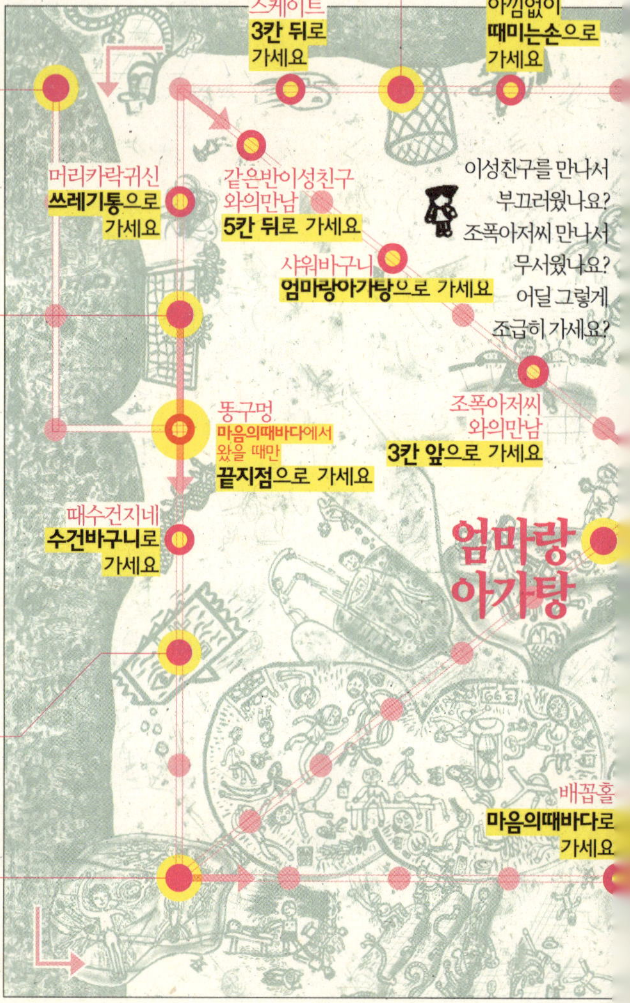

이성친구를 만나서
부끄러웠나요?
조폭아저씨 만나서
무서웠나요?
어딜 그렇게
조급히 가세요?

샤워바구니
엄마랑아가탕으로 가세요

똥구멍
마음의때바다에서
왔을 때만
끝지점으로 가세요

조폭아저씨
와의만남
3칸 앞으로 가세요

**엄마랑
아가탕**

때수건지네
수건바구니로
가세요

배꼽홀
마음의때바다로
가세요

마음의때바다로 간다고
너무 낙심마세요.
똥구멍 칸에 걸리기만 하면
단번에 끝지점까지 갈 수 있거든요!

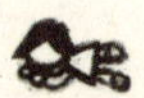

샤워하지 않으면 탕 속에 들어가지 못하고
검은숲괴물마을을 뱅그르르~ 돌기만 할 거예요.

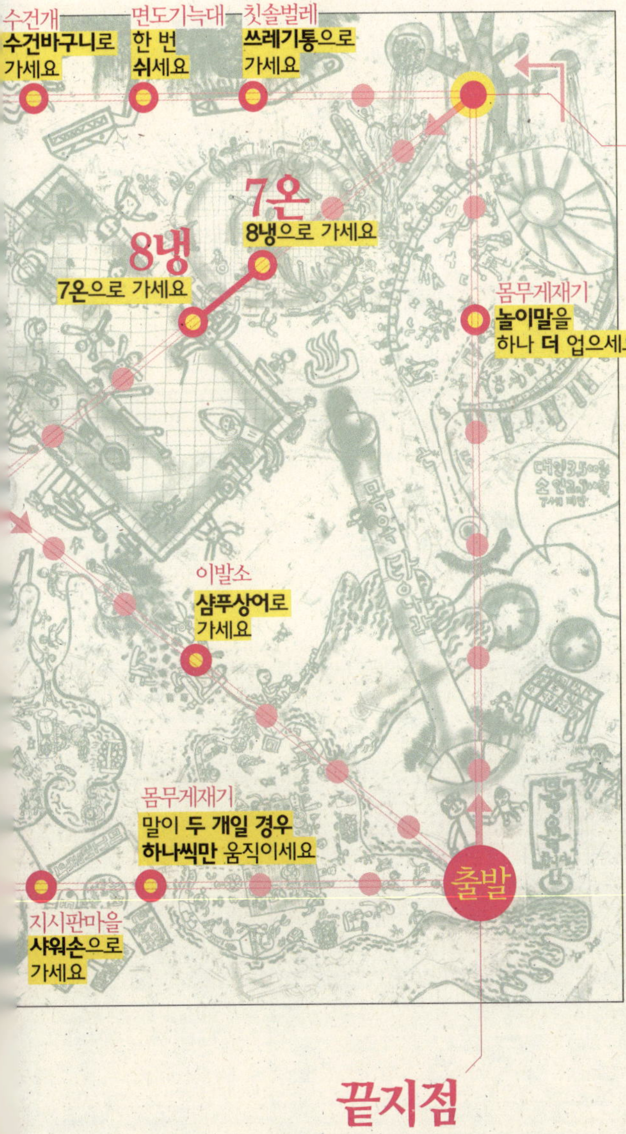

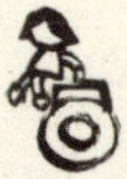

수건개
수건바구니로
가세요

면도기늑대
한 번
쉬세요

칫솔벌레
쓰레기통으로
가세요

샤워손

7온
8냉으로 가세요

8냉
7온으로 가세요

몸무게재기
놀이말을
하나 더 업으세요

목욕 전 몸무게는
아이쿠 무거워,
목욕 후 몸무게는
룰루랄라 가볍네~

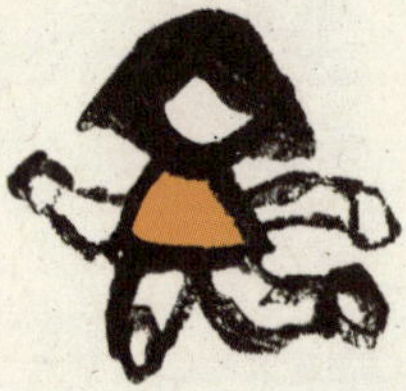

이발소
샴푸상어로
가세요

몸무게재기
말이 두 개일 경우
하나씩만 움직이세요

출발

지시판마을
샤워손으로
가세요

끝지점

뺑글이를 통해 배우는 재미있는 벌칙과 보너스

샤워기뱀
:꼭지 돌리기 ⊖

상대방의 귀나 코를
살포시 잡고
수도꼭지 잠그듯
돌려주세요~
눈물 콧물 새나오지
않게, 꼬옥!

똥구멍
:엉덩이 이름표

똥구멍이 방귀를 뿅~하니
쏘~옥 나온 미확인생명체!
과연 누구일까요?
엉덩이로 이름을 써서
정체를 밝혀주세요!

주의!
⊖ **마음의때바다에서**
왔을 때만
벌칙을 적용해요

조폭아저씨와의만남
:인디안밥

놀이말이
조폭아저씨를 깔고 앉아서
아저씨가 잔뜩 성이 났어요.
당장 쪼그려 엎드리세요.
그러나 등짝은 후끈!지끈!
인디안~ 밥!!!
⊖

요플레 오이마사지탕
:어깨주물럭

일상에 찌들어
근육통에 시달리는
상대방의 두 눈에 맺힌
눈물을 보신적 있나요?
1분간 정성스럽게
어깨마사지를 부탁해요!
따뜻한 당신, 정말 멋져요!
⊕

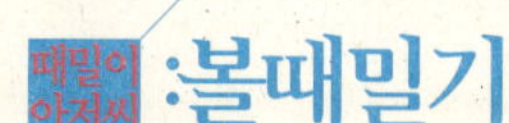

패밀이아저씨 :볼때밀기 ⊖

'볼살은 알고 있다, 묵은 때의 나이를!'
양손으로 상대방의 양볼을 잡고
힘껏 당겨 볼때를 밀어주세요!
여러분의 묵은 때는 몇 살인가요?

:맨살짜기

상대방의 한쪽 팔을 양손으로 잡고
각각 반대방향으로 돌려 꽉~ 짜주세요.
10년 묵은 때를 짜는 기분으로!

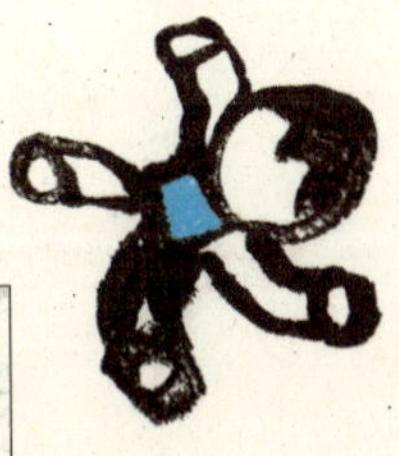

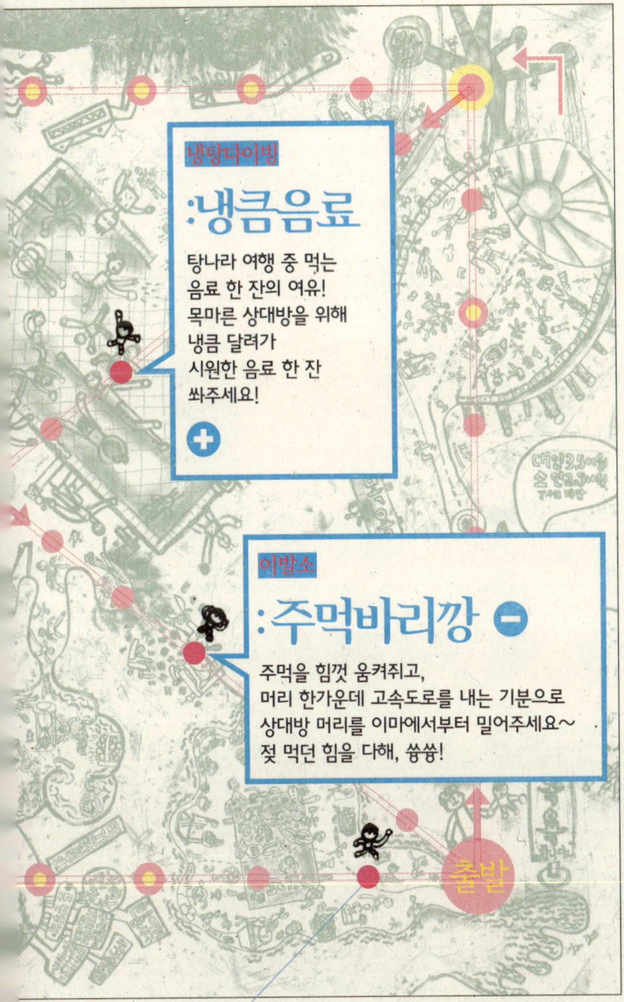

:냉큼음료

탕나라 여행 중 먹는
음료 한 잔의 여유!
목마른 상대방을 위해
냉큼 달려가
시원한 음료 한 잔
쏴주세요!

:주먹바리깡

주먹을 힘껏 움켜쥐고,
머리 한가운데 고속도로를 내는 기분으로
상대방 머리를 이마에서부터 밀어주세요~
젖 먹던 힘을 다해, 쓩쓩!

출발

- 벌칙
- 보너스
- 직접 만든
  벌칙이나 보너스

:탕나라
매점

골라~ 골라~ 게임 시작 전에 미리 만들어 둔
매점 메뉴판을 꺼내주세요. 상대방은 그 중 하나를 제비 뽑아서
메뉴를 실행할 수 있어요. 벌칙이 나올까요? 보너스가 나올까요?
과연 달걀을 먹을 수 있을까요?

신병근

신화창조국 세뇌구 무지동에 위치한 홀로감옥에서 탈출한 이후
'타인'과 교신하며 살아가는 지구 생명체.
이제는 뱅글뱅글 '너'와 더불어 함께 행복한 삶을 살고 싶다며
재수감 당하지 않기 위해 신문읽기, 사고력 키우기, 사회참여하기와 같은
필수 아이템을 하나 둘씩 장착하고 있다.

한동대학교 산업정보디자인학부를 졸업하고
동대학원에서 석사과정을 수료했다.
뱅글뱅글한 이야기로 사람들과 소통하길 바라며
천천히, 그러나 깊고 넓게 디자인을 공부하려고 노력하는 중이다.

2004–2006 대한민국산업디자인전람회 기관장상, 특선, 장관상,
601 아트북 프로젝트 2006 silver award,
10th output international award winners 등을 수상했고
2007 서울디자인위크 신진디자이너 기획전에 참가했다.

www.iambgbg.com

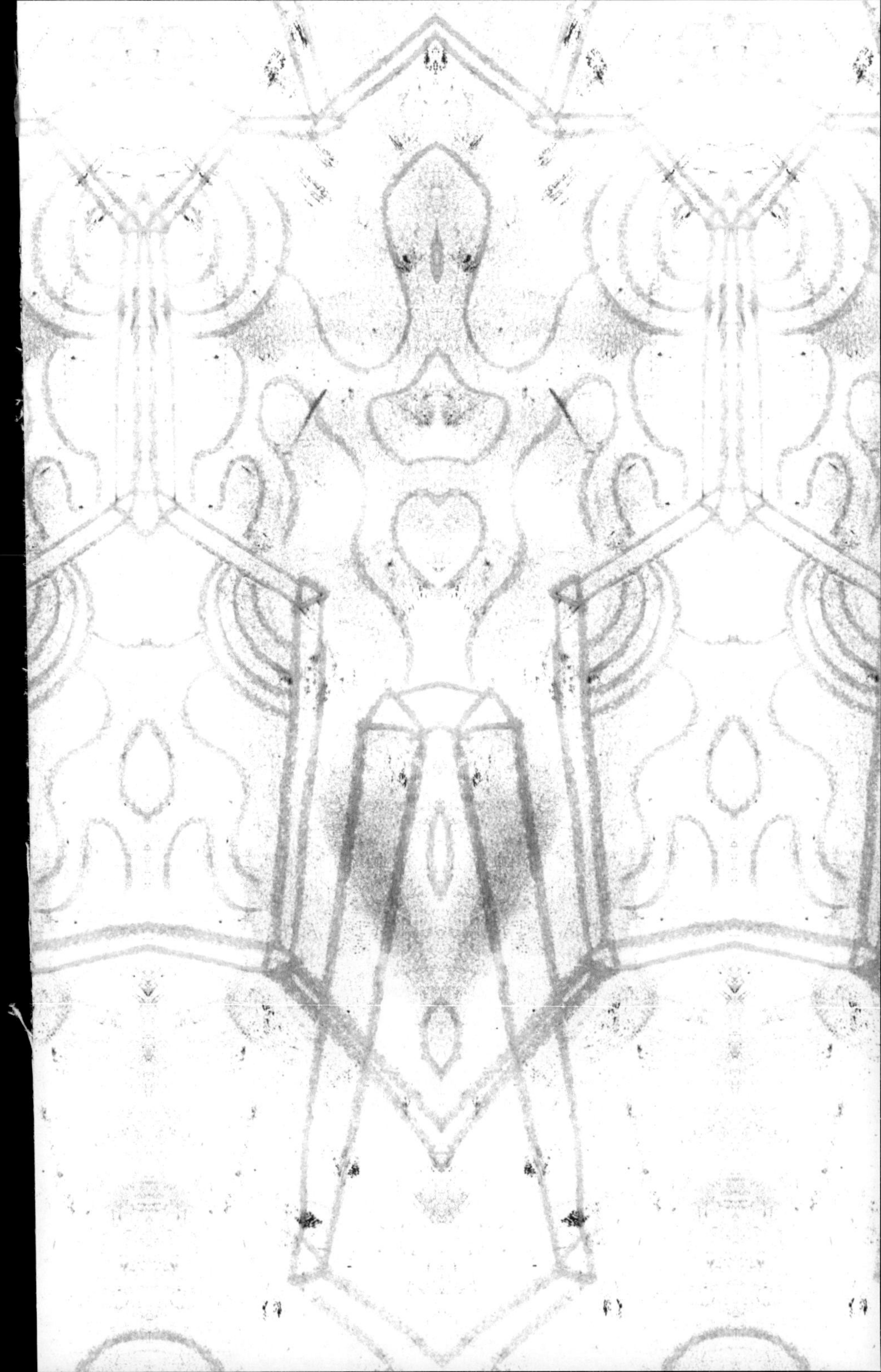

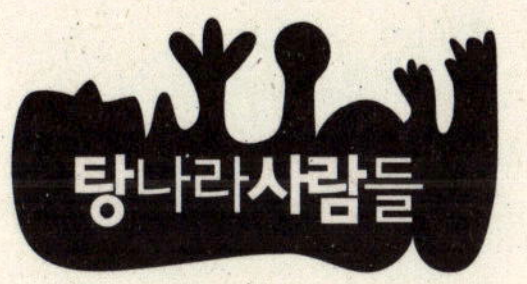
탕나라사람들

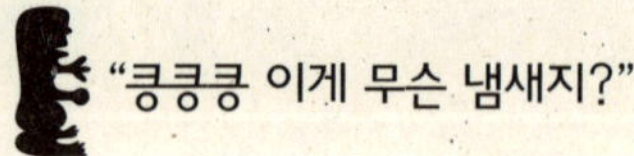
“쿵쿵쿵 이게 무슨 냄새지?”

“쿵쿵쿵 이게 무슨 냄새지?”

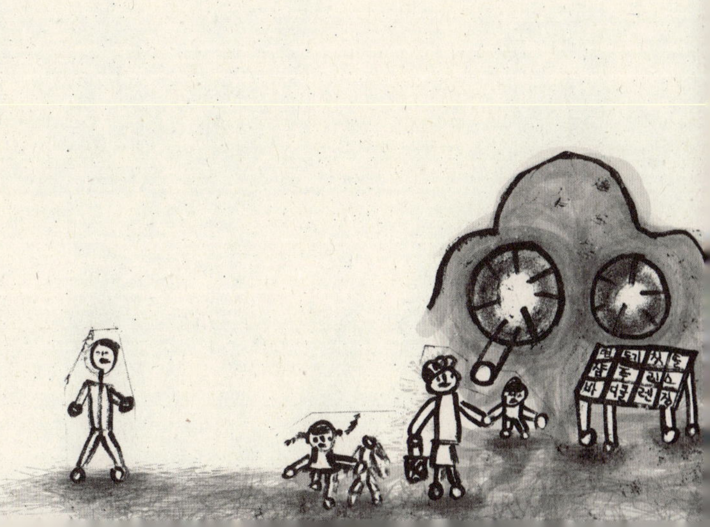

세상엔 많은 냄새가 있습니다.

세상엔 많은 냄새가 있습니다.

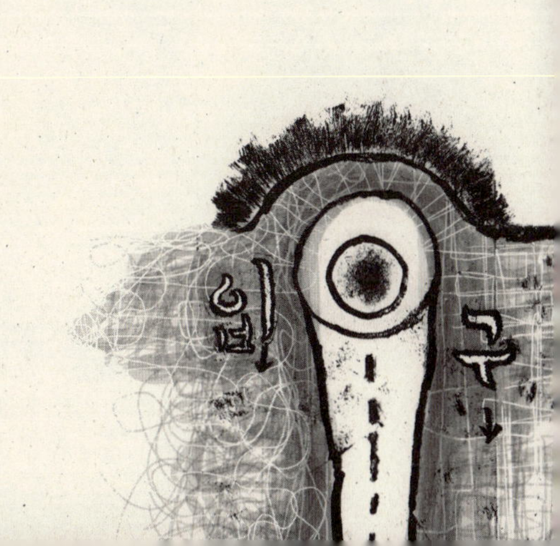

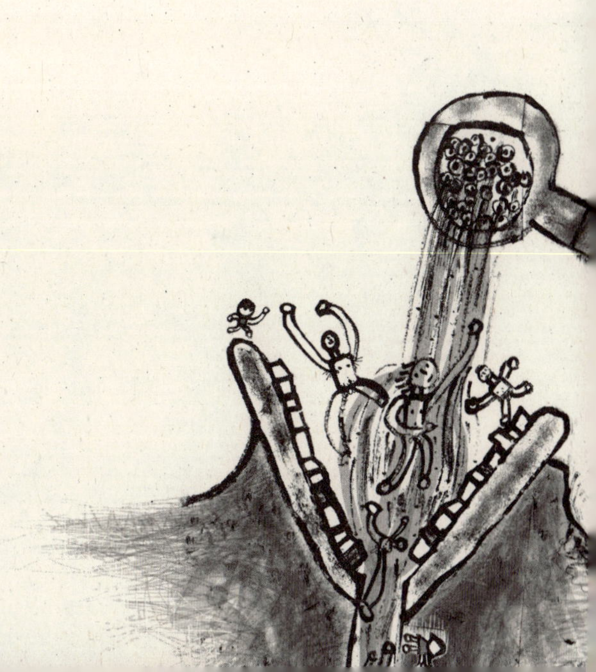

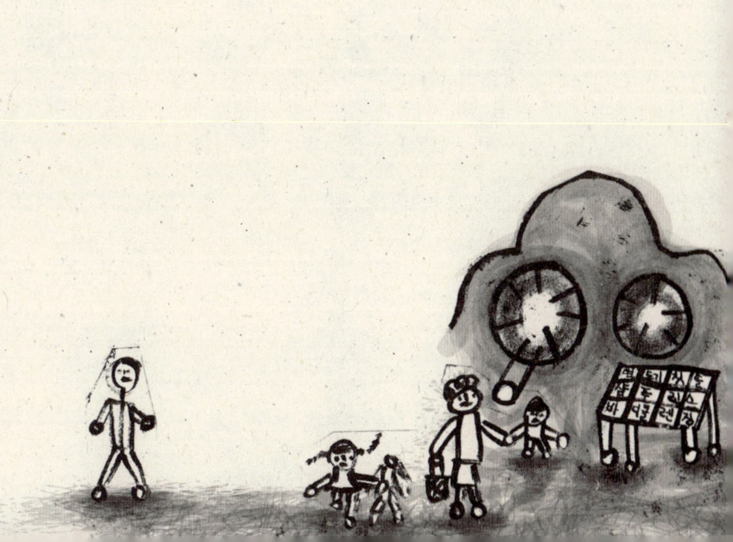

우리를 즐겁게 하는 냄새도 있고, 불쾌하게 하는 냄새도 있지요.

우리를 즐겁게 하는 냄새도 있고, 불쾌하게 하는 냄새도 있지요.

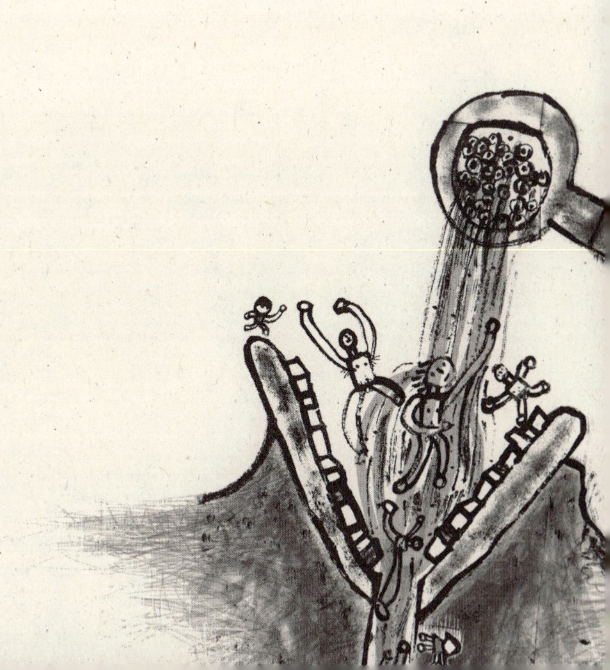

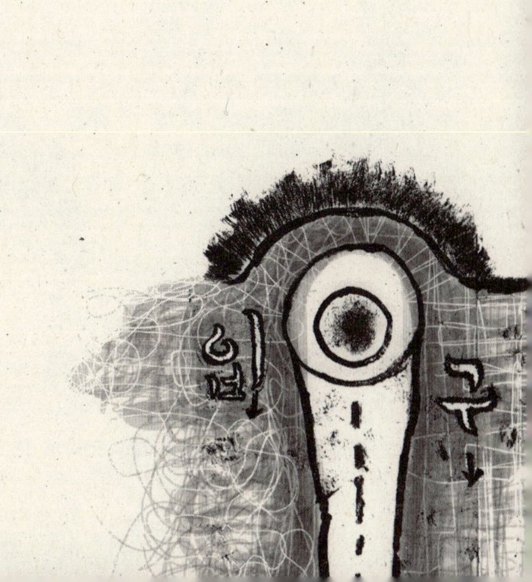

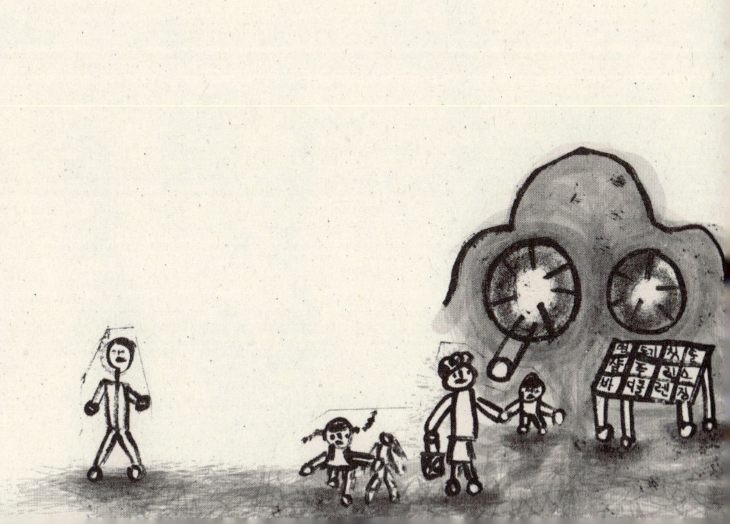

당신의 마음속을 들여다보세요.

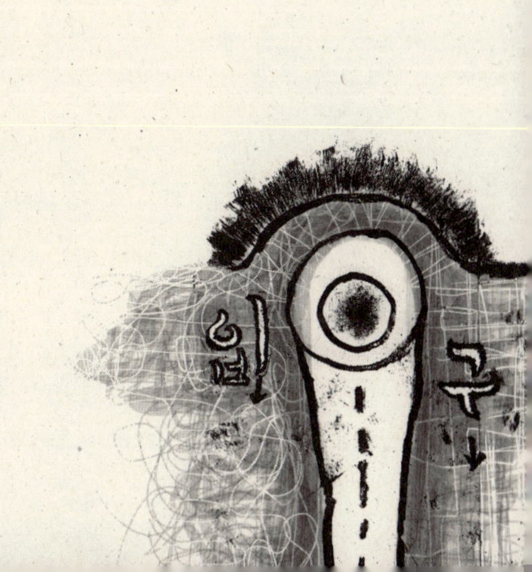

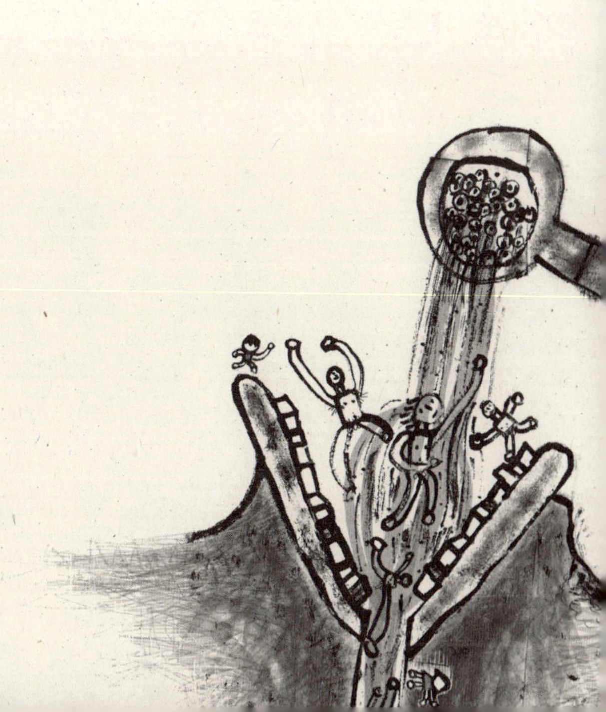

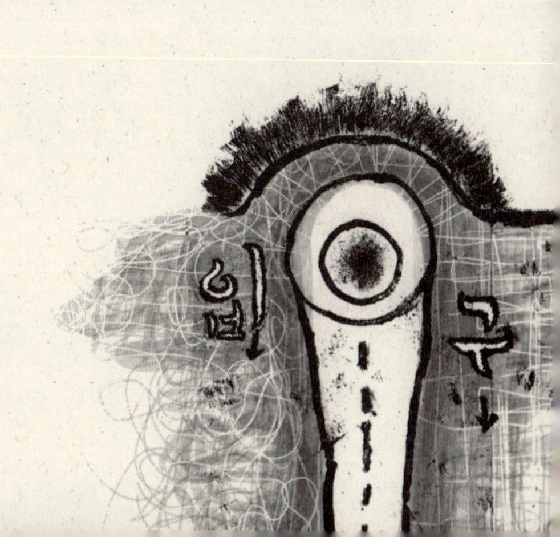

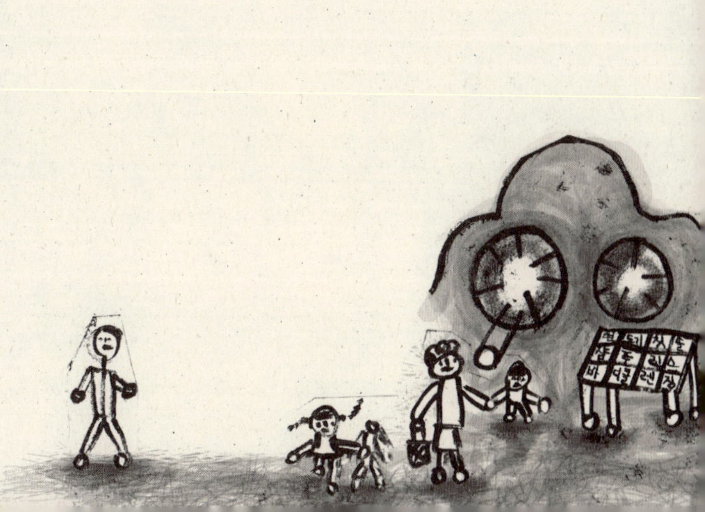

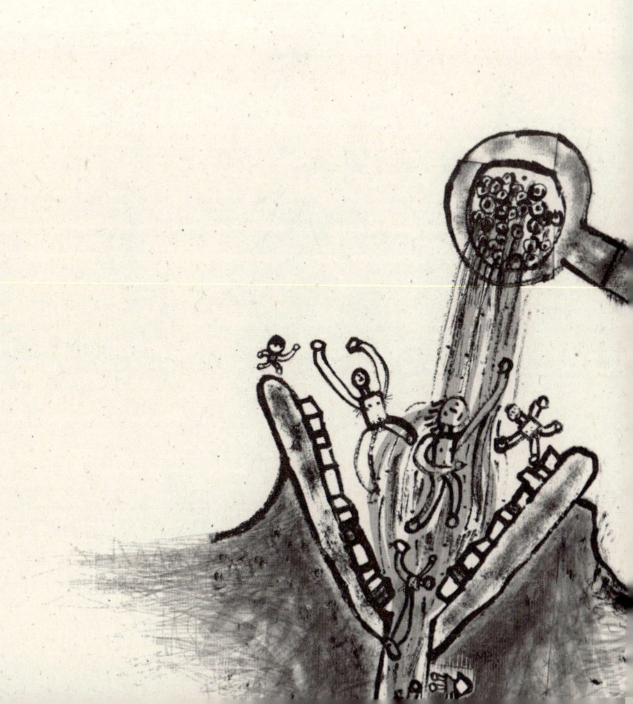

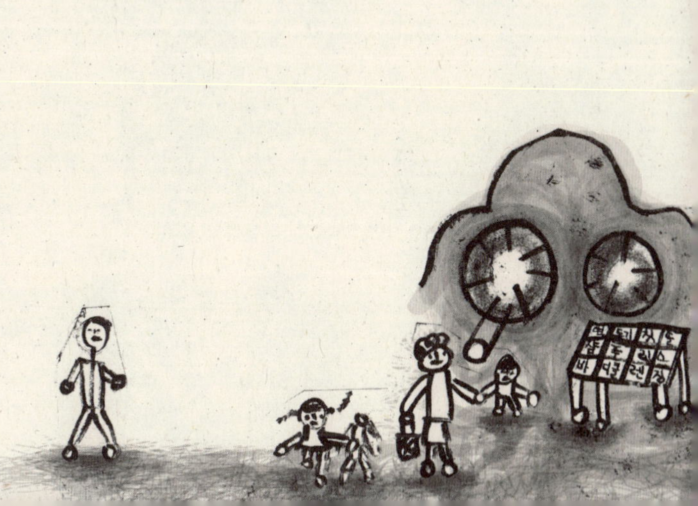

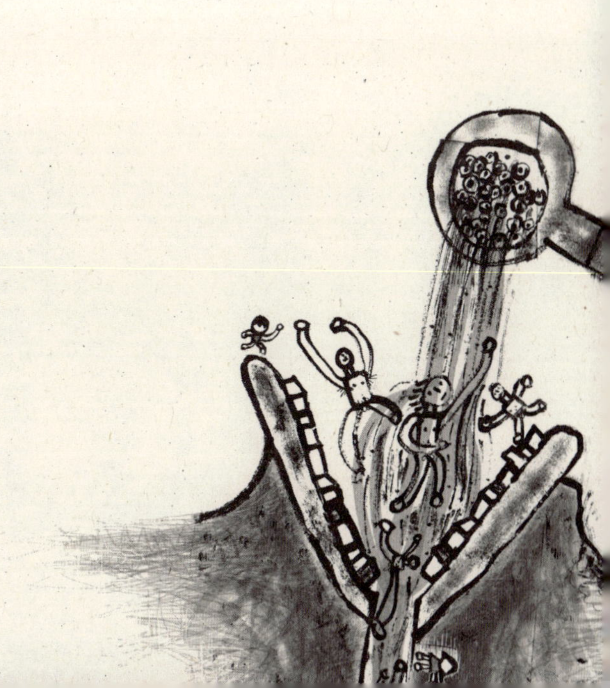

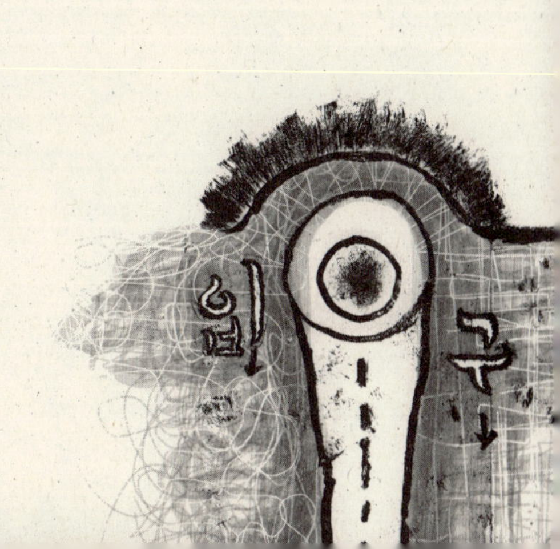

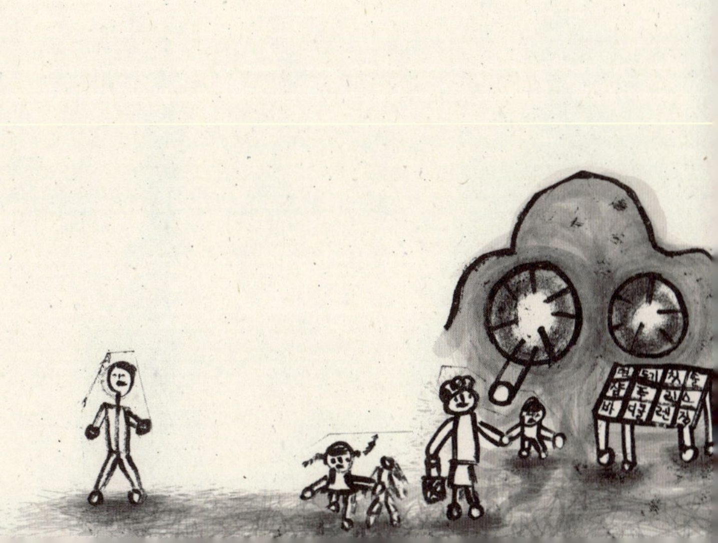

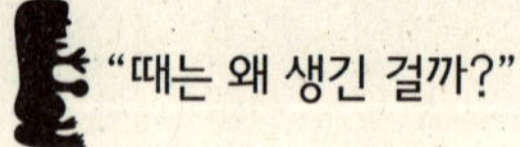

"때는 왜 생긴 걸까?"

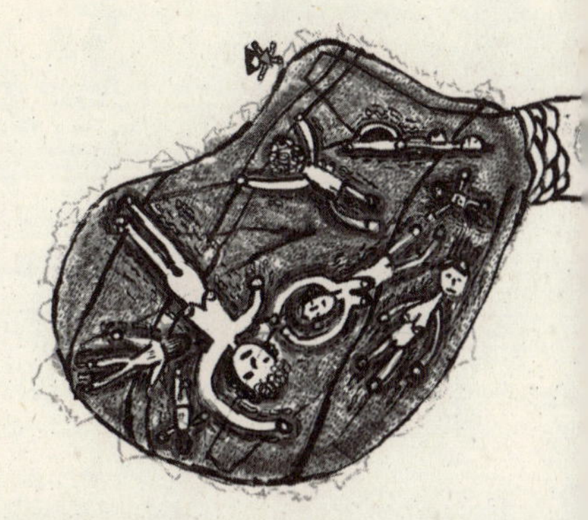

마음의 때는 관계에서 생깁니다.

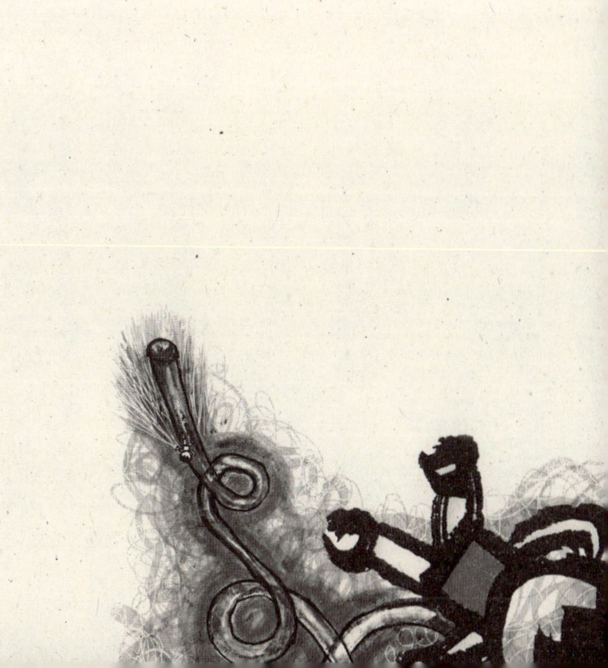

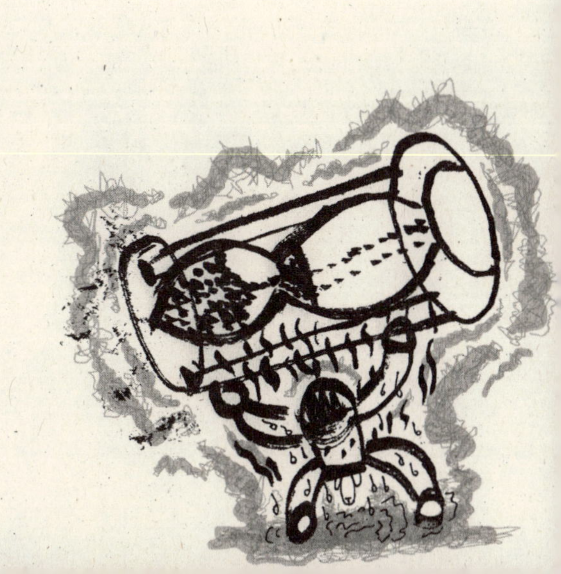

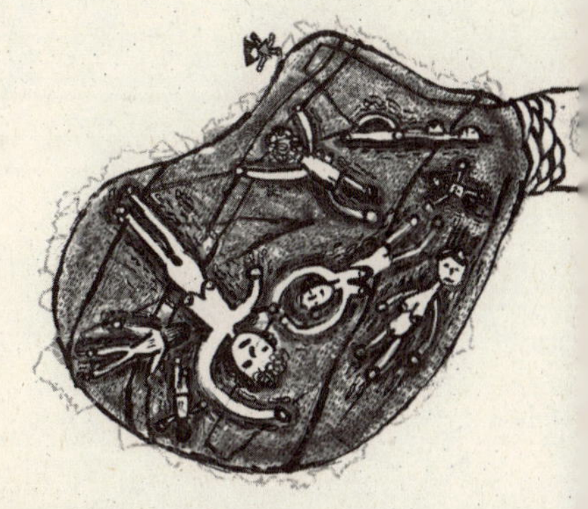

삶을 돌아보세요.

삶을 돌아보세요.

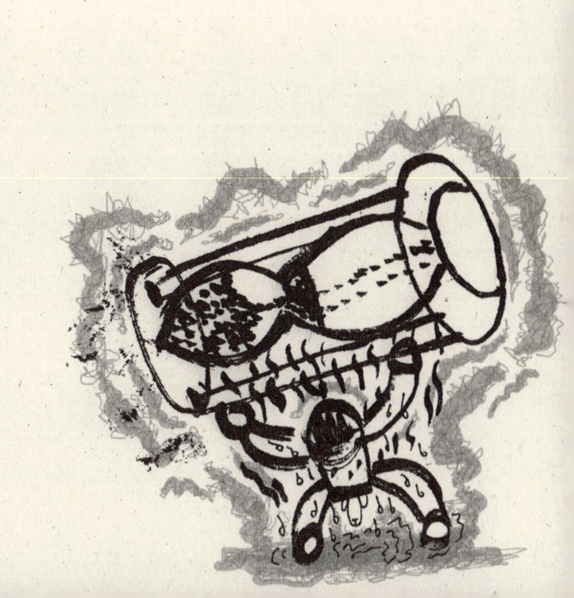

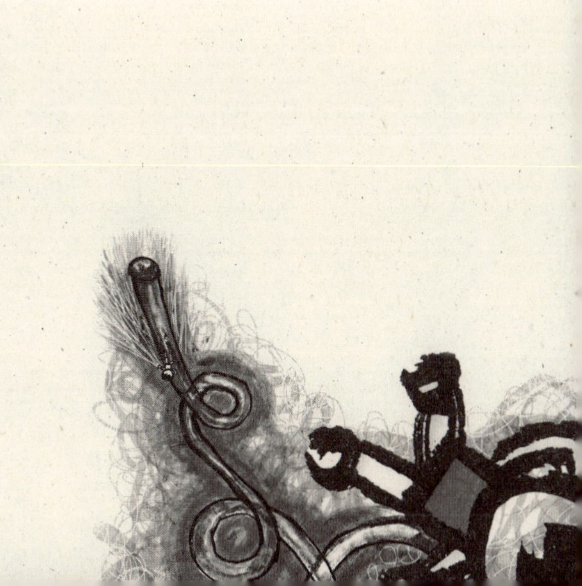

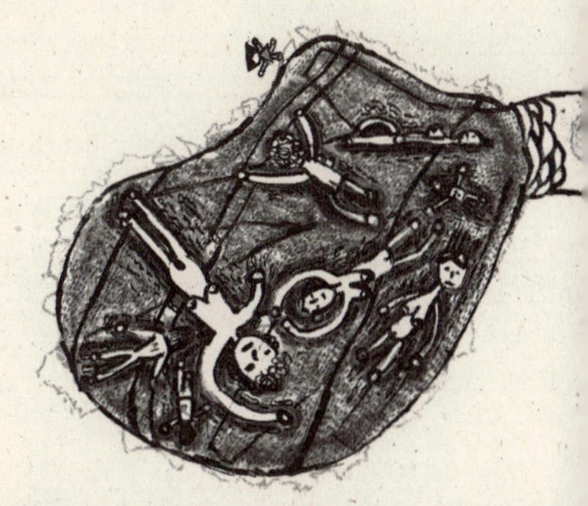

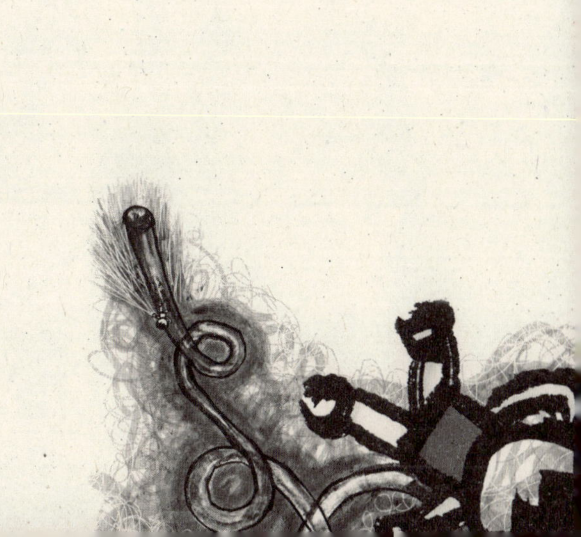

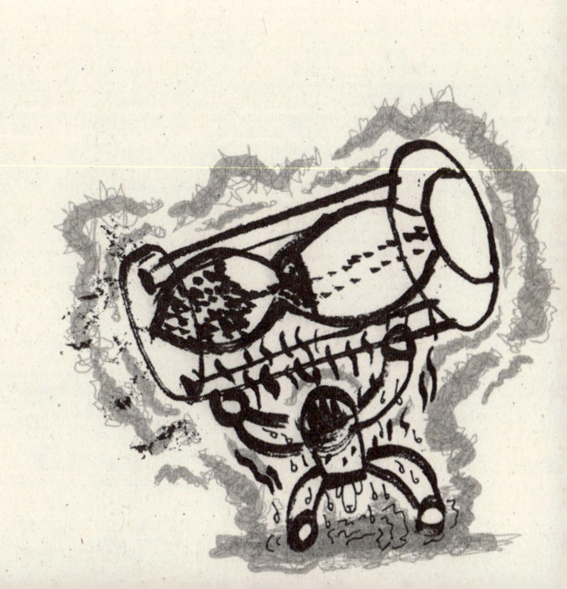

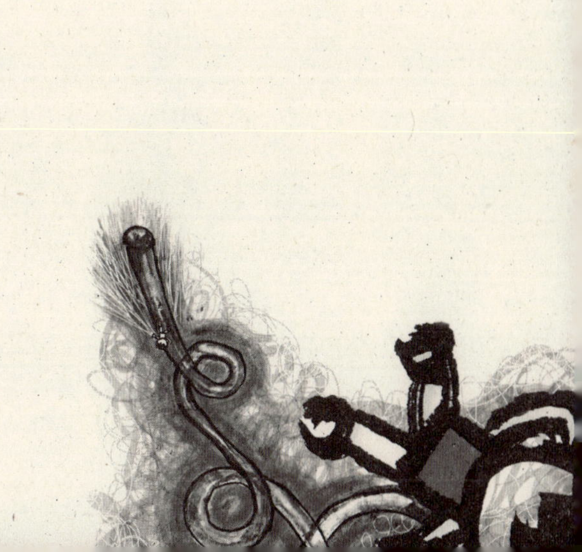

가장 힘들었던 순간을 떠올려보세요.

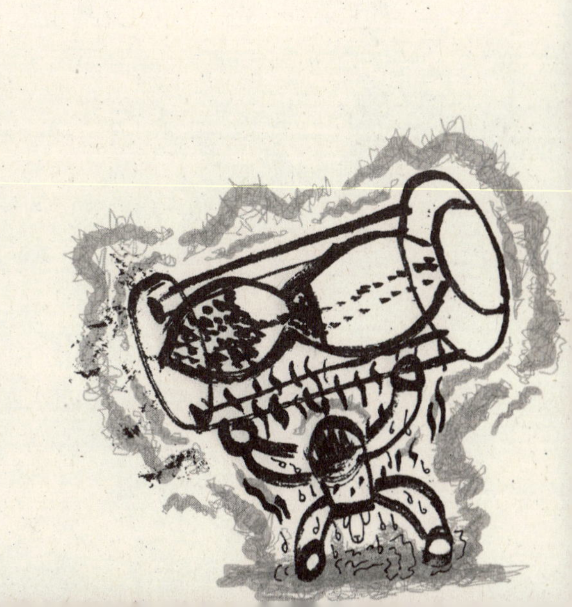

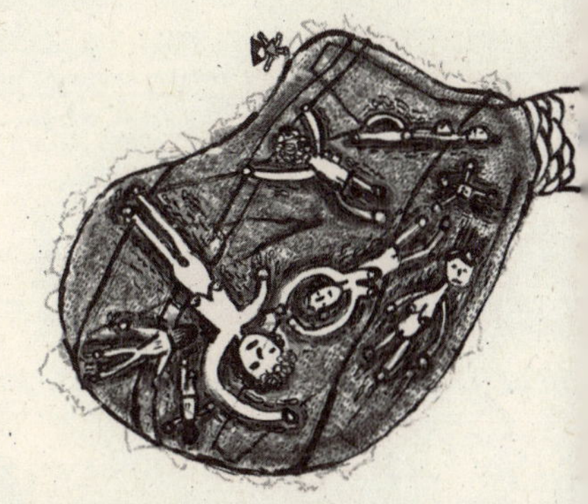

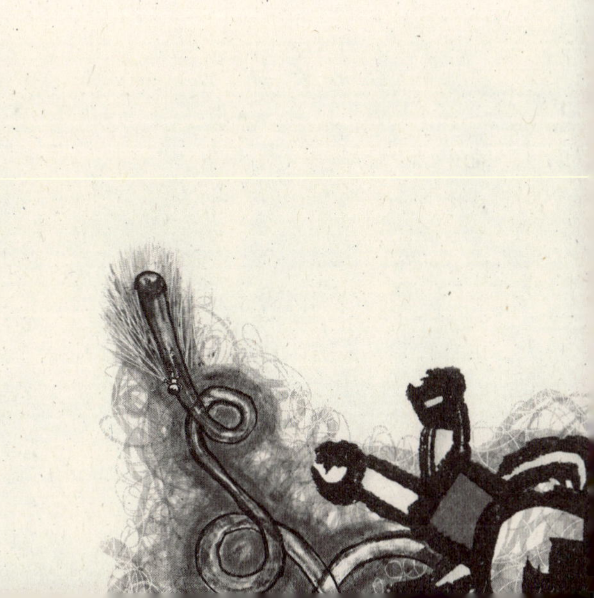

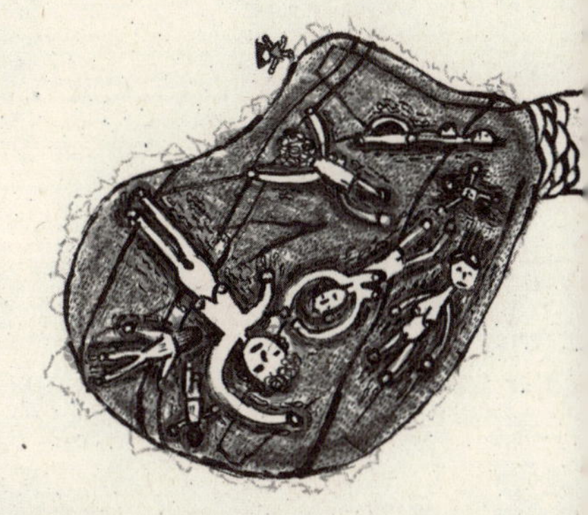

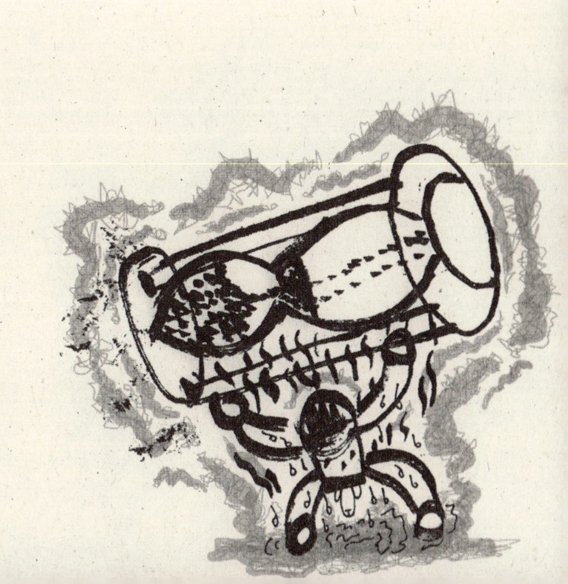

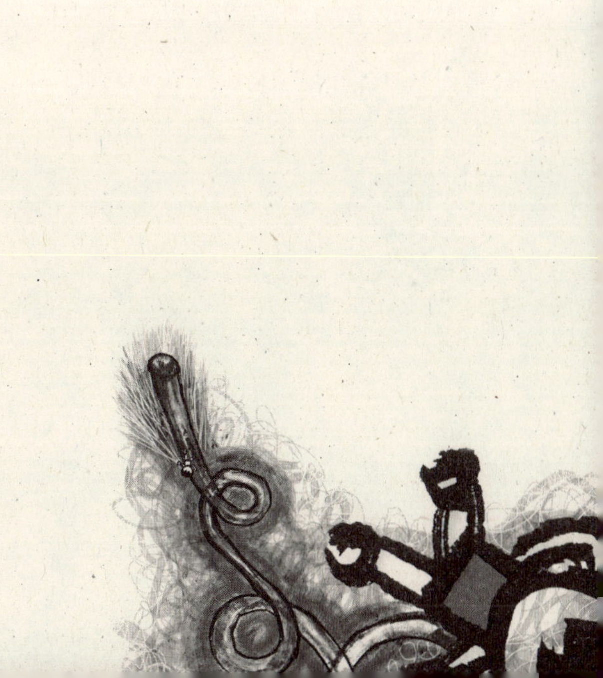

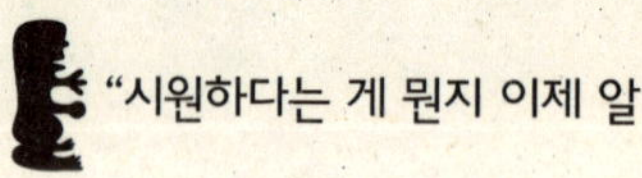

"시원하다는 게 뭔지 이제 알 것 같아."

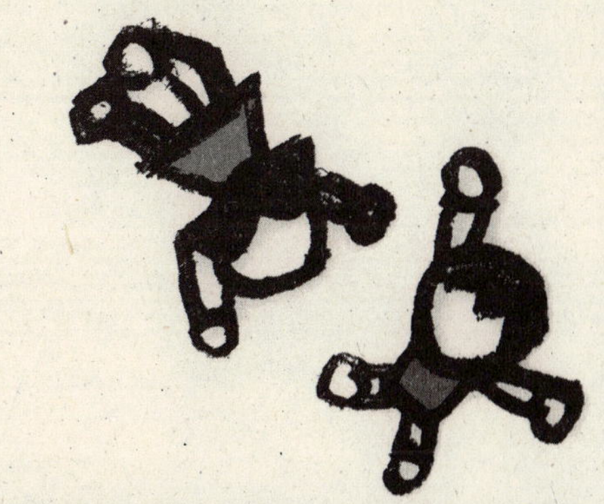

상처 입은 모습을 있는 그대로 인정하세요.

상처 입은 모습을 있는 그대로 인정하세요.

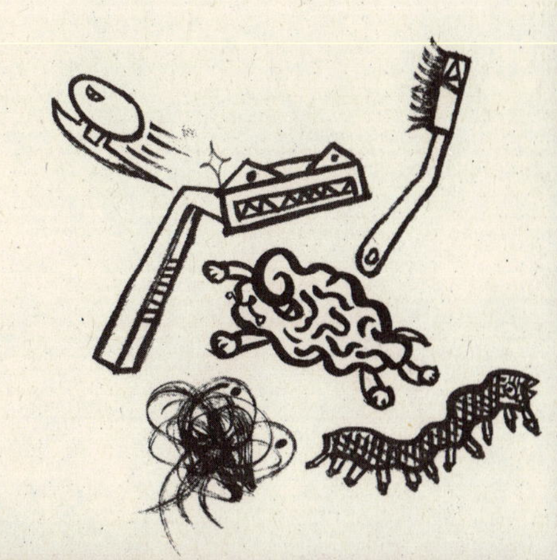

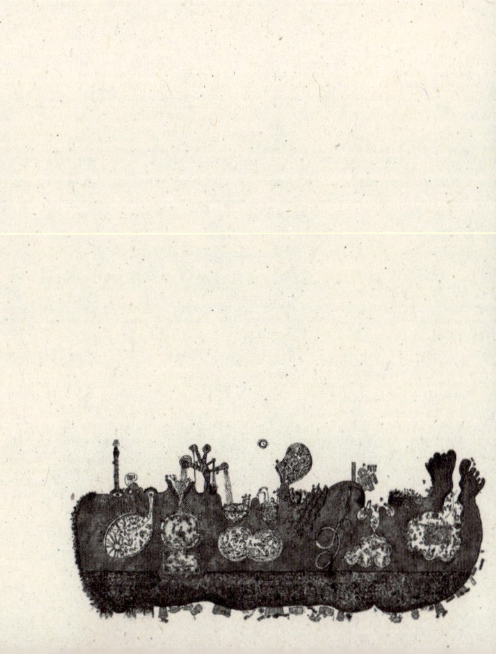

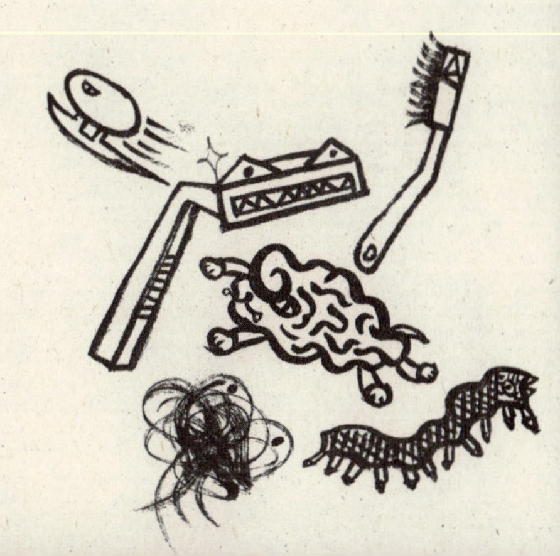

누군가에게 상처를 주진 않았나요?

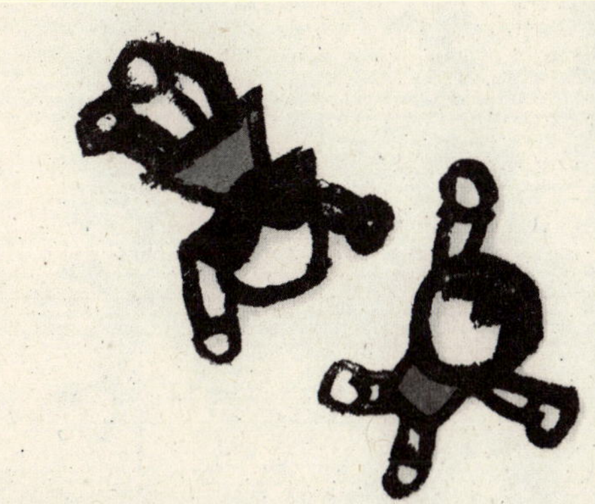

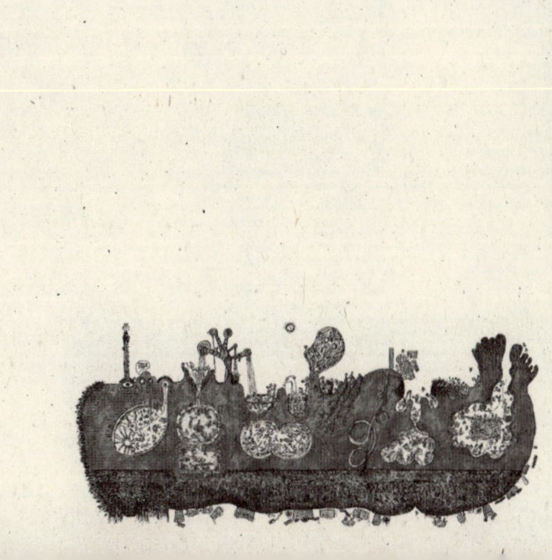

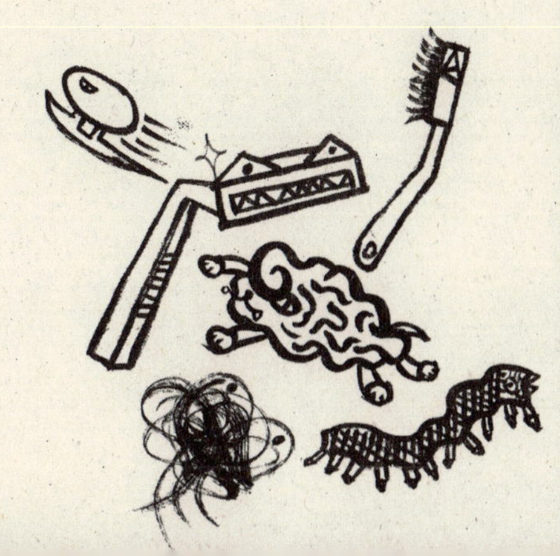

사람은 완전하지 않습니다.

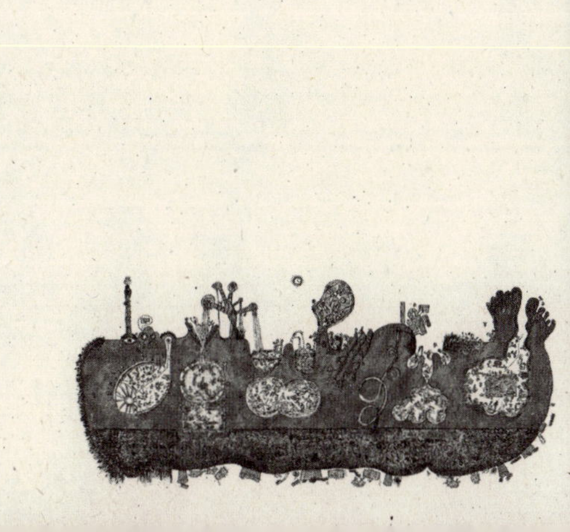

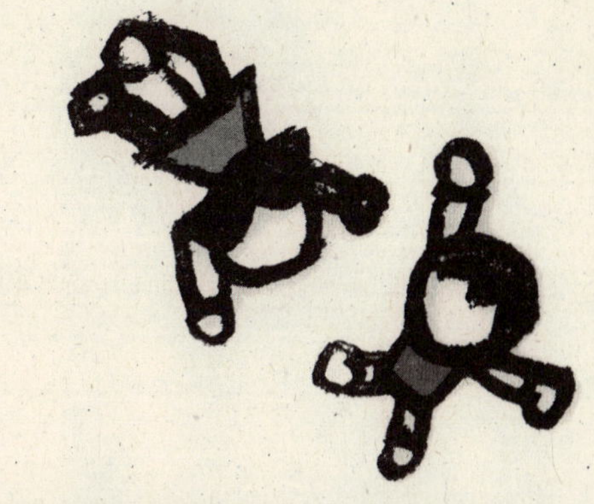

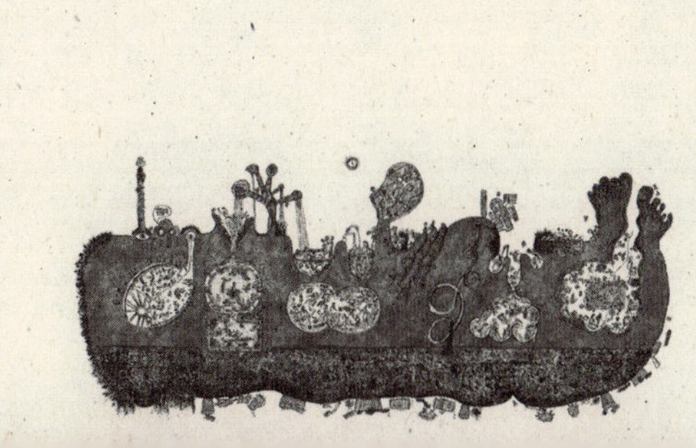

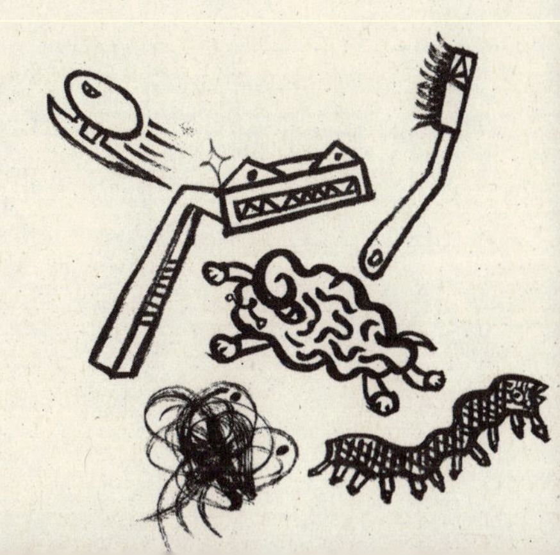

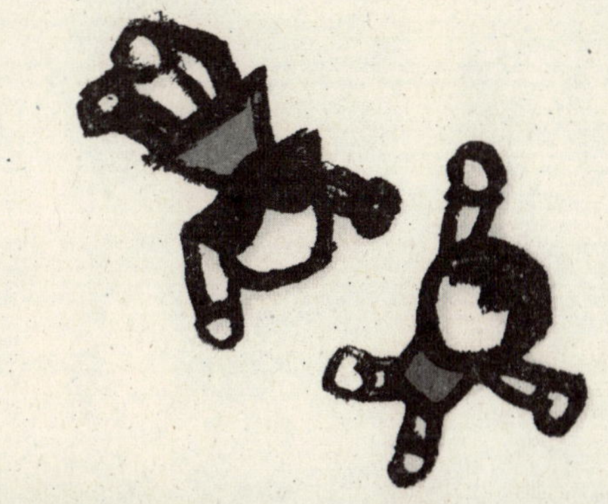

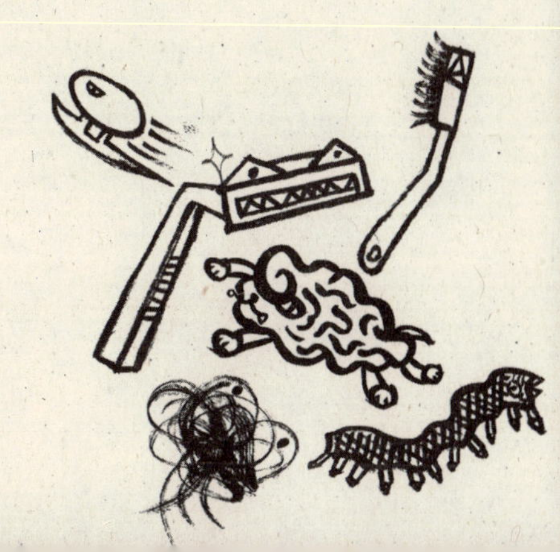

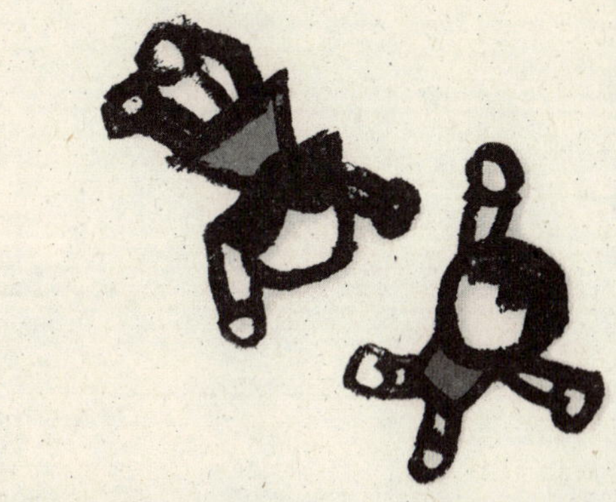

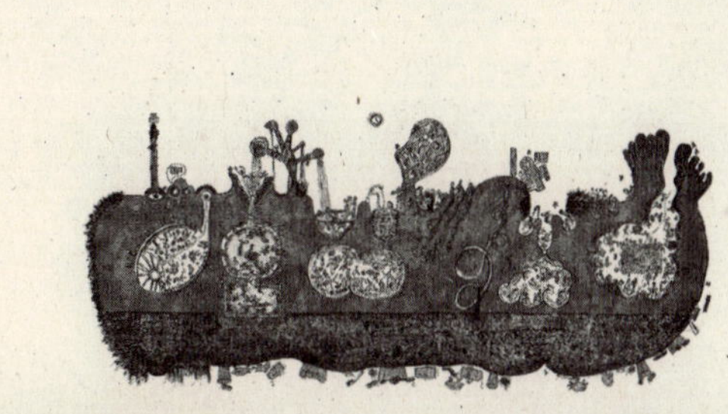

세상과 나, 우리 모두는
마음의 때가 가득한 존재였다.

발가벗음,
있는 그대로를 본다는 것은
불편한 진실인
현실을 인정하며 살아가는 것이다.

그걸 깨달은 지금 참 편하고 시원하다.

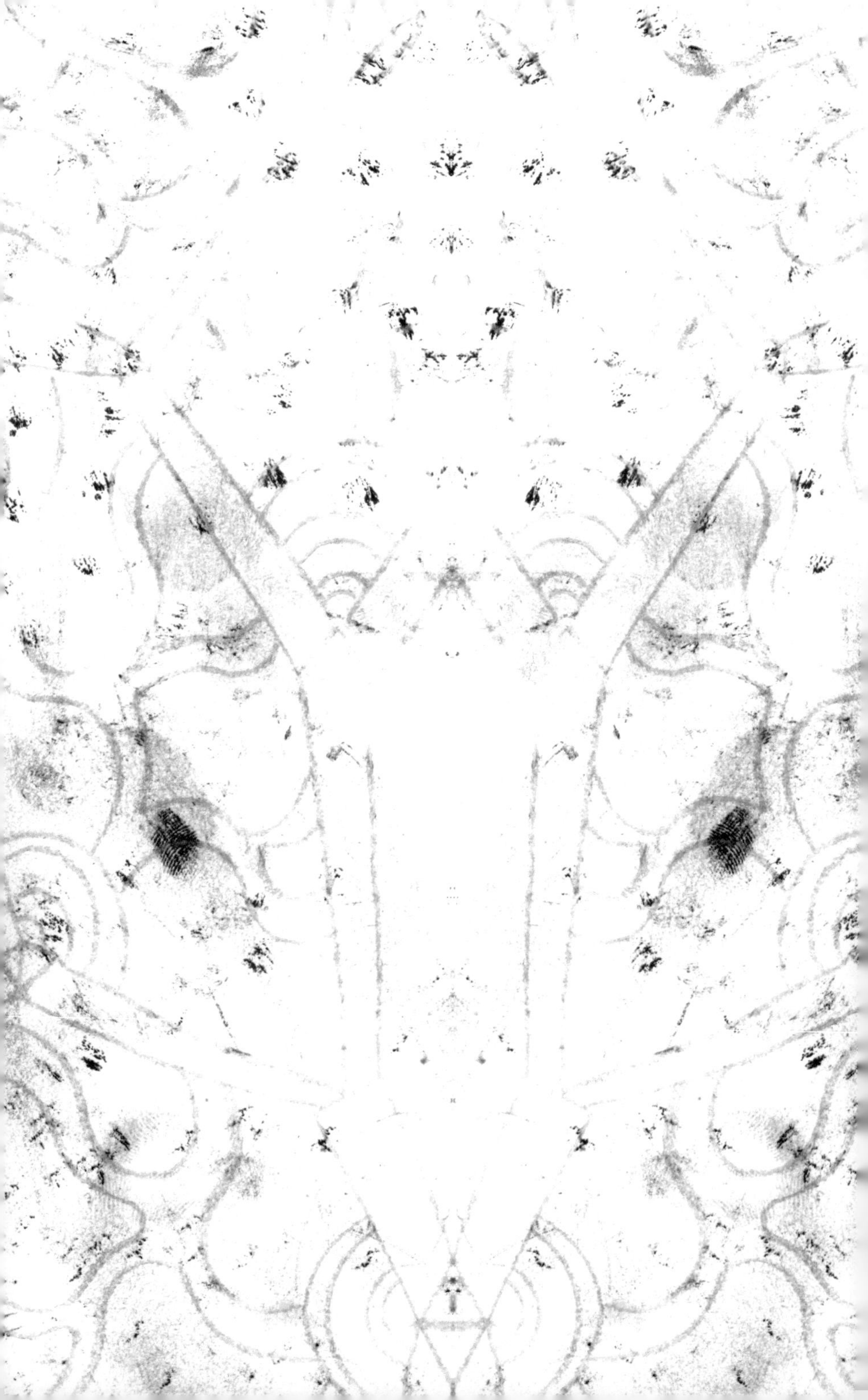

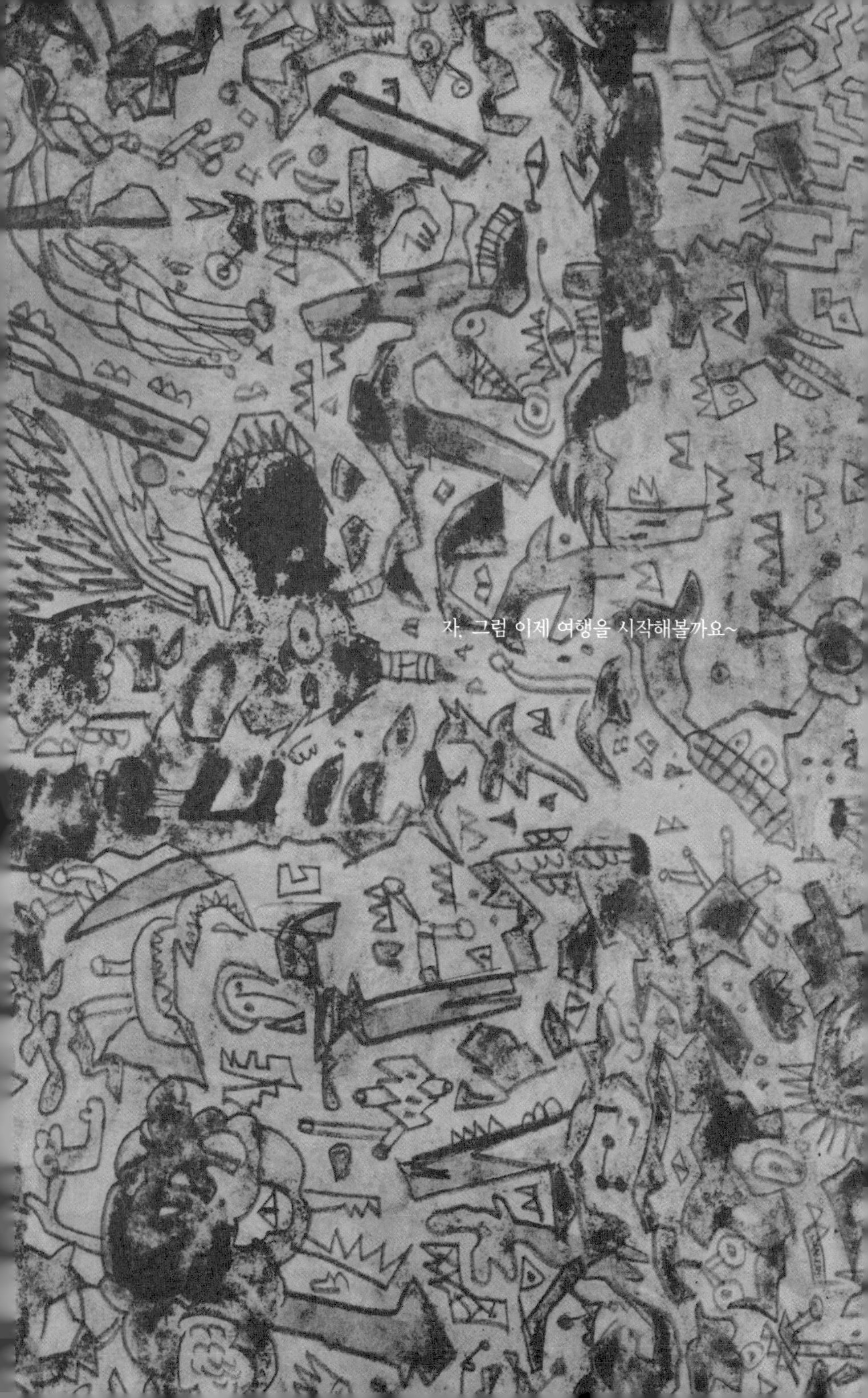
자. 그럼 이제 여행을 시작해볼까요~